# GARCES ACADEMY

# Déjà parus

# ZOEY DEAN

# GARCES ACADEMY

*Traduit de l'américain*
*par Marlène Nativelle*

Fleuve Noir

Titre original :
*How to Teach Filthy Rich Girls*
publié pour la première fois
par Alloy Entertainment, New York

ISBN : 978-2-265-08599-2

*Les gens riches sont très différents de vous et moi.*
Francis Scott Fitzgerald, *Gatsby Le Magnifique.*

Choisissez la réponse qui complète le mieux la phrase suivante :

Échanger des souvenirs de famille et, à l'occasion, des faveurs sexuelles contre ...... sécurité financière est ......

a. un minimum de ... légitime
b. une totale ... courant à Beverly Hills
c. une promesse de ... très années 90, circa *Pretty Woman*
d. une raisonnable ... impardonnable
e. des tickets de concert et la ... tout à fait réglo

## *chapitre 1*

En prenant mon reçu au distributeur de billets de l'épicerie, je connaissais déjà la mauvaise nouvelle : je venais tout juste de retirer deux cents dollars alors que le solde de mon compte avoisinait le zéro. J'enfouis le liquide et le reçu dans mon vieux sac à dos et je posai la question que toute étudiante fraîchement diplômée de Yale, avec une dette de soixante-quinze mille dollars après emprunt, se poserait :

— Si je me faisais payer pour coucher, combien ça me rapporterait ?

— Ça dépend, répondit impassiblement ma meilleure amie, Charma Abrams.

De nombreuses heures passées devant *Daria* sur MTV avaient fortement modelé sa voix monotone et nasillarde pendant sa jeunesse.

— Est-ce que tu peux choisir ta clientèle toi-même ? continua-t-elle.

— Disons que je veux me faire un maximum d'argent.

— C'est dur à dire : on va aller te trouver un maquereau à Tompkins Square Park.

Charma examina son reflet dans la glace sans tain au-dessus des légumes défraîchis avant d'ajouter :

— Ou alors on pose la question à ta sœur.

Ma sœur : Lily. Comme le savait très bien Charma, Lily jouait le rôle d'une fille riche tombée dans la prostitution puis dans le proxénétisme dans *Streets*, la nouvelle pièce off-Broadway de Doris Egan. Sa photo avait orné la couverture du *Time Out* de la semaine précédente : « L'incontournable jeune comédienne de la saison. »

Toute sa vie, ma sœur avait été incontournable. Belle à couper le souffle, talentueuse chanteuse et danseuse, diplômée de l'université de Brown, Lily était née pour être admirée. Alors que je contemplais mon propre reflet dans le miroir voilé de l'épicerie (corpulence moyenne, taille 40 en haut et 42 en bas dans le meilleur des cas, cheveux bruns mi-longs qui avaient une fâcheuse tendance à friser, visage en forme de cœur avec d'assez jolis yeux noisette, un nez fin et des lèvres comme celles que l'on voit sur les photos « avant » des pubs pour repulpeurs), je me demandai pour la énième fois comment Lily et moi pouvions partager le même patrimoine génétique.

J'avais choisi d'aller à Yale pour la seule raison de faire mieux qu'elle une fois dans ma vie.

L'immaturité de cette attitude ne m'échappe pas, bien entendu.

— Allez, dis-je à Charma, je n'ai pas envie de le rater.

Une fois sorties de l'épicerie, nous devions traverser la 7ᵉ Rue Est pour arriver au point de rendez-vous tout en essayant de contourner plusieurs joggeurs ainsi qu'une clocharde qui poursuivait son monologue avec le Président : « T'appelles ça une politique étrangère, connard ? » C'était un de ces jours cristallins propres à l'été indien où la nature offre un ultime spectacle : les toutes dernières feuilles d'automne dansaient dans les branches, baignées par la lumière ocre d'un soleil couchant de novembre. Je portais mon éternel jean sans marque, un T-shirt blanc, et un vieux gilet bleu marine sur lequel Galbraith, mon chien préféré parmi les trois que nous avions à la maison, dormait quand il n'était encore qu'un chiot.

— Où est-ce que tu as rendez-vous avec ce mec? demanda Charma.

— Dans le sud-ouest du parc.

Je regardai avec attention les gens assis sur les bancs le long du chemin qui menait au centre du parc. Tout le monde profitait de la douceur du temps qui ne durerait certainement pas plus d'un jour ou deux.

— Il t'a dit à quoi il ressemblait?

— Grand, mince, cheveux courts et foncés, barbiche, diamant à l'oreille droite, dis-je à toute allure. Il porte une chemise de flanelle rouge et un Levis baggy.

— Slip ou caleçon? demanda Charma.

Je la regardai en haussant les sourcils.

— Tu as l'air tellement bien renseignée que je me disais que tu aurais peut-être la réponse à cette question.

— Quand je lui ai dit que j'avais vingt-deux ans, il a répondu qu'il en avait vingt-neuf; il a donc certainement la trentaine et essaie de se faire passer pour plus jeune. Du coup, je dirais caleçon moulant.

Je me dirigeai droit vers un banc libre sur la droite, mais trop tard, trois vieilles femmes polonaises s'y installèrent en premier.

Charma repoussa ses boucles blondes qui lui arrivaient dans les yeux.

— Tu sais, ton histoire de coucher pour de l'argent, c'est gaspiller ton intelligence. Un conseil : n'abandonne pas le journalisme.

— Ah! comme si *ça*, ça ne me détruisait pas les neurones!

J'avais obtenu une double licence en littérature et histoire américaine avec mention « Très bien » et avais occupé le poste de rédactrice au *Yale Daily News*. On ne peut donc pas dire que j'étais arrivée à Manhattan avec les mauvaises qualifications. Je pensais que je n'aurais aucun problème pour trouver un boulot sérieux de pigiste dans un périodique renommé, mais plutôt de gauche, comme le *New Yorker*, ou bien *Rolling Stone*, ou même *Esquire*, c'est tout dire! Cela montre bien qu'une fille peut avoir vingt-deux ans, être extrêmement cultivée, et pourtant bête comme ses pieds.

Après tout, la moitié des diplômés des universités américaines les plus prestigieuses débarquaient à New York dès le lendemain de la remise des diplômes, et comme moi, ils voulaient tous exactement le même job. La plupart, cependant, avaient quelque chose que je n'avais pas : des relations.

Mon père est professeur d'économie à l'université du New Hampshire, et ma mère est infirmière au centre médical du campus. Lily et moi avons grandi dans un ancien corps de ferme bourré de livres, traversé de conversations érudites et envahi de poils d'animaux par milliers. Ma famille versait dans l'écologique. C'est même leur compost qui avait reçu le titre de Meilleur Compost par *Les Amoureux de la nature*, le journal écolo du coin. Évidemment, des parents qui gagnent le prix du Meilleur Compost ne sont pas d'une grande aide quand leur fille cherche à travailler pour un des grands magazines implantés à New York.

Le mois de juin fit place au mois de juillet qui fit place à la canicule du mois d'août, et j'étais toujours désespérément sans emploi. Puis, juste après la fête du Travail[1], je

---

1. Aux États-Unis, la fête du Travail se déroule le premier lundi du mois de septembre. *(N.d.T.)*

reçus ma seule et unique offre d'emploi. Comme je devais le loyer de septembre à Charma, et qu'il fallait que j'arrive un jour à me nourrir d'autre chose que de pâtes et de thon en boîte, j'avais deux options : devenir assistante d'édition pour le magazine *Scoop*, ou apprendre à entonner : « À la carte aujourd'hui nous vous proposons… » avec un sourire plein d'entrain. Ça n'est pas vraiment mon fort de marcher avec grâce tout en portant un plateau. L'entrain non plus d'ailleurs. Le choix était donc fait.

Tout le monde connaît *Scoop*, bien que personne n'ose avouer qu'il l'achète. Il est plus coté que *Star*, mais deux fois moins que *People*. Jusqu'alors, je compte parmi mes succès des légendes de photos telles que : « Jessica a-t-elle bénéficié d'implants ? » et « Les vacances délirantes de Lindsay au Mexique ! » Oui, j'ai rabaissé mes aspirations journalistiques d'un degré. Voire de dix.

Charma et moi marchions sans nous presser quand un mec blond, les cheveux courts, avec une barbe d'un jour et portant un T-shirt miteux des Wolfmother, nous adressa un sourire. Enfin, à elle plutôt. Charma se retourna sur son passage, laissant échapper un petit sifflement approbateur. Elle est bien meilleure dragueuse que je ne le suis.

Je regardai autour de moi, à la recherche de mon rendez-vous. À 10 heures, il y avait un junkie qui essayait de se procurer sa dose. À midi pile, deux lycéennes trop apprêtées (trop de maquillage, de cheveux et de poitrine, talons trop hauts) ressentirent le besoin de crier d'une voix perçante chaque mot qu'elles s'adressaient. Puis, à 2 heures, j'aperçus un mec en jean avec une chemise de flanelle qui coupait à travers une rangée d'arbres. Bingo. Je lui fis signe.

— Megan ? fit-il.

Il tendit une main aux doigts légèrement sales, mais je ne pouvais pas me permettre de refuser de la lui serrer. Il avait quelque chose que je désirais par-dessus tout.

— Ouais. Salut, merci d'être venu. Pete, c'est ça ?

— Ouais.

Un couple avec une poussette libéra un banc sur notre gauche. Je m'assis et fis signe à Pete de me rejoindre. Entre-temps, je vis Charma en pleine discussion avec Wolfmother qui avait fait demi-tour pour faire connaissance. Rien d'étonnant, Charma possédait le genre de courbes pour lesquelles les femmes sont prêtes à payer une fortune, tout en étant obligées de suivre un régime draconien par la suite.

— Tu l'as ? demanda Pete qui tapotait son jean en signe d'impatience.

— Il est là.

Mon cœur se mit à battre la chamade au moment où j'ouvris mon sac à dos pour en sortir un T-shirt blanc qui, une heure encore auparavant, était exposé sous verre et accroché au mur du salon (dont le futon me servait aussi de lit). Le devant du T-shirt représentait un oiseau assis sur le manche d'une guitare, et au dos, on pouvait lire *Woodstock : trois jours de paix et de musique.* Un témoignage vrai de vrai du plus grand concert de rock de tous les temps, et en plus il était signé par Jimi Hendrix. Deux étudiants de Cornell, qui deviendraient plus tard mes parents, avaient tenu le coup jusqu'à l'arrivée sur scène de Hendrix un certain lundi matin. Mon père avait réussi à faire dédicacer son T-shirt par le dieu de la guitare lui-même en signe d'amour et d'attachement.

Maintenant, en signe de *mon* amour et de *mon* attachement, je le refilais. À qui déjà ? Ah oui, à Pete.

— Comme je l'ai dit dans mon annonce, il est en parfait état, précisai-je.

Il tendit une main calleuse.

— Voyons voir.

J'hésitai.

— J'aimerais voir les places avant.

Il sortit son portefeuille, et elles étaient là : deux places au premier rang pour le concert des Strokes qui avait lieu le soir même au Webster Hall. Le concert avait affiché complet en quelques minutes le mois précédent. J'avais tout essayé pour obtenir des places, mais *nada*. Jusqu'à maintenant.

Il faut que je vous dise, pour être parfaitement franche, les Strokes ne font pas partie de mes groupes préférés. En revanche, James, mon petit copain, les adore. James, doué d'un intellect fulgurant, admiré pour le style de sa prose, et qui lisait Doris Lessing pour se distraire, était capable de mettre le volume à fond sur *Heart in a Cage* et de danser tout nu dans sa chambre de cité U en jouant de la guitare sans guitare, comme un gamin de douze ans. Comment ne pas craquer pour un tel mec?

On s'était rencontrés dans un cours intensif d'écriture pendant lequel James s'était rapidement distingué par la pertinence de ses idées, trouvant tout naturel de débattre (et le faisant en outre brillamment) avec un professeur qui, soit dit en passant, était l'auteur de la préface de *Éléments de Style*, dernière édition.

Il attira bien évidemment mon attention. Assise au fond de la salle, j'étais subjuguée par son esprit et par sa démarche assurée lorsqu'il rejoignait la place qui lui revenait de droit au premier rang. Incroyable tout ce que l'on peut voir quand on ne se préoccupe pas d'être vu.

Prenons Cassie Crockett par exemple. Elle avait un corps digne des couvertures de *Maxim* et une magnifique chevelure blonde. Mais lors du premier cours, je l'avais vue glisser deux doigts sous ce qui se révéla être une formidable perruque. Ses doigts en étaient ressortis en tenant des touffes de cheveux jaune pisseux qu'elle avait laissées rapidement tomber par terre. Elle l'avait refait encore. Et encore. Elle souffrait de trichotillomanie : un trouble compulsif obsessionnel qui consiste à s'arracher les cheveux. Je passai ainsi des cours entiers à me demander comment Cassie faisait quand elle sortait avec un des garçons qui lui tournaient autour en permanence. Elle était peut-être encore vierge. Ou bien elle avait des principes, genre pas au-dessus du cou, au lieu de pas au-dessous de la ceinture.

C'est le genre de pensées qui gravitent dans ma tête.

Bref, revenons-en à James. Quelques semaines après le début du semestre, j'avais écrit un article de cinq mille mots pour le *Daily News* au sujet d'un carrefour à New Haven où des hommes d'affaires ramassent des travestis qui se prostituent. J'avais passé toute une semaine à me fondre dans la masse dans un café du quartier et à observer les filles et leurs clients, mémorisant chaque détail. Notre professeur avait lu un passage de mon article à voix haute pour montrer ce qu'il attendait de nous. Puis il avait hoché la tête dans ma direction.

Tous les regards s'étaient tournés vers moi. La même réaction se lisait sur le visage de chacun : elle ? *Sans rire ?*

James était venu me parler à la fin du cours. Je fus trop surprise pour être nerveuse, et ensuite, j'étais trop à l'aise pour me rappeler pourquoi j'aurais dû l'être. Il m'invita à prendre un café et ç'avait été magique : on partageait la même opinion sur tout en partant de Jonathan Safran Foer (nous avions adoré *Tout est illuminé*) jusqu'à Donna Tartt (nous avions détesté *Le Maître des illusions*). Lily, cet oracle de la sagesse romantique, m'avait prudemment conseillé de ne jamais, au grand jamais, coucher lors des trois premiers rendez-vous. Et j'avais suivi son conseil, ma première sortie avec James n'étant pas vraiment un rendez-vous. Cinq heures après son « Tu veux qu'on aille se boire un café ? », j'étais dans son lit.

Diplôme en poche, nous étions partis ensemble pour New York ; ensemble si l'on peut dire, puisque nous ne partagions pas le même appartement. Ses parents possédaient un « pied-à-terre » ultramoderne et ultrachic dans un des immeubles de Donald Trump situé au nord-ouest; mais c'était leur maison à Tenafly dans le New Jersey, estimée à trois millions de dollars, qui était leur résidence principale. Le docteur Ladeen et sa femme (lui, cardiologue, anxieux mais excellent dans son travail, elle, rédactrice en chef au *New York Review of Books*) avaient proposé à James d'occuper leur appartement à titre gratuit pendant qu'il démarrait son ascension fulgurante dans la renommée littéraire. Leurs espérances ne reposaient pas uniquement sur l'indéniable talent de James, mais aussi sur le fait que sa mère avait fait marcher *ses* relations pour lui permettre de décrocher un poste de rédacteur à *East Coast*. *East Coast* est dans la lignée du *New Yorker*, à la différence que la politique éditoriale met davantage l'accent sur la fiction.

Hélas, les parents de James n'avaient jamais exprimé de sympathie à mon égard. Ils n'abandonnaient pas l'espoir de voir James se remettre avec son ancienne petite amie, Heather von der Meer, la plus jeune des filles de leurs amis de longue date. Ainsi, la proposition du logement ne me prenait pas en compte.

Bon, ce n'était pas grave. Nous avions le temps. James et moi étions heureux. Et ce soir, c'était son vingt-troisième anniversaire. Je voulais qu'il soit inoubliable, c'est pourquoi j'avais vidé la moitié de mon compte en banque : tout d'abord, dîner accompagné d'une bouteille d'un excellent vin au restaurant *Prune*; pendant le dessert, je sortirais les places de concert comme si de rien n'était, ce qui lui ferait pousser un cri de joie et le conduirait à un genre de démonstrations d'affection auxquelles il était allergique en temps normal. Après le concert, on rentrerait chez lui pour la meilleure partie de la soirée. Et de la matinée.

Pour finaliser mon plan, tout ce que j'avais à faire, c'était d'échanger le T-shirt de Woodstock de mon père contre les places.

— On y va ou quoi?

Pete tapait du pied contre le trottoir avec son mocassin couleur café.

Je me mordis la lèvre inférieure. Mes parents seraient compréhensifs. Bien sûr qu'ils le seraient. Ou du moins, c'est ce que je me disais. On fit l'échange. Bon sang, James allait avoir une de ces surprises.

J'enfouis les places dans mon sac à dos et me levai pour souhaiter à Pete une bonne continuation quand un gamin au crâne rasé (il n'avait pas plus de quatorze ans) fit demi-tour dans notre direction sur un de ces vélos de livreurs. Il se balançait de droite à gauche et prenait un malin plaisir à faire peur aux petites vieilles qui se trouvaient à côté.

— Merci, dis-je à Pete. Prends bien soin de mon... hé!

Le gamin au vélo passa devant moi en accélérant et m'arracha le sac des mains avant même que je puisse le remettre sur mon dos.

— Arrête-toi! Arrêtez ce gamin! hurlai-je.

Je me mis à le poursuivre; Pete se mit à le poursuivre; d'autres personnes également. Mais le gamin quitta le chemin, coupa à travers les arbres et pédala de toutes ses forces. Quelques secondes plus tard, il descendait l'avenue à toute allure avec mon sac à dos qui se balançait au guidon.

C'était comme si mes places de concert et mes deux cents dollars me faisaient signe de la main en guise d'au revoir.

# *chapitre 2*

— ... Un petit Blanc tout maigre, avec la tête rasée; il portait des grosses bottes, un short vert baggy, un pull noir, et il avait un tatouage sur les doigts de la main droite, dis-je en guise de compte rendu.

Je plantai ma fourchette dans le plus gros des deux filets mignons que je venais de cuire sur la plaque de ma vieille cuisinière et le déposai dans l'assiette de James.

— Il manquait aussi deux rayons à la roue arrière de son vélo. J'ai donc raconté tout ça au flic, continuai-je.

— Waouh, ça sent super bon !

James se délectait de l'odeur qui lui montait aux narines. Il dégagea ses cheveux noirs derrière les oreilles et me fit un clin d'œil; il avait de magnifiques yeux gris.

— Alors qu'est-ce qu'il a dit, le flic ?

Je fis glisser le deuxième steak sur mon assiette et retournai vers le comptoir où j'avais laissé les légumes.

— Il a dit que ma description du suspect était plus que

19

détaillée ; il n'avait jamais vu ça de sa vie, et a ajouté que je devrais envisager une carrière dans la police.

— Oui, ou alors tu as trop regardé *Les Experts*.

James était assis sur une chaise pliante devant la table en bois de notre cuisine, enfin si on pouvait appeler ça une cuisine. Charma avait récupéré la table dans la rue ; à New York, les encombrants étaient une véritable mine d'or pour les petits salaires qui cherchent à se meubler. Diverses injures étaient gravées sur le dessus, « MANGE TA MERDE OU CRÈVE » étant ma préférée. J'en venais souvent à penser que l'ancien propriétaire avait la maladie de Gilles de la Tourette et un penchant pour les objets pointus.

Le reste de la cuisine était tout aussi miteux : le lino noir et blanc gondolait, les appareils électriques dataient de Mathusalem, et il y avait en permanence dans l'évier des taches de moisissures qui résistaient aux antibactériens. On était vraiment loin de *Prune*.

Tout cela n'empêcha pas James de m'adresser un large sourire au moment où je déposai sur la table la purée et les asperges braisées. Son repas préféré. Vous parlez d'une surprise !

Après m'avoir complimentée sur mes qualités d'observatrice, le flic avait ajouté allègrement que les chances de retrouver le gamin qui m'avait volée étaient minces, et que même s'ils le retrouvaient, mon sac à dos et son contenu seraient déjà loin. Entre-temps, Pete, le mec de la petite annonce, n'avait pas voulu en démordre : donner c'est donner. Il avait refusé de me rendre mon T-shirt et avait filé avant que je fasse ma déposition.

J'avais décidé de ne pas dire à James que j'avais perdu l'argent destiné au dîner chez *Prune* ainsi que les places au premier rang pour les Strokes. Ç'aurait servi à quoi ? J'avais fait un retrait supplémentaire de quarante dollars sur mon compte au ras des pâquerettes et avais acheté le nécessaire pour préparer un bon repas. Pour une surprise d'anniversaire, c'était pitoyable, mais je comptais me rattraper au dessert...

— Mmmm! La cuisson est parfaite.

James aimait son steak à point; il ferma les yeux d'extase à la première bouchée.

— Tu as fait opposition sur tes cartes de crédit, et tout? demanda-t-il.

— Sur *ma* carte de crédit, tu veux dire, lui fis-je remarquer.

De toute façon, le gamin n'aurait pas pu s'en servir : le plafond de retrait était de deux mille dollars et je l'avais déjà dépassé. Je goûtai mon steak. Un délice. C'était une des rares choses que je savais cuisiner.

— Alors? Qu'est-ce que tes parents t'ont offert?

La veille au soir, ses parents l'avaient emmené au *Bouley*. Je n'avais pas été invitée, bien que l'année précédente, Heather La Parfaite les avait accompagnés au *Five Hundred Blake Street* qui était indiscutablement le meilleur restaurant de New Haven.

Pour dire la vérité, je n'avais jamais rencontré Heather, mais j'avais bien sûr fait une recherche sur facebook.com. Elle était la plus jeune des filles d'une riche famille de Rhode Island dont l'arbre généalogique remontait à Roger Williams, l'un des premiers colons. Actuellement en première année de droit à Harvard, Heather avait non seulement un cerveau, mais aussi de longs cheveux blonds, un cou plein de grâce et des lèvres pulpeuses comme celles dont je rêvais. Une simple mortelle dont le gagne-pain consistait à mettre des titres à des photos, et qui faisait une taille de plus en bas qu'en haut, ne pouvait rivaliser avec elle.

— Mes cadeaux?

La voix de James m'extirpa de mes pensées.

— Ma mère a demandé à John Updike de me dédicacer la première édition des romans de *Rabbit*.

Je pris une bouchée de steak et esquissai un sourire. L'unique objet de valeur que je possédais autrefois était le T-shirt de Woodstock.

Pendant les quelques minutes qui suivirent, je continuai mon repas tout en écoutant James me régaler avec ses histoires de *East Coast*. On lui avait demandé de diriger la publication de nouvelles écrites par une poignée de jeunes chanteurs-compositeurs célèbres. Selon James, elles étaient toutes nulles, et il avait dû tout réécrire alors que c'était à eux qu'on en attribuait le mérite.

— J'ai *horreur* de ce genre d'histoire, dis-je en le taquinant.

J'emplis de nouveau nos verres de ce petit shiraz australien déniché au rayon des bonnes affaires.

— Et pourquoi, moi, je n'ai reçu aucune reconnaissance pour ce que j'ai écrit sur Jessica et Ashley alors qu'elles s'affrontaient à coups de Botox?

Il tendit le bras pour me prendre la main.

— Tu ne vas pas moisir là-bas longtemps.

Facile à dire pour quelqu'un qui travaille pour *East Coast*. Je faisais de petits cercles avec ma fourchette dans ce qui me restait de purée.

— Si seulement je pouvais lancer une super bonne idée qui intéresserait Debra...

Debra Wurtzel était mon éditrice en chef. Elle s'y connaissait autant en culture pop que James s'y connaissait en œuvres de Salinger, c'est tout dire. Les réunions éditoriales se déroulaient tous les lundis matin et, nous, les assistants, étions tenus d'y participer à la demande expresse de notre supérieur hiérarchique. Dans mon cas, c'était Latoya Lincoln et, pour être précise, elle m'avait invitée deux fois. La première fois, Debra ne m'avait même pas adressé un regard. La deuxième fois, elle m'avait fixée et demandé :

— Megan ? Tes idées ?

Quand Debra s'était tournée vers moi, tout le monde en avait fait autant. Je crois avoir déjà signalé que je n'apprécie pas trop d'être le centre de l'attention générale, et ceci pour la simple raison que je rougis. Et pas qu'un peu. Le silence régnait dans la salle de réunion et mon visage devint rouge écrevisse. Toutefois, j'avais réussi à lancer une idée : un article sur une étude récente qui mettait en relation le poids des célébrités et les fortes variations de poids chez les jeunes femmes de 16 à 20 ans.

L'assistante de Debra, Jemma Lithgow, diplômée d'Oxford, taille de guêpe, avait rappelé à tous que nous avions récemment publié un dossier sur « Les secrets minceurs des stars », et qu'elle ne voyait donc pas comment nous aurions pu faire machine arrière et revenir sur les éloges publiés. Elle n'avait pas eu besoin d'ajouter « gros tas », je l'avais lu dans son regard.

Depuis cette réunion, tout le monde m'évitait comme la peste. Les collègues qui avaient de l'ambition ne venaient plus s'asseoir à côté de moi pour déjeuner à la cafétéria du quatrième étage ; ils avaient clairement peur d'être infectés par le virus du loser. J'avais désormais moins de chances de me faire inviter aux réunions du lundi. Tant mieux : je pouvais me passer d'autres humiliations en public pendant quelque temps, merci bien.

Le repas terminé, j'empilai les assiettes dans l'évier, bouchai le bac et ajoutai de l'eau et du liquide-vaisselle. Mon immeuble d'avant-guerre (c'est-à-dire construit avant la *Première* Guerre mondiale) n'était pas équipé d'installations nécessaires au branchement d'un lave-vaisselle. James arriva derrière moi et souleva mes cheveux pour me déposer un baiser sur la nuque.

— Tu sais quoi ? Je pensais aux vacances, dit-il d'une voix basse tout en se blottissant contre moi.

Ça s'annonçait prometteur. Thanksgiving et Noël arrivaient à grands pas et nous avions à peine abordé le sujet.

— Oui?

Il m'embrassa de nouveau et fit glisser ses mains autour de ma taille.

— Mes parents veulent que nous allions en Floride, dans notre maison de Gulf Stream.

*Nous?*

— Alors je me suis dit que... peut-être ça te dirait de venir? Pour Thanksgiving? demanda James.

Thanksgiving était dans dix jours à peine. On ne pouvait pas dire qu'il me prévenait longtemps à l'avance. Et pourtant, je me retins de sauter au plafond.

Je penchai la tête en arrière, assez pour voir ses yeux.

— Tes parents m'ont invitée?

— Eh bien... pas encore, dit-il en contournant la question. Je voulais t'en parler d'abord.

Mauvais. Ce genre d'invitation n'était-elle pas censée se faire dans l'autre sens?

— Alors, qu'est-ce que tu en dis?

James faisait tout pour me tenter ; il caressa mon ventre, m'embrassa encore puis ôta mon T-shirt.

— Ben... dis-je en essayant d'imaginer un Thanksgiving sans ma propre famille.

C'est alors que James glissa sa main dans mon jean, et tout ce que je pus dire se résuma à « Oh! » puis « D'accord », et enfin « Oui! ».

J'agrippai son pantalon, défis les boutons d'une main et de l'autre l'abaissai jusqu'aux genoux. Il faut que vous sachiez qu'il n'y a pas que pour l'écriture que je suis douée, tout du moins c'est ce qu'on m'a laissé entendre. Disons juste que le fait d'avoir grandi dans l'ombre d'une sœur éblouissante m'a obligée à me dépasser.

Je lui dis à voix basse d'aller m'attendre dans mon lit, et

que j'arriverais avec un cadeau-surprise. Il ne demandait pas mieux et ne se fit pas prier.

J'ouvris le réfrigérateur et en sortis un gâteau au chocolat nappé de moka qui venait de la pâtisserie Edelweiss sur la 2e Avenue. Je n'avais peut-être plus de places au premier rang pour les Strokes, mais j'espérais bien compenser en recouvrant de glaçage les parties de mon corps qu'il préférait.

— Hé, où est passé ton T-shirt de Woodstock? cria-t-il depuis la chambre-salon.

Et merde.

— J'ai préféré le laisser chez mes parents, répondis-je tout en me badigeonnant de moka.

Vous êtes certainement en train de vous demander si je ne me sentais pas un peu ridicule. La réponse est « oui ». À vrai dire, je n'avais jamais nappé mes tétons de sucre, ni aucune autre partie de mon corps d'ailleurs. Mais malgré tout ce qui s'était passé, j'étais déterminée à faire de cet anniversaire un jour inoubliable pour James.

Je finissais tout juste d'appliquer les dernières touches sur la partie inférieure de mon anatomie (si seulement son parfum préféré avait été vanille ou fraise! Marron moka sur un corps nu ne faisait pas vraiment partie des couleurs les plus appétissantes pour le jeu de la séduction) quand je sentis l'odeur de la fumée.

Je vérifiai la plaque de cuisson : elle était éteinte. L'odeur s'intensifiait pourtant. J'avançai à pas de loup jusqu'à la porte d'entrée et regardai à travers le judas. Le couloir était archinoir. Une demi-seconde plus tard, la vieille alarme à incendie se mit à retentir bruyamment au-dessus de ma tête.

— Au feu!

Je courus dans la chambre, oubliant complètement que j'étais nue et couverte de glaçage.

— Au feu! Y a le feu! Le couloir est rempli de fumée!

James sauta du lit; son excitation évanouie, il écarquillait les yeux de frayeur. Il s'empara de son caleçon.

— L'escalier de secours! criai-je sur un ton brusque.

Je savais que nous ne pourrions pas passer à travers la fumée pour atteindre la cage d'escalier de l'immeuble.

J'attrapai la première chose qui me tombait sous la main, un drap, et l'enroulai autour de moi. Le glaçage se révéla être un très bon adhésif. Qui l'eût cru? James mit un certain temps à ouvrir la fenêtre qui donnait sur l'escalier de secours. Lorsqu'il arriva enfin à la soulever, il me poussa à travers et me suivit. J'entendais déjà les camions de pompiers au loin.

Vous ai-je déjà dit que l'éducation physique n'était pas mon fort? Eh bien, il s'avéra qu'avec la motivation nécessaire je pouvais détaler comme un lapin. Nous n'en finissions plus de descendre. Arrivée en bas de l'escalier au deuxième étage, j'aperçus une foule énorme qui s'était rassemblée; tous les yeux étaient braqués sur nous.

Je me rendis compte subitement que j'étais enroulée dans un drap qui tenait grâce à une couche de glaçage; je ne portais rien en-dessous et il restait encore une portion d'échelle à descendre pour atteindre le trottoir. Je me tournai vers James, paniquée.

— Vas-y ma puce, dit-il vivement. Allez, vas-y.

Je m'exécutai. Mais descendre une échelle quand on ne porte rien d'autre qu'un drap enduit de glaçage, tout en gardant les jambes serrées comme une jeune fille bien élevée, se révéla... impossible.

Voilà comment je suis devenue, bien malgré moi, le sex-symbol de tout East Village.

*chapitre 3*

Le lundi matin de bonne heure, j'étais assise à une petite table de la cafétéria en face de Lily. Au menu : café et un deuxième beignet à la confiture. Lily, quant à elle, déposait délicatement chaque cuillerée de son yaourt à zéro pour cent dans sa bouche aux lèvres joliment dessinées. C'est bien sûr ce que j'aurais dû prendre également, mais je me disais qu'après les événements du week-end, je pouvais bien me permettre une bonne cure de sucre.

Mon appartement était inhabitable. Selon mon propriétaire serbe, que j'avais du mal à comprendre, Charma et moi ne pourrions pas réintégrer les lieux avant un certain temps ; il fallait compter trois semaines au minimum. Après l'incendie, nous avions eu le droit de retourner à l'intérieur pour récupérer quelques affaires personnelles avec l'obligation de porter un masque qui nous faisait ressembler à des envahisseurs venus de l'espace, comme on en voit dans les mauvais films d'horreur. Le masque se révéla nécessaire car dans l'appartement, tout était recouvert de cendres.

Au cours de cette mission sauvetage, je m'étais débarrassée de mon drap et j'avais enfilé les premières fringues que j'avais trouvées dans mon placard : un jean, un pull et de gros mocassins noirs qui n'étaient déjà pas à la mode quand je les avais achetés. J'avais pris mon iBook, espérant de tout cœur qu'il avait survécu, un sac-poubelle rempli de vêtements, ainsi que les vingt dollars réservés aux cas d'urgence que j'avais planqués à l'intérieur d'un exemplaire d'*Une brève histoire du temps* : je me doutais que si un junkie arrivait à se glisser sous la grille de la fenêtre de notre cuisine, il ne lui viendrait jamais à l'idée de voler ce livre.

J'avais dormi chez James le samedi soir mais n'avais pas essayé de me remettre en mode séduction spécial anniversaire. Croyez-en mon expérience, si une armée de parfaits inconnus vous avaient, de leurs yeux, fait un examen gynécologique, vous auriez vous aussi perdu votre appétit sexuel. L'appartement de ses parents était équipé d'un combiné lave-linge/séchoir discrètement dissimulé derrière des portes en accordéon, mais cela avait été une perte de temps d'essayer de faire disparaître la suie et l'odeur de la fumée des vêtements que j'avais récupérés.

Le dimanche après-midi, James m'avait prêté son plus petit jean, un vieux pull et cent dollars. Je m'étais directement rendue à Century 21[1] au rayon des articles soldés à moins soixante-dix pour cent. Comme nous étions en novembre, il n'y avait que des vêtements d'été et une poignée d'articles qui n'avaient pas eu de succès l'hiver précédent, car toute

---

1. Rien à voir avec l'agence immobilière. Dans cette grande enseigne américaine, on trouve des chaussures, des accessoires et... des vêtements à des prix imbattables. (*N.d.T.*)

personne normalement constituée ne pouvait les trouver que trop laids.

Avec mes cent dollars, j'avais acheté une jupe bohémienne couleur lavande, une chemise blanche en coton, un pantalon stretch bleu marine avec des poches sur les hanches qui semblaient proclamer : CONVOI EXCEPTIONNEL, un pull marron et deux T-shirts d'été dans les tons jaune vomi et vert dégueulis. Bon appétit. Je n'avais même pas pu réquisitionner Lily pour cette mission car elle avait une représentation au théâtre et ensuite une séance photo pour Gap : ils voulaient lancer une campagne publicitaire au printemps sur les futures stars. La séance dura jusque tard dans la nuit, c'est pourquoi Lily m'avait donné rendez-vous à la cafétéria de mon lieu de travail avant son cours de speed bike du lundi matin. Même sans maquillage et en survêtement, elle était parfaite. C'était déprimant.

— Quand est-ce que tu pourras retourner dans ton appartement ? demanda Lily.

Mon propriétaire avait laissé un message sur mon portable avec les dernières nouvelles :

— À Noël. Peut-être la semaine d'après.

Lily avala une autre mini-cuillerée de yaourt.

— Je suis sûre que tu veux t'installer chez James, mais tu peux toujours venir chez moi, si tu veux.

En fait, je n'avais jamais dit à Lily que c'était hors de question que je m'installe définitivement chez James à cause de ses parents, tout simplement parce que cette histoire était plus que pathétique.

Et voilà, c'était toujours la même chose avec ma sœur. Je savais qu'elle allait me proposer de partager son grand appartement sur la 75e Rue Ouest, près d'Amsterdam Avenue, et je savais aussi qu'elle le ferait avec humilité. Le pire chez Lily c'était qu'en plus d'être époustouflante et une artiste accomplie, elle était douée d'une gentillesse naturelle. C'en était presque écœurant. Si c'était une garce qui ne pensait qu'à sa petite personne, elle me sortirait par les yeux. Mais comme elle était loin de l'être et que je la détestais malgré tout, car elle incarnait la perfection, je ne supportais pas de me trouver à ses côtés.

— Oh, je vais bien trouver une solution, dis-je, joviale, avant d'avaler le reste de mon deuxième beignet à la confiture.

— Euh... tu as un peu de...

Lily fit un geste vers sa poitrine. Je baissai la tête. J'avais fait une tache de confiture à la fraise sur mon nouveau T-shirt blanc entre le troisième et le quatrième bouton. Je pris une serviette pour m'essuyer, mais ne fis qu'étaler la marque rosâtre. Génial.

Direction les ascenseurs. *Scoop* occupait les septième et huitième niveaux d'un immeuble de quinze étages magnifiquement rénové, sur la 23e Rue Est, et qui donnait sur le Madison Square Park. D'autres magazines appartenant à la même maison d'édition européenne (comme *Rockit*, un nouveau concurrent de *Rolling Stone* pour lequel j'aurais tant aimé écrire alors que je n'avais même pas pu obtenir un entretien avec eux) se partageaient le reste de l'immeuble, à l'exception de l'étage de la cafétéria où nous nous trouvions. J'appuyai sur le bouton du haut et le bouton du bas. Devinez quel ascenseur s'ouvrit en premier.

— Passe-moi un coup de fil si tu changes d'avis, me dit Lily.

Elle me serra rapidement dans ses bras et s'engouffra dans l'ascenseur vide qui descendait.

Une minute plus tard, je sortais de mon ascenseur plein à craquer qui montait à l'étage de *Scoop* et autres magazines. Je fis un signe à Brianna, la réceptionniste, qui était arrivée la semaine précédente. Pour retourner à mon box, je devais passer devant la porte ouverte du bureau de Latoya.

— Megan ! cria-t-elle. Réunion éditoriale dans dix minutes.

J'espérais que le sentiment d'horreur causé par son annonce ne se lisait pas sur mon visage. J'avais été un peu trop préoccupée par l'incendie, l'évacuation de mon appartement, le vol de mon sac et la perte de mon argent pour réfléchir à une idée d'article en vue d'une réunion à laquelle, cette-fois c'était certain, je ne serais plus jamais conviée.

Oh.

Debra Wurtzel, l'éditrice en chef, paraissait à la fois totalement abordable et complètement intimidante. Elle avait une petite quarantaine d'années et des cheveux noir corbeau coupés au carré qui lui arrivaient juste au-dessus des épaules. Sa frange lui donnait un air sévère et attirait le regard vers ses yeux bleus perçants qui étaient, comme d'habitude, soulignés d'un trait de khôl bleu foncé. Elle avait cinq minuscules anneaux en plaqué or à l'oreille droite et un seul à l'oreille gauche. Aujourd'hui, elle portait un pantalon noir en laine, une veste noire près du corps et des T-shirts noirs superposés. Le dernier retardataire entra (merci, mon Dieu, ce n'était pas moi), et elle ôta ses lunettes demi-lune. Je m'étais rendu compte dès la première réunion que c'était son signal pour indiquer le début de la réunion.

Nous étions au huitième étage, dans la grande salle qui donnait sur la 23e Rue. J'étais assise entre Jemma, l'assistante de Debra, et Latoya. Jemma, toujours élégante, arborait un chemisier blanc en tulle sous un corset noir de chez Betsy Johnson, une minijupe à carreaux rouges et blancs, et des ballerines à talons qui me faisaient penser à Minnie la souris. La seule chose qui laissait suggérer qu'elle n'était pas aussi parfaite qu'elle en avait l'air, c'était les cuticules mal soignées qui bordaient ses ongles rose pastel. Elle était évidemment sous pression.

Latoya portait un pull épais en cachemire gris, une jupe

noire droite et un collier de grosses perles autour du cou. Elle avait copié le style de Debra. Avec mon T-shirt taché de confiture et ma jupe d'été dans laquelle j'étais ridicule, j'avais l'air d'être la petite protégée d'une clocharde.

— Commençons par les couples, dit Debra.

Elle fixa son regard sur Lisa Weinstock, la rondelette et brillante rédactrice dont le service traitait des couples célèbres.

— Quoi de neuf du côté amours et ruptures, Lisa?

Lisa dégagea sa frange aux mèches rouges, qui lui arrivait dans les yeux.

— On a un tout nouveau scoop : ça jase au paradis pour Jen et vous-savez-qui. On a aussi des photos prises d'un portable montrant Ashley qui flirte avec Nick au *Bungalow 8*; y a rien de mieux que de draguer l'ex de sa sœur quand on veut faire parler de soi.

— Excellent, approuva Debra.

Tout le monde autour de la table eut un mouvement approbateur de la tête. Si Debra avait décrété qu'une gravure montrant l'accouplement de deux ânes était « un tout nouveau scoop », ils se seraient tous émerveillés devant.

— Latoya? demanda Debra. Article central?

C'était le service pour lequel je travaillais comme subalterne. Chaque semaine, *Scoop* publiait un « article » de quatre pages au centre du numéro.

— Je travaille sur un article avec Rumer, la fille de Demi, expliqua Latoya. Ça parle de sa mère dans l'intimité, de Bruce, d'Ashton, blablabla. Elle a ses propres photos et elle donnera un titre à chacune.

— Excellent, Latoya.

Debra tourna légèrement la tête jusqu'à ce que je sois dans sa ligne de mire.

— Megan? Quelle est ta nouvelle meilleure idée d'article?

Une douzaine de paires d'yeux se tournèrent vers moi. Je

fis un effort suprême pour que mon visage ne devienne pas vermillon mais il faut croire que l'auto-persuasion, ça ne marchait pas vraiment.

— Eh bien… je pensais écrire un article sur…

Réfléchis Megan, *réfléchis*!

— … De nouvelles études montrent que la diminution du nombre de cancers du sein serait liée au fait que les femmes suivent moins de traitements hormonaux lors de la ménopause.

Un ricanement se fit entendre, mais Debra resta impassible. Elle fit tournoyer son index pour indiquer que je devais continuer.

— Je me suis alors demandé quel lien il pouvait y avoir avec les autres formes de… euh… d'hormones.

Je sentais mon visage devenir rouge comme une tomate.

— La pilule, par exemple, dis-je pour conclure.

Debra fronça les sourcils en direction de Latoya.

— Est-ce que Megan en a discuté avec vous?

— Non, dit Latoya d'un air plus que catégorique.

C'était mal barré.

— Quelqu'un souhaite ajouter un commentaire?

Jemma leva la main.

— Les gens lisent *Scoop* pour échapper à la réalité, pas pour la lire. Le cancer? Les hormones? La ménopause? Berk!

Je ne sais pas si c'était à cause du week-end ou du fait que James avait le loisir d'écrire sur des sujets un minimum intéressants, ou bien parce que je serais toujours la fille de mes parents, mais je ne pus m'empêcher de demander:

— Vous ne croyez pas que nous avons une part de responsabilité envers nos lecteurs? Nous sommes plus accessibles que la plupart des journaux. Peut-être que nous devrions faire… quelque chose…

Jemma leva les yeux au ciel en signe d'imploration pour que Dieu la délivre de moi. Elle reprit :

— Nos sujets sont *toujours* importants. On peut remédier à tout : que ce soit par une cure de désintox hors de prix, une opération de chirurgie esthétique onéreuse, ou encore des vacances dans le grand luxe sur une île privée. Et c'est de *ça* que parle notre magazine.

— Je pense que…, commença Latoya.

— Excusez-moi. Vous sentez l'odeur de la fumée ?

Jemma retroussa son nez pointu de manière agaçante, imitée par une douzaine d'autres nez qui remuaient les narines comme des lapins dans une mini-ferme. Merde ! Mes chaussures. J'effectuai un mouvement très discret pour éloigner mes jambes, et je retroussai mon nez comme tout le monde.

Des chuchotements se firent entendre autour de la table de réunion jusqu'à ce que Debra demande à Jemma d'avertir la sécurité.

— Ce sera tout pour aujourd'hui, déclara Debra pendant que Jemma quittait la salle de réunion à petits pas de souris.

Le personnel éditorial se précipita vers la sortie. Je m'apprêtais tout juste à disparaître parmi eux quand…

— Megan ?

Je me retournai.

— Oui ?

Debra remit ses lunettes sur son nez.

— Dans mon bureau, dans cinq minutes.

C'était *vraiment* mal barré.

# *chapitre 4*

Je me tenais près de la porte à l'extérieur du bureau de Debra, et j'écoutais le hurlement du vent qui contournait notre immeuble. La chaîne NY1 avait annoncé l'arrivée de la toute première vague de froid de novembre. Cela me paraissait être une excellente métaphore pour parler de ma vie.

Le préposé au courrier passa devant moi avec son chariot et il se garda bien de croiser mon regard. Même lui savait que j'étais la pestiférée de *Scoop*. Je jetai un coup d'œil à travers le mur en verre du bureau de Debra. Elle était au téléphone mais me fit signe d'entrer.

C'était la première fois que je franchissais la porte de son bureau depuis mon entretien d'embauche, et je fus de nouveau frappée par la propreté et la sobriété de la pièce : un bureau en verre, un ordinateur portable Toshiba, et de nombreuses baies vitrées. Elle me fit signe de m'asseoir

1. Page des ragots dans le *New York Post*. (*N.d.T.*)

sur l'un des trois fauteuils noirs de metteur en scène, face à son bureau. Elle avait pour seul objet de décoration un cadre Tiffany en argent dans lequel se trouvait une photo prise à la mer d'une Debra plus jeune qui souriait à un petit garçon. Debra ne parlait jamais de sa vie privée.

— Oui. D'accord. Très bien... Oui, je te tiens au courant, Laurel. À bientôt.

Elle raccrocha enfin.

— Megan.

Je parvins à sortir un « Oui ? » et croisai les bras sur les genoux.

— Tes réactions me font peur.

Elle s'assit dans son fauteuil et pivota pour regarder à travers les grandes baies vitrées.

— Je sais que mon idée était un peu à côté de la plaque, admis-je.

Elle me fixait comme si j'étais un cafard gisant sur son bureau, mais je poursuivis quand même.

— C'est vrai que les gens aiment lire des articles sur les riches et les célébrités, mais en y réfléchissant bien, nous avons l'opportunité unique de toucher un large public de femmes très différentes. *Scoop* vise une tranche d'âge qui...

— Jemma avait raison, Megan, interrompit Debra. J'avais espéré te faire écrire des articles maintenant, c'est pourquoi je t'avais mise dans le service de Latoya. Mais ça fait deux mois et tu n'as toujours pas l'air de comprendre ce qu'on attend de toi.

Je sentis de nouveau le rouge me monter au visage.

— Je suis sûre que je peux trouver de meilleures idées, dis-je d'un ton hésitant, juste au cas où c'était la réponse qu'attendait Debra.

Et non, raté.

— Nous devons nous séparer de toi, Megan.

Je baissai la tête. Se séparer de moi? Ça veut dire *virée*? Au chômage? Encore au chômage? J'avais la gorge serrée.

— Je comprends. Je vais vider mon...

— Je n'ai pas fini, m'interrompit Debra.

— Pardon?

Elle croisa les bras.

— Je t'aime bien, Megan. En fait, je te ressemblais beaucoup quand j'avais ton âge.

De toute évidence, elle se serait donc licenciée elle-même. Je me mis à cligner des yeux; ils s'étaient tout à coup remplis de larmes.

— Tu es intelligente. Tu as de la suite dans les idées. Et je suis bien consciente que tu as un véritable don pour l'écriture. Mais *Scoop* ne te correspond pas. Tu devrais écrire pour un magazine plus important comme *East Coast, Rolling Stone* ou même *Rockit*.

Ça alors, c'est vrai?

— J'ai quand même une bonne nouvelle, continua-t-elle. J'ai un travail pour toi en Floride. Un poste de prof. C'est seulement pour deux mois, mais je suis sûre que tu serais parfaite pour ce job.

Enseigner? En Floride? Pendant deux mois? C'est ça qu'elle appelait une *bonne nouvelle*?

Je fis un mouvement pour me lever. Je sentis ma gorge se serrer et j'espérai m'être échappée avant que les larmes ne surgissent.

— Merci d'avoir pensé à moi, mais je ne suis pas prof.

Je me tournai pour partir lorsque Debra leva un doigt.

— Attends. Écoute-moi jusqu'au bout. Primo : nous sommes mi-novembre, et il ne se passe rien dans le monde de l'édition entre Thanksgiving et le 1er janvier. Personne n'embauche et personne ne fait passer d'entretien.

Je savais qu'elle avait malheureusement raison. C'était la pire des périodes pour se faire virer.

— Deuzio, dit-elle en levant un autre doigt. Tu n'auras aucune dépense sur place : tu seras nourrie, logée, blanchie. Et tertio, tu seras mieux payée qu'à *Scoop*. Bien mieux.

Ça n'avait ni queue ni tête. Je n'avais aucune qualification en tant que professeur, et même si j'en avais eu, tout le monde sait que les professeurs ne gagnent pas beaucoup d'argent. Et à quel genre de prof attribuait-on un logement de fonction pendant deux mois ? À un remplaçant dans un pensionnat pour gosses de riches ? Très peu pour moi.

Mais une fois sortie des bureaux de *Scoop*, j'allais devoir faire face à certaines réalités : je ne pouvais pas vivre avec James, et je ne voulais pas habiter avec Lily. La recherche d'un emploi allait s'avérer très dure et je n'avais pas du tout d'argent de côté. L'idée de retourner dans le New Hampshire travailler pour *Les Amoureux de la nature* ne m'enchantait pas du tout ; ni même celle de bosser à Bloomingdale's pour emballer les cadeaux de Noël de ceux qui avaient les moyens d'en acheter.

— Le boulot commence quand exactement ? demandai-je avec prudence.

— Tout de suite. Il y a une voiture noire qui t'attend en bas.

— *Tout de suite ?*

— Oui, il t'emmène à l'aéroport si tu te décides.

— Vers la Floride ? continuai-je.

— Palm Beach, pour être précise. En jet privé.

En jet privé ? Tout ça pour un boulot de *prof* ?

— On t'expliquera tout en détail une fois que tu seras arrivée.

Debra souleva une pile de planches contacts d'une séance de photos récente.

— Tu n'as rien à perdre. Si tu ne t'y plais pas, tu peux remonter dans l'avion et être chez toi à temps pour le journal de 22 heures.

— Mais je...

Je ne voyais pas d'où venait ce *mais*, mais... *mais quelque chose*. Il y avait quelque chose de louche dans cette histoire.

— Il faut savoir sauter le pas, Megan, dit Debra gentiment.

Sauter le pas. Je n'étais pas vraiment le genre de fille qui saute le pas. Observer attentivement de l'extérieur et voir comment les choses se déroulent : oui. Sauter le pas : non. Cependant je n'avais pas le choix. Et même si Debra venait tout juste de me virer, je ne sais pas pourquoi, mais je n'avais pas envie de la laisser tomber. Bizarrement, je l'appréciais encore.

— D'accord, j'accepte.

Elle sourit.

— Parfait. Tu peux y aller maintenant.

Je me levai, tout engourdie.

— J'aimerais vous remercier, mais je ne suis pas sûre de savoir pour quoi je vous remercierais.

— As-tu lu le dernier *Vanity Fair*?

Je fis « non » de la tête. J'aimais bien *Vanity Fair* (il faisait partie des dix premiers magazines pour lesquels je rêvais d'écrire). Mais j'avais été trop occupée par le chaos qui s'était abattu sur moi pour m'être intéressée au dernier numéro.

— Ce serait bien que tu y jettes un coup d'œil pendant le vol.

Elle attrapa un exemplaire sur son bureau et me le donna. Je ne pris même pas la peine de lui demander pourquoi. De toute évidence, il y avait une pièce manquante à ce puzzle plus qu'étrange et c'était le *pourquoi*. Je lui serrai la main, quittai son bureau pour la dernière fois, et je me sentis tout à coup comme Alice au moment où elle s'enfonce dans le terrier de ce satané lapin.

Un jet privé part de New York et vole à une vitesse de 833 kilomètres heure. Combien de temps mettra-t-il pour se rendre à Palm Beach, situé à 1777 kilomètres ?

*a.* 1 heure
*b.* 2 heures
*c.* 4 heures
*d.* On s'en fiche ! À bord, le champagne coule à flots !

## *chapitre 5*

— Je suis en train de rêver, dis-je tout bas à James. Je n'arrive pas à y croire.

Nous étions assis l'un à côté de l'autre à l'arrière de la voiture noire qui était passée me prendre au bureau. Le conducteur slovaque venait tout juste de franchir le pont George Washington qui menait dans le New Jersey. La circulation était fluide en ce milieu de journée étant donné que le reste du monde, comme vous le savez, travaillait.

James passa son bras autour de moi.

— Eh bien, à moins que nous ne soyons dans le même délire, ce qui arrive est bel et bien réel. Étrange, très étrange même, mais réel.

*Étrange* était un doux euphémisme. J'étais soulagée qu'il ait pu se libérer pour m'accompagner jusqu'à l'aéroport. Avant de quitter mon *ancien* bureau, je l'avais appelé et lui avais raconté dans les grandes lignes ce qui m'arrivait : mon départ imminent pour la Floride après un détour par son appartement pour récupérer ma brosse à dents et les bonnes affaires que j'avais dénichées à Century 21.

— Merci d'être venu, lui répétai-je.

Il avait feint une rage de dents et inventé un rendez-vous chez le dentiste pour faire le trajet avec moi.

— N'oublie pas de baver un peu quand tu retourneras au travail. À cause de la Novocaïne, dis-je d'un ton sérieux en hochant la tête.

— J'y penserai.

Il me prit la main et la serra en apercevant une pancarte indiquant AÉROPORT DE TETERBORO. *Aéroport de Teterboro?* Je m'étais imaginé que nous faisions route vers l'aéroport de Newark, mais à en juger par les bâtiments et les avions à hélices qui stationnaient tout près, ce n'était pas dans un 757 que j'allais m'envoler pour la Floride.

— Excusez-moi, monsieur? appelai-je de l'arrière de la voiture. Sommes-nous au bon endroit?

— Pas s'inquiéter.

Il avait un fort accent. Il croisa mon regard dans le rétroviseur intérieur.

— Je sais où vous aller. Votre patronne Debra Wurtzel (il le prononça *Vetselle*) donner instructions explécites à Boris. Installer confortablement et vous détendre pendant voyage.

Vous détendre pendant voyage. La bonne blague. Comment pouvait-on se « détendre pendant voyage » quand on ne « connaissait pas destination »?

Boris tourna à droite dans une voie de service, montra ses papiers au poste de sécurité et, à mon grand étonnement, roula droit sur le tarmac. La voiture s'arrêta enfin à côté d'un jet doté d'une douzaine de fenêtres et paré des lettres « LL » entrelacées.

— Votre avion, annonça Boris.

— Que signifient les lettres LL? demanda James.

— Aucune idée.

Je n'avais pas l'intention de sortir de la voiture. James me serra de nouveau la main.

— Ça va aller. Peut-être que tu auras du temps libre pour écrire. Et on se voit dans dix jours pour Thanksgiving.

Je me souvins des paroles de Debra, et c'est ce qui me motiva pour sortir de la voiture : si ce qui m'attendait en Floride ne me convenait pas, je pouvais remonter directement dans l'avion et rentrer à la maison. En avant!

Je remerciai Boris avant de traverser le tarmac, main dans la main avec James, jusqu'au *Gulfstream*. Une hôtesse de l'air se tenait en bas des marches. Elle était vêtue d'un impeccable tailleur noir pincé à la taille, comme ceux que portaient les actrices dans les années quarante.

— Mlle Smith? demanda-t-elle d'une voix agréable.

J'avais l'estomac dans les talons et terriblement envie de vomir.

— Oui.

— Je m'appelle Adrienne et c'est moi qui vais vous accompagner pendant ce vol.

Elle avait un très léger accent du Sud.

— Vous voyagez seule, n'est-ce pas?

— Oui, à moins de pouvoir kidnapper mon petit ami.

Je lançai un regard plein d'espoir vers James.

— Avez-vous des bagages? demanda Adrienne.

— Je n'ai que ça, dis-je en soulevant mon vieux sac bleu marine Jan sport. Mais je peux le porter...

— Aucun souci.

Adrienne prit mon sac et poursuivit :

— On se retrouve à bord. Nous décollerons dès que vous serez prête. Désirez-vous boire quelque chose?

J'ouvris la bouche mais aucun son n'en sortit.

— Vous me direz ça à bord, alors.

Elle sourit, monta les marches et entra dans l'avion.

Il n'y avait plus que James et moi dans un décor qui rappelait beaucoup celui de *Casablanca*, à part que nous étions, vous le savez, dans le New Jersey.

— Je t'appelle dès que j'arrive là-bas. Quel que soit ce *là-bas*. Et si jamais je ne reviens pas ce soir...

Je me blottis contre lui et l'embrassai, espérant lui laisser un souvenir inoubliable et ma meilleure prestation de Bogart :

— Nous aurons toujours Newark.

Quarante minutes, cinq cents kilomètres et dix mille mètres d'altitude plus tard, le *Gulfstream* survolait la Virginie. Comme nous avions traversé une bonne dose de turbulences, j'étais restée sagement assise dans mon luxueux siège en cuir blanc à boire ma bouteille d'eau à petites gorgées. Le reste du vol fut finalement plutôt calme.

Adrienne vint me voir.

— N'hésitez pas à vous lever. Le commandant de bord vous y autorise. Désirez-vous déjeuner?

— Oh, je n'ai pas vraiment faim, lui répondis-je. Merci.

— Quelque chose de léger alors, dit-elle avec un clin d'œil.

Elle se dirigea vers le fond dans la cuisine. Je détachai ma ceinture de sécurité et fis un tour de reconnaissance; j'avais été tellement tétanisée par la peur avant le décollage que je m'étais recroquevillée dans le siège situé juste derrière le cockpit. Ce n'était pourtant pas la première fois que je prenais l'avion. Il m'était même arrivé d'avoir droit à un siège en première classe. Mais un coup d'œil à l'intérieur du *Gulfstream* suffisait pour conclure que les propriétaires de jets privés ne voyagent pas comme Monsieur Tout-le-monde.

Juste derrière moi, il y avait des sièges en cuir blanc disposés en demi-cercle en face d'une télévision avec écran plasma haute définition, dotée d'un système audio dernier cri. Chaque siège était équipé d'une petite table de marbre rose sculptée pour y déposer assiette et verre. Un peu plus loin, il y avait une petite chambre avec un grand lit recouvert d'un boutis rose, et enfin, les toilettes.

Je ne sais pas pour vous, mais personnellement, j'ai toujours eu une sainte horreur des toilettes dans les avions. Au début du vol, elles empestent le désinfectant antibactérien, et peu avant l'atterrissage, elles empestent pour d'autres raisons. Mais ces toilettes-là étaient l'exception. Les murs étaient en marbre blanc avec de petites veines couleur vert forêt. Il y avait une cabine de douche en verre avec jets multiples. Un fauteuil de velours était placé en face d'une coiffeuse, elle aussi en marbre blanc, sur laquelle étaient disposés de petits paniers remplis de produits de beauté. Des serviettes blanches et moelleuses étaient empilées sur une étagère. Je caressai du doigt les initiales brodées : LL.

Alors que je retournais à ma place, je vis le commandant de bord qui se tenait debout, près de la porte du cockpit.

— Bonjour, mademoiselle Smith. Bienvenue à bord. Ne vous inquiétez pas, j'ai enclenché le pilote automatique.

— Enchantée, lui dis-je.

Je ne me sentis pas vraiment rassurée par son histoire de pilote automatique. Quand je me trouve à plusieurs milliers de mètres d'altitude, je préfère voir un être humain derrière les commandes. Bien sûr, je n'eus pas le cran de le lui dire, mais je rassemblai assez de courage pour lui demander :

— Pourriez-vous me dire à qui appartient cet avion ?

— À Laurel Limoges, voyons.

Eh bien, voilà, mystère résolu. Je suis ironique, bien entendu. Qui donc était Laurel Limoges, bon sang !

— Je tenais à m'excuser pour les turbulences. Le vol devrait être calme jusqu'à notre arrivée à Palm Beach.

Il jeta un coup d'œil à sa montre.

— L'atterrissage est prévu pour 16 heures. Si vous désirez quoi que ce soit, n'hésitez pas à appeler Adrienne.

Il retourna dans le cockpit. Ouf! Je me dirigeai vers mon siège et vis Adrienne en train de mettre la table pour moi dans le coin télé. Elle avait disposé un set de table et une serviette en lin, tous deux ornés de ce satané logo LL, des couverts en argent, une coupe en cristal et un verre d'eau.

— Vous êtes prête à manger, mademoiselle Smith?

Ce *quelque chose de léger* se composait d'une salade de poires, endives et gorgonzola, d'un petit pain chaud, de vin rouge et d'eau minérale gazeuse.

Les beignets à la confiture que j'avais mangés avec Lily étaient bien loin, et ce repas avait l'air très appétissant.

— Merci beaucoup, dis-je en m'asseyant.

— N'hésitez pas à m'appeler si vous avez besoin de quelque chose.

— Peut-être... mon sac à dos?

— Tout de suite.

Adrienne s'empressa de satisfaire ma demande comme dans *Madame est servie*. Je pris un morceau de pain, étalai du beurre dessus et le mis dans ma bouche. Un régal pour les papilles.

— Voilà, mademoiselle Smith.

Adrienne déposa mon sac à dos sur le siège situé à ma gauche.

— Désirez-vous autre chose?

Je pris une gorgée d'eau gazeuse.

— Non merci. C'est excellent.

— Quand vous aurez terminé, si vous souhaitez que je lave votre T-shirt, l'avion est équipé d'un lave-linge. Vous avez une...

Elle fit un geste en direction de la tache de confiture que j'avais complètement oubliée.

— Cela ne prendra que quarante-cinq minutes. Vous avez une robe de chambre pendue derrière la porte de la salle d'eau si vous voulez vous changer.

Je l'avoue, j'étais impressionnée.

Après avoir mangé la moitié de la salade, je sortis *Vanity Fair* de mon sac à dos. Il y avait un article de Dominik Dunne sur un meurtre commis à Nashville dix ans plus tôt pour lequel le mari de la victime venait juste d'être condamné. On pouvait aussi lire une chronique sur les anciens membres du groupe des Talking Heads. Les deux articles paraissaient très intéressants, mais n'avaient apparemment aucun rapport avec moi, ni avec la Floride, ni avec mon départ pour la Floride.

Je continuai à feuilleter le magazine et je tombai sur une photo qui prenait toute une page où l'on voyait deux adolescentes d'une beauté aveuglante en train de patauger, habillées, dans une piscine. La légende de la photo indiquait qu'il s'agissait de Sage et Rose Baker, de Palm Beach, en Floride.

### LES FABULEUSES JUMELLES BAKER
Par Jesse Kornbluth

Paris qui ?

Vous êtes encore en train de vous moquer de ses sexcapades ou de mettre à jour vos connaissances en matière de potins grâce aux tabloïdes et aux photos de cette meilleure amie-meilleure ennemie qui porte l'anorexie comme un accessoire de haute couture ? Eh bien, vous avez déjà un train de retard. Bienvenue dans le nouveau millénaire de la débauche d'une jeunesse dorée : Sage et Rose Baker, les Fabuleuses Jumelles Baker, de Palm Beach, en Floride.

Sage et Rose sont incontestablement plus belles que celles qui titillaient les tabloïdes avant elles. Si les quatre-vingt-quatre millions de dollars dont elles seront bientôt les heureuses héritières peuvent couvrir la dépense, elles auront beaucoup, beaucoup plus de succès également. Ajoutons qu'elles n'ont que dix-sept ans.

Elles se ressemblent presque comme deux gouttes d'eau ; Sage est plus vieille de six minutes. Elles ont de magnifiques cheveux roux. Rose aime se faire bronzer alors que Sage préfère garder une peau si claire qu'elle a presque un teint d'opale. Elles sont belles à en couper le souffle avec leurs pommettes hautes, leur petite fossette au menton, leurs grands yeux vert émeraude et leur bouche parfaitement dessinée. Leur beauté rappelle celle de Jean Shrimpton, bien que l'évocation de ce nom n'entraîne aucune réaction de leur part. Bien évidemment, leurs modèles de beauté ne sont pas plus âgées que Christina Aguilera.

Les jumelles Baker sont les petites-filles de Laurel Limoges, la fondatrice et PD-G de Angel Cosmetics.

Laurel Limoges. La personne que le commandant de bord...

Je me trouvais dans son avion ?

J'avais compris. C'était cet article que Debra voulait que je lise. J'en profitai donc pour récompenser mes petites cellules grises en avalant une bonne gorgée du meilleur bordeaux que j'avais jamais bu, avant de reprendre ma lecture.

Elles ont perdu leurs parents dans un accident d'avion il y a neuf ans, quand elles étaient encore à l'école primaire. Un physique de rêve, auquel s'ajoutent une grande fortune, une renommée internationale, une tragédie, plus une vie de débauche et pas uniquement pour faire parler de soi... Les stars de la pop n'ont qu'à bien se tenir.

Depuis la mort de leurs parents, elles vivent avec leur grand-mère dans sa vaste propriété, *Les Anges*[1], à Palm Beach, en Floride. Les jumelles partagent une maison rose qui s'étend sur deux mille six cents mètres carrés. Palm Beach, situé au sud de Jupiter et au nord de Boynton Beach, est une île au climat subtropical de vingt kilomètres de long et séparée de la côte par

1. En français dans le texte. *(N.d.T.)*

le lac Worth. L'ensemble de la fortune des dix mille personnes qui y résident est plus élevée que celle des habitants de Beverly Hills, Bel Air, Santa Barbara et des Émirats arabes unis confondus. Les propriétés bâties comptent parmi les plus magnifiques du monde.

J. Paul Getty fit un jour cette remarque intéressante : « Si l'on peut encore compter son argent, c'est que l'on n'est pas réellement riche. » À en croire cette citation, quand les jumelles toucheront l'argent de leur héritage le jour de leurs dix-huit ans, c'est-à-dire moins de deux mois après la parution de ce numéro de *Vanity Fair*, elles seront véritablement riches.

De même que le reste de la jeunesse dorée de Palm Beach, elles vont au lycée St Andrews situé à West Palm. Toutes deux parlent ouvertement de leur aversion et de leur manque d'intérêt pour ce qui a trait à l'instruction. Quand on insiste un peu, Rose avoue qu'elle « aime bien la musique » pendant que Sage bat des paupières et déclare : « L'école ça me répugle (*sic*). » Je ne la corrige pas. Ne nous arrêtons pas sur de simples banalités de langage, voyons !

Qu'est-ce que les jumelles aiment faire ? Rose hausse les épaules et se tourne vers sa sœur ; c'est sa réponse favorite. Sage, elle, dégage d'un coup de tête en arrière sa crinière rousse qui cache un visage parfaitement maquillé. « Faire du shopping, sauter en parachute, conduire vite, surfer, s'envoyer en l'air, pas forcément dans cet ordre-là et parfois tout ça en même temps. » Elle se penche en avant pour regarder ce que j'écris dans mon petit carnet. « J'aime le sexe. Notez-le bien surtout. »

La coiffeuse arrange les cheveux de Sage en une cascade de boucles de feu. Rose s'est fait lisser les cheveux et a le visage bien dégagé. La maquilleuse s'approche d'elles avec un pinceau de poudre à la main, mais Sage l'envoie balader car elle en a marre de la chaleur et de l'attente. « Pourquoi on commence pas à prendre les photos, putain ! » Une assistante explique qu'il y a un souci avec la lumière et lui tend une flûte de champagne glacé au sirop de melon, sa boisson préférée du moment.

Mais Sage ne se laisse pas amadouer pour autant ; elle en a plus qu'assez. Elle se lève, glisse ses deux maigres mains sous le corsage de la magnifique robe de soirée qu'elle porte et le déchire jusqu'au nombril. Le temps semble s'être arrêté. Même sa sœur retient son souffle.

Sage sourit, elle est visiblement ravie d'être le centre de l'attention. Elle avance de cinq pas vers la piscine d'eau salée et plonge. En l'espace d'une seconde, les boucles et le maquillage sont ruinés. Elle fait la planche sur le dos ; on peut voir ses tétons piercés se dessiner à travers la robe déchirée. Elle invite sa sœur à venir la rejoindre.

Rose hésite une seconde, puis plonge à son tour.

— Prends ça en photo !

Sage éclate de rire en faisant un doigt d'honneur au photographe.

Pour les fabuleuses jumelles Baker, être fabuleux c'est ne jamais avoir à dire qu'on regrette quoi que ce soit.

Peut-être qu'elles n'éprouvaient jamais de regrets, mais moi, tout d'un coup, j'en éprouvais une tonne. Oh mon Dieu, dans quelle galère je m'étais embarquée !

*Souvent victimes d'une enfance difficile, les gens riches et célèbres méritent le prestige et les privilèges que leur offre la société. Ils devraient pouvoir faire ce qu'ils veulent, quand ils veulent, et cela sans conséquences. Après tout, ils le valent bien.*

Vous argumenterez sur le bien-fondé de ce sujet. Vous rédigerez votre essai dans le cahier intitulé : « Sujet analytique : argumentation. »

## *chapitre 6*

— Megan Smith, je présume?

J'étais dans le bureau de Laurel Limoges, dans sa propriété *Les Anges* en train d'admirer la vue imprenable sur l'océan Atlantique à travers la baie vitrée panoramique; rien n'était exagéré dans la description que *Vanity Fair* avait faite de la villa. À l'extérieur, de grosses gouttes de pluie percutaient la surface de la piscine à débordement. C'était dur de distinguer l'eau de la piscine et celle de l'océan.

Je me retournai et me trouvai face à face avec une femme d'un certain âge.

— Laurel Limoges.

— Je suis ravie de faire votre connaissance.

Politesse d'usage. Je ne savais pas si j'allais être ravie d'avoir fait sa connaissance ou bien si, un quart d'heure plus tard, je serais dans sa voiture en train de demander à son chauffeur de me reconduire à l'aéroport.

En lui serrant la main, je fus frappée par sa beauté.

N'importe qui l'aurait été. Elle avait un teint de lait, une peau fine et parfaite, les pommettes hautes. Elle arborait un tailleur gris, veste cintrée, jupe droite, qui tombait juste au-dessus des genoux. Ses escarpins gris perle rappelaient la couleur des boutons de son tailleur. Elle portait un bracelet d'argent au poignet gauche, mais aucune bague.

— Je vous en prie.

Elle me fit signe de m'asseoir dans un canapé encadré d'ébène sculpté et prit place face à moi sur un fauteuil recouvert d'un magnifique tissu indien.

— Vous avez fait bon vol ? Vous n'êtes pas trop... quel est le mot... trempée ?

Elle avait un léger accent français.

— Votre chauffeur avait un *parapluie très bon et très grand*[1].

Traduction : un très grand parapluie qui nous a bien rendu service. Bravo, quatre années de cours de français à Yale !

Le ciel s'était couvert dès notre atterrissage à Palm Beach. Pendant le trajet de l'aéroport jusqu'aux *Anges*, je n'avais pratiquement rien pu voir à travers la fenêtre. J'avais allumé la mini-télé de la limousine pour regarder le bulletin météo du comté de Palm Beach : ils annonçaient de la grêle à l'instant même où elle s'abattait sur le toit.

L'averse avait cessé alors que la voiture se garait sur une esplanade circulaire recouverte de graviers, devant une imposante demeure couleur pastel. Quelqu'un vint ouvrir ma portière : un homme chauve au teint cadavérique, vêtu d'un costume noir tendit un parapluie au-dessus de ma tête au moment où je sortais de la voiture. À l'extérieur, il faisait lourd et l'air était fétide.

— Mademoiselle Smith ? Par ici, s'il vous plaît.

1. En français dans le texte. *(N.d.T.)*

Il me dirigea vers une imposante porte d'entrée en bois d'ébène puis me fit entrer dans un vestibule plus grand que mon appartement d'East Village. Le sol était recouvert de carreaux blancs, la pièce était ornée de boiseries minutieusement sculptées et d'une colonne de marbre en son centre. Sur cette colonne reposait un vase en onyx blanc d'un mètre de haut avec un énorme bouquet d'oiseaux de paradis orange et violets.

L'homme s'adressa à moi d'un ton monotone tout en touchant son oreillette d'agent secret :

— Bienvenue, mademoiselle Smith. Je suis M. Anderson, le majordome de Madame. Puis-je prendre votre sac à dos, mademoiselle Smith ?

Le majordome (à qui je donnai aussitôt le surnom de Crâne-d'œuf) prit mon sac et appuya sur un bouton. Je n'avais pas vu qu'il y avait un ascenseur ; la porte s'ouvrit. Crâne-d'œuf donna ses instructions :

— Deuxième étage, bureau de Mme Limoges. Elle va vous rejoindre dans un instant.

— D'accord, je vous remercie.

J'étais déjà à l'intérieur de l'ascenseur quand il ajouta :

— Mademoiselle Smith ? Madame n'aime pas que l'on touche à ses affaires.

La dernière chose que j'aperçus avant que la porte ne se ferme automatiquement fut Crâne-d'œuf qui tenait mon sac du bout des doigts comme si c'était un animal mort.

J'étais à présent en face de la femme à qui appartenaient toute cette richesse et ce pouvoir. Nul besoin d'être diplômée de Yale pour comprendre qu'elle m'avait fait parcourir mille sept cents kilomètres pour me proposer un poste qui impliquait ses petites-filles, les fabuleuses jumelles Baker. Mais le pourquoi, le comment et surtout le « combien » restaient un mystère.

— Ça s'est super bien passé, lui dis-je. Enfin, ça c'est très bien passé. Votre avion est très beau.

*Votre avion est très beau ?* Quelle nulle !

— Merci. Peut-être désirez-vous un thé ou bien autre chose ?

Laurel indiqua un service à thé en argent que j'avais pris pour un objet de décoration.

— Non merci. Par contre, j'aimerais bien en savoir plus sur mon poste à venir si vous le permettez.

— Ah. N'est-ce pas plutôt à l'employeur de poser les questions durant un entretien ?

— Oui, normalement, acquiesçai-je.

Le vin que j'avais bu dans l'avion m'avait donné de l'assurance. Je repris :

— Mais tout m'a paru si anormal aujourd'hui.

Elle se mit à rire et cette réaction me plut.

— À vrai dire, je n'ai pas beaucoup de questions à vous poser, mademoiselle Smith.

— Appelez-moi Megan, je vous en prie.

— Megan, d'accord. Debra Wurtzel est une de mes très chères amies. Nous nous connaissons depuis très longtemps. Elle m'a beaucoup parlé de vous et vous a fortement recommandée. Vous avez lu l'article de *Vanity Fair* sur mes petites-filles, n'est-ce pas ?

— Oui, dans l'avion. Elles sont très belles.

Je jetai un coup d'œil sur les étagères derrière Mme Limoges, où étaient exposées des dizaines de photos : Laurel posant à côté de chefs d'État, de stars d'Hollywood, mais pas une photo avec ses petites-filles.

Elle haussa les épaules nonchalamment et lissa un faux pli sur sa jupe.

— L'heureux hasard de la génétique. Que savez-vous de moi, Megan ?

— Honnêtement? Seulement ce que j'ai lu cet après-midi, répondis-je.

Je fus soudainement prise d'une envie de me ronger les ongles. Je me retins, bien entendu.

— Je crois bien que tout le monde a écrit sur moi : Tom, Dick, Hugh. Mais personne n'a l'air de comprendre.

— Je suis partie de zéro, Megan. J'aime travailler dur et j'apprécie cette qualité chez les autres. Tout ce que j'ai, je l'ai acquis en travaillant. J'ai connu de nombreux succès. Tout ce qui vaut la peine d'être fait doit être fait à la perfection, n'êtes-vous pas d'accord?

Je fis « oui » de la tête. J'étais tout à fait d'accord, et même si je ne l'avais pas été, qu'aurais-je pu répondre? Elle croisa les bras.

— J'ai connu un échec, un seul gros échec : je n'ai pas su élever mes petites-filles.

En l'espace d'un instant, je crus distinguer dans son regard une note de profonde tristesse qui disparut aussitôt. Puis elle reprit :

— Peut-être qu'au fil des années je me suis voilé la face. Mais le monde entier sait, à présent, que le seul moment où mes petites-filles utilisent leur cervelle, c'est pour choisir la teinte de leur vernis à ongles. Tout ça, c'est de ma faute.

Elle regarda de nouveau vers l'océan et je crus apercevoir la même expression de douleur dans ses yeux gris clair.

— Je voudrais changer les choses. Malheureusement, ce n'est pas moi qui vais me charger de les aider à faire meilleur usage de leur intelligence. Et cela pour une simple et bonne raison : je suis toujours en déplacement pour affaires. Vous ne me verrez ici qu'occasionnellement. C'est donc vous, ma chère, qui allez les aider.

Elle voulait que j'instruise ses petites-filles. Mais pourquoi? Les jumelles allaient bientôt hériter d'une fortune à huit chiffres. Elles n'avaient peut-être pas le cerveau d'Einstein, mais elles avaient la fortune des Rothschild. J'avais rencontré assez de grands héritiers à Yale pour savoir qu'être riche à millions pouvait mener loin, même si l'on n'avait pas de cerveau.

Elle attendit que je croise son regard avant de poursuivre :

— Vous vous demandez sûrement pourquoi cela a tant d'importance à mes yeux, n'est-ce pas ?

— Oui, lui répondis-je en mettant mes mains sur les hanches.

— Megan, les défunts parents des jumelles ont étudié à l'université de Duke, en Caroline du Nord, expliqua Laurel. Mon défunt mari également. J'ai toujours espéré que les filles étudieraient là-bas aussi.

Je connaissais Duke ; ce n'était pas Yale, mais c'était une très bonne université dans laquelle il n'était pas facile d'entrer. Mais les jumelles étaient de riches héritières, et leur grand-mère pouvait facilement faire une donation à l'université pour construire un bâtiment, voire dix. Les conditions que devaient remplir les simples mortels, c'est-à-dire obtenir la moyenne, présenter de bons résultats au SAT[1] et écrire une rédaction qui déchire, ne s'appliquaient pas aux riches héritières de ce genre.

J'en fis la remarque à Laurel en tâchant d'être un peu plus diplomate.

— Vous avez certainement raison en ce qui concerne les cas ordinaires, acquiesça Laurel. Mais hier, j'ai reçu un coup de téléphone d'Aaron Reynolds, le président de

1. *Scholastic Aptitude Test* : examen que les lycéens américains doivent passer à la fin de leurs études secondaires et qui détermine leur niveau ; plus leurs scores sont élevés, plus ils ont de chances d'être acceptés dans une des universités les plus prestigieuses. *(N.d.T.)*

l'université de Duke. Je le connais depuis des années ; mon mari et moi-même avions fait une donation pour la construction du bâtiment des Arts du spectacle.

Le fameux bâtiment dont je vous parlais. Laurel continua :

— Et pourtant, il m'a informée qu'à cause de l'article dans *Vanity Fair*, il ne pouvait pas accepter les filles dans son université. Cela causerait, selon ses propres termes, « l'indignation de l'association des anciens élèves ».

Laurel leva les mains vers le ciel en signe de dépit.

— Sage et Rose devront se battre comme tout le monde pour être admises en première année à l'automne prochain. Ou tout du moins montrer une certaine volonté de l'être. Je crois savoir qu'Aaron Reynolds est prêt à faire abstraction de leur mauvaise réputation si elles arrivent à démontrer qu'elles ont un certain niveau.

D'après ce que j'avais pu lire, ces deux-là avaient autant de chances d'être prises à Duke que j'en avais de poser à la place de ma sœur pour la campagne de Gap.

— Comment sont leurs résultats à l'école ? demandai-je, l'air sérieux.

Laurel fronça les sourcils.

— Affligeants. Voilà ce que je pense, Megan : je sais quelque chose sur mes petites-filles qu'elles ignorent. Elles ne sont pas bêtes. Et vous non plus, bien évidemment.

Pas d'objection à cela. Elle poursuivit :

— Yale est une excellente université, n'est-ce pas ? Mais horriblement chère. Debra m'a confié que vous avez emprunté une importante somme pour y faire vos études. À combien s'élève votre prêt étudiant ?

— Soixante-quinze mille dollars.

Il ne faisait aucun doute qu'elle connaissait déjà la réponse. Je me rappelais avoir évoqué le montant exact avec mon ancienne patronne lors de mon entretien.

— Soixante-quinze mille dollars, soupira-t-elle. L'éducation est tellement chère dans ce pays. Ce n'est pas comme en France.

J'avais envie de lui dire : *Chère pour quelqu'un comme moi, pas pour quelqu'un comme vous.* Elle appuya sur un bouton qui se trouvait dans une boîte à peine visible sur la table basse.

— Faites monter les filles, s'il vous plaît.

— Tout de suite, madame.

La réponse à travers l'interphone fut immédiate. Comment était-ce possible ? Je me souvins alors de l'oreillette.

— J'aimerais évoquer le reste de cet arrangement en la présence des jumelles, expliqua Laurel.

Avant même que je puisse contester le fait qu'aucun arrangement n'avait été décrété pour l'instant, la porte de l'ascenseur s'ouvrit, et les deux adolescentes que j'avais vues dans *Vanity Fair* entrèrent dans la pièce. Toutes deux portaient un jean et de très hauts talons. L'une était vêtue d'un corset de soie blanc. Elle avait le teint presque transparent et les boucles de ses cheveux couleur de feu lui arrivaient dans le bas du dos : c'était sûrement Sage. L'autre, Rose, avait un bronzage doré et des taches de rousseur sur le nez et les bras. Elle s'était fait faire des mèches dans ses cheveux roux qui étaient raides comme des baguettes.

Je pense avoir évoqué la beauté naturelle de ma sœur Lily, n'est-ce pas ? Eh bien, comparée à ces filles-là, elle paraissait tout juste jolie. Si la théorie des vases communicants s'appliquait au physique, il devait y avoir en contrepartie sur la planète deux filles laides comme des poux pour que ces jumelles soient belles à en couper le souffle. Je dirais simplement que j'eus une réaction très superficielle face à tant de beauté : je les méprisai aussitôt.

Laurel se leva ; j'en fis autant. Les filles nous dépassaient toutes les deux. Sage, celle qui avait le teint pâle, fit onduler ses cheveux bouclés d'un geste parfaitement maîtrisé.

— Tu nous as appelées? demanda-t-elle à Laurel sur un ton agacé.

— En effet. J'aimerais vous présenter Megan Smith. Megan, je vous présente mes petites-filles : Sage et Rose.

Sage jeta un rapide coup d'œil dans ma direction.

— Et alors?

— Elle va vous donner des cours particuliers pendant les deux prochains mois.

Les jumelles se regardèrent, puis Sage posa une main sur sa hanche saillante.

— Non merci.

Elle se tourna, prête à partir, et prit sa sœur par la main.

— Merci quand même, dit Rose par-dessus son épaule.

Elles m'avaient ôté les mots de la bouche : *Non merci.*

Laurel sentit mon hésitation.

— Megan, vous devez m'écouter jusqu'au bout. Asseyez-vous, les filles. Je vais vous faire une offre que vous ne pourrez pas refuser.

## *chapitre 7*

Les jumelles s'étaient assises dans le canapé au cadre d'ébène identique au premier, et Laurel commença à expliquer la situation concernant l'université.

Sage rejeta la tête en arrière pour dégager ses cheveux qui lui arrivaient dans les yeux.

— D'accord, donc Machine est là pour nous aider à y entrer, c'est ça ?

— Megan, elle s'appelle Megan, répéta Laurel. Si elle accepte, elle vous aidera d'une part dans vos études actuelles à Saint Andrews et d'autre part dans la préparation du SAT que vous allez passer le 15 janvier.

Sage leva les yeux au ciel et lança :

— Tu plaisantes !

Je surpris de nouveau une pointe de tristesse dans le regard de Laurel. Quant aux filles, soit elles n'avaient rien remarqué, soit elles s'en fichaient éperdument.

— Je ne plaisante pas. En fait, je pensais qu'après le

portrait que ce magazine a fait de vous, vous aimeriez prouver au monde entier, et surtout à vous-mêmes, qu'en réalité vous n'êtes pas *idiotes*.

Rose remuait nerveusement le pied droit dans sa sandale rose à talon haut. Sa sœur étira les bras et les fléchit par-dessus le canapé. Visiblement, elles se fichaient de tout.

— Qu'est-ce que ça peut bien nous faire ? déclara Sage. On est déjà riches et on sera bientôt célèbres. Rose, tu viens ? On se casse.

Et elle se leva. Laurel haussa les épaules.

— Vous pouvez partir si vous voulez. Mais mets-toi bien ça en tête Sage, vous n'êtes pas riches.

Sage soupira d'un air exaspéré.

— Pas encore... nous ne sommes pas encore riches. Mais nous le serons le mois prochain, le jour de nos dix-huit ans. Nous serons riches à millions, c'est ce qui est écrit dans le contrat.

— Non, c'est ce qui *était* écrit dans le contrat, corrigea Laurel. Il a été modifié ce matin.

Le visage de Sage perdit le peu de couleur qui lui restait.

— De quoi tu parles ? cria-t-elle.

Laurel s'éclaircit la voix et reprit :

— Si ta sœur et toi, vous réussissez à être admises à Duke, c'est-à-dire à obtenir de bons résultats à votre SAT ainsi que la moyenne aux cours, comme l'a stipulé le président de l'université, vous toucherez votre héritage le jour où le bureau des inscriptions m'informera de votre admission. Si l'une d'entre vous échoue, c'est comme si vous échouiez toutes les deux. Et vous devrez vous débrouiller toutes seules.

— Tu n'oserais pas faire ça ! la défia Sage.

— C'est déjà fait, répondit Laurel.

Je crus apercevoir une lueur de satisfaction dans ses yeux. Elle passa le doigt sur l'une de ses énormes boucles d'oreilles.

— Mais c'est… c'est vraiment méchant !

Rose réagit comme une petite fille qui venait de voir un sale gosse donner un coup de pied dans son château de sable.

— C'est pour votre bien, Rose. Je vous donne tous les moyens pour réussir et je vous recommande, à ta sœur et à toi, d'en profiter au maximum.

La voix de Laurel s'était adoucie à présent. J'attendais la riposte de Sage, en vain. En revanche, l'expression sur son visage en disait long : si elle avait eu des fusils à la place des yeux… Laurel se tourna vers moi.

— Vous avez fait preuve de beaucoup de patience, Megan. Voici les clauses du contrat : vous séjournerez ici jusqu'à ce que les filles passent leur SAT en janvier. Cela fait huit semaines. Vous serez payée mille cinq cents dollars par semaine qui seront virés sur un compte que j'ai ouvert à votre nom. Vous aurez votre propre chambre avec salle de bains dans la résidence des jumelles. On vous servira ce qui vous fera plaisir et vous pourrez utiliser la voiture de votre choix : le garage en abrite une bonne douzaine.

Je fis un calcul rapide dans ma tête. Mille cinq cents multipliés par huit semaines égalent douze mille dollars. Aucune dépense. Je ferais mon grand retour à New York en janvier, au moment le plus opportun pour se faire embaucher dans le monde de la rédaction, avec un coussin financier plutôt confortable. Et tout ce que j'avais à faire, c'était de vivre ici dans le luxe et la splendeur, supporter les jumelles pendant deux mois et essayer de leur apprendre à épeler leur nom ?

— Putain, j'arrive pas à le croire ! grommela Sage.

Elle me ramena vite à la réalité : j'allais devoir supporter ces filles pendant deux mois. Pas si facile.

— Megan, vous m'avez dit tout à l'heure que vous avez accumulé une lourde dette.

— C'est vrai.

— Comme vous avez déjà pu le constater, je n'hésite pas à récompenser ceux qui obtiennent de bons résultats.

— En effet, et votre offre est très généreuse…

— Ça craint, oui, dit Sage en me coupant la parole. T'as vu comment elle est fringuée ?

Je ne voyais pas de quoi elle parlait. Rose se mit à ricaner. Je me tournai vers Laurel avec un sourire pincé et continuai :

— … mais je ne suis pas sûre que vos petites-filles soient très coopératives, alors j'ai bien peur de…

— Si mes petites-filles sont acceptées à Duke, interrompit Laurel, vous gagnerez un bonus qui vous permettra de rembourser cette dette. Dans son intégralité.

Nom. De. Dieu.

— Pardon, vous disiez ?

Laurel reposa les mains sur ses genoux.

— Je… je…, bredouillai-je.

Je dirigeai mon regard vers les jumelles qui semblaient aussi choquées que moi par cette proposition.

— Tu vas acheter quelqu'un pour nous donner des cours particuliers ? demanda Rose.

— Payer quelqu'un, pour être exact, la corrigea Laurel. Alors, Megan ?

Je fus prise d'une envie de faire la danse de la victoire autour de son bureau (j'avais obtenu un score quasi parfait au SAT et je possédai un diplôme avec mention très bien), mais une seconde plus tard, je fus ramenée à la réalité. Il ne s'agissait pas de ma réussite scolaire, mais de celle des jumelles. On ne devient pas doué pour les études du jour au lendemain. Allais-je arriver à transformer deux gamines pourries gâtées dont les matières préférées étaient la fête et l'oisiveté, en de parfaites étudiantes ? Ça me paraissait aussi compliqué que de demander à un homme de Neandertal (pour qui l'art de la séduction se résumerait à donner un coup de massue à sa belle avant de la traîner au fin fond d'une grotte) de découvrir les bienfaits d'un repas aux chandelles et d'un massage relaxant. Mais bon. La carotte était d'une taille colossale pour moi, et Laurel venait de frapper le joli derrière de ses petites-filles d'un sacré coup de bâton. Je savais maintenant pourquoi Angel Cosmetics marchait si bien.

— J'espère que ma proposition est à la hauteur de vos espérances.

Laurel me regarda dans les yeux. Je pris une décision rapide, fortement influencée par les dollars qui se dessinaient à l'infini dans ma tête.

— Carrément, euh… je veux dire tout à fait. J'accepte.

Elle sourit, soulagée.

— Bien. Je pars demain matin pour un voyage d'affaires à Paris, mais je viendrai aux nouvelles régulièrement.

Elle se leva avec grâce.

— Megan, une des librairies de Miami m'a fait parvenir tous les manuels dont vous aurez besoin : les fiches de préparation au SAT de Kaplan, Barron et Peterson, les SparkNotes et les Cliff's Notes[1]. Si vous avez besoin d'autre chose, dites-le à M. Anderson. Je vous laisse faire connaissance toutes les trois et vous pourrez vous mettre ensuite au travail. Je vous prie de m'excuser.

Elle traversa la pièce et appela l'ascenseur. Deux secondes plus tard, je me retrouvai seule avec les jumelles. Sage me regarda nonchalamment.

— Écoute Molly, Mandy ou je sais pas quoi…

— Megan.

— Peu importe, dit Sage en rejetant ses boucles en

1. Collection de recueils d'analyses et de commentaires sur des œuvres littéraires anglophones ; s'apparente à la collection « Profil d'une œuvre » en France. *(N.d.T.)*

arrière pour la énième fois. On n'a pas envie d'étudier, tu piges?

— Il me semble que je viens tout juste d'accepter le job, répondis-je avec un bref sourire.

— D'accord. On a un petit problème, Caniche. Ça ne t'embête pas qu'on t'appelle Caniche? Ça te va si bien. C'est à cause des cheveux.

— Je préfère Megan, répondis-je.

J'avais tout à coup la gorge sèche et je sentais la panique monter. Sage fit encore le même mouvement avec ses cheveux.

— Ouais. Alors écoute, Caniche. N'importe quel vomi est plus appétissant que ce que tu portes.

Rose s'étrangla de rire. Sage se tourna vers sa sœur pour lui demander :

— Rosie, tu sais à qui ressemble Caniche?

— À qui donc, Sagie?

Je pressentais que j'allais faire l'objet d'une blague du genre « Toc, toc. Qui est là? » Sage se retourna vers moi.

— En fait, c'est plutôt à *quoi* elle ressemble : à un cul de babouin. Tout gros et tout rouge.

J'avais raison, sauf que la blague ne commençait pas par « Toc, toc. Qui est là? » et qu'elle ne voulait pas dire grand-chose. Je sentis quand même mon visage devenir aussi rouge que le cul d'un babouin. Je me répétai : *Mille cinq cents dollars par semaine, mille cinq cents dollars par semaine...*

— Juste par curiosité, Sage, ça te fait plaisir d'insulter quelqu'un que tu viens juste de rencontrer?

Sage porta un doigt tout maigre à sa bouche comme pour réfléchir, puis se leva.

— Ben... oui. Surtout quand c'est quelqu'un comme toi.

Elle tira sa sœur par la main et continua :

— On n'a pas besoin de notre grand-mère et encore

moins de toi, Caniche. Alors je te conseille de retourner dans ton trou perdu.

Elle se dirigea à grands pas vers l'ascenseur en ondulant de la tête, suivie de Rose. Je restai plantée là, les yeux écarquillés jusqu'à ce que la porte de l'ascenseur se referme. Je me laissai glisser sur le canapé avec un long soupir, et fixai le plafond avant de me relever brusquement. Dehors, le ciel s'éclaircissait. Le soleil couchant brillait sur l'océan. Tout en regardant par la fenêtre, je rejouai dans ma tête la scène avec les jumelles. Elles étaient détestables, cruelles, insupportables et diaboliques.

Mais leur grand-mère avait sans doute raison. Peut-être, je dis bien *peut-être*, n'étaient-elles pas stupides après tout.

> Parmi ces définitions, laquelle correspond le mieux au mot suivant?
>
> ### HÉRITIÈRE
>
> a. Jeune femme qui va hériter de millions sans jamais avoir travaillé de sa vie
> b. 50 % de perfection physique, 50 % de cruauté
> c. Idiote dépourvue de raison ou, selon toute apparence, d'une âme
> d. Garce snob et hautaine
> e. Toutes les réponses ci-dessus

## *chapitre 8*

— T'es où déjà? À Palm Springs? me demanda Charma. En Californie?

— À Palm Beach. En Floride.

— Je n'y suis jamais allée.

— Moi non plus. Mais apparemment c'est là que le beau monde se donne rendez-vous pour montrer aux uns et aux autres à quel point ils sont formidables.

Je me trouvais à présent dans la villa des jumelles et je m'installai confortablement dans le divan en velours à pois magenta et blancs du petit salon de ma suite. Aucune comparaison possible avec le futon de récup' qui faisait office de canapé dans mon appartement.

Une demi-heure plus tôt, Monsieur Sans-Charme Anderson était venu me chercher. Nous avions marché en silence, dans la chaleur étouffante de la soirée, le long d'un chemin qui menait du bâtiment principal jusqu'à la villa des jumelles. L'allée était bordée de très hautes haies impeccablement taillées qui cachaient le reste de la propriété. Mais une fois arrivé à l'entrée de la maison des jumelles, on ne pouvait être que subjugué. La villa était d'un rose légèrement plus clair que celle de Laurel. À peu de choses près, c'était la réplique de *Tara* dans *Autant en emporte le vent*.

— Addison Mizner, déclara Crâne-d'œuf.

— Pardon ?

— L'architecte, précisa-t-il.

Cette précision ne m'avança guère. Il ouvrit la porte et me guida à travers un vestibule presque aussi spectaculaire que celui de Laurel qui menait à un escalier en colimaçon. L'étage était divisé en deux grâce à deux couloirs qui partaient dans des directions opposées.

— Les jumelles à gauche. Vous à droite, commenta-t-il en dirigeant son regard d'abord à gauche puis à droite. Au bout du couloir, il s'arrêta devant une grande porte blanche.

— Vos quartiers. Bonne nuit.

Il s'en retourna par le même chemin. J'ouvris la porte de mon chez-moi pour la nuit, voire pour plus longtemps si je parvenais à endurer un autre face-à-face avec les jumelles. Le papier peint était rose pastel ; un divan recouvert de velours était disposé juste au-dessous d'une fenêtre panoramique qui donnait sur l'Atlantique. Il faisait trop sombre pour apercevoir l'eau, mais on pouvait distinguer le scintillement des lumières au loin. Je posai mon iBook sur un bureau blanc ancien devant lequel étaient placés une chaise à haut dossier ainsi que des poufs qui paraissaient on ne peut plus confortables. Sur le mur du fond se trouvait une télévision à écran plat qui mesurait à vue d'œil un mètre cinquante. Il fallait passer sous une voûte pour arriver à la chambre, meublée d'un lit géant à baldaquin, avec un placard de plain-pied à peu près aussi grand que mon appartement d'East Village.

De retour dans le salon, j'essayai d'appeler James mais son portable était éteint. Je téléphonai ensuite à Charma qui n'éprouva pas la moindre surprise quand je lui fis part de mon départ rapide pour la Floride. C'était Charma tout craché. Pour lui décrire Sage et Rose, je lui dis de se remémorer les filles les plus garces du lycée en mille fois pire et ensuite de diviser le tout par deux : on obtenait ainsi les jumelles Baker.

Je lui racontai que je les détestais, et que je ne tiendrais pas plus d'une semaine.

— Megan, tu n'as qu'à louer les services d'une dominatrice cubaine qui les menottera au lit s'il le faut, dit Charma de sa voix rauque.

Tout en l'écoutant j'avais ouvert la porte du mini-frigo ; il était vide, à l'exception d'un mot : *Appelez Marco pour les repas.* C'était qui, ce Marco ?

— Reste là-bas et tu ramèneras un petit souvenir à Mama, me dit-elle sévèrement.

— Sérieusement, Charma. Je ne vois vraiment pas comment je vais pouvoir...

Je m'interrompis net. J'avais cru entendre quelqu'un frapper à la porte de la suite. Je tendis l'oreille. J'avais raison. Il y avait bien quelqu'un à la porte.

— On frappe à la porte, dis-je à Charma. Je te rappelle.

— Attends, attends ! Laurel Limoges, elle a une cave à vins, non ?

Je me préparai à raccrocher et lui dis :

— Je n'ai pas encore eu droit à la visite guidée.

— Si tu te fais la malle, prends-moi quelques bouteilles. Ça ne se verra pas.

J'appuyai sur le bouton « off » et je m'avançai doucement dans le couloir qui menait à la porte. C'étaient Sage et Rose.

— Est-ce qu'on peut... te parler une minute ? bredouilla Sage.

Où étaient passés le petit sourire et les grands airs? Elle ne m'avait même pas appelée Caniche.

— Bien sûr, entrez, leur dis-je prudemment.

Elles me suivirent jusqu'au salon puis s'assirent sur les poufs.

— Alors, qu'est-ce qui se passe?

Elles échangèrent un regard hésitant.

— On est venues pour s'excuser. Tout à l'heure... on n'a pas été très sympas.

Sage enroulait nerveusement le bas de son corset autour de ses doigts.

— Tu sais, ça nous a fait un choc d'apprendre ce que notre grand-mère avait fait.

— Oui, renchérit Rose. Quatre-vingt millions de dollars, c'est beaucoup d'argent. C'est pas tous les jours que ça arrive de perdre une telle somme.

— Et ce qu'elle a dit sur la fac! continua Sage, ses yeux verts pleins de larmes. On vient tout juste de l'apprendre. Jamais elle ne nous avait parlé de Duke avant. Comment on pouvait s'en douter?

— Ne vous en faites pas, leur dis-je.

Je fus surprise par ma propre indulgence. Ça fichait un sacré coup d'apprendre que l'on ne pouvait plus continuer à jouer les princesses. Le coup avait été si fort qu'il avait peut-être endommagé leur seul et unique neurone.

— On repart de zéro. Je m'appelle Megan, dis-je bêtement en tendant la main.

— Sage, répondit-elle dans un ricanement en tendant la main à son tour.

— Rose. Comment allez-vous?

Elle fit la révérence. C'était presque attendrissant.

Tout ce que je savais sur les jumelles Baker, je l'avais lu dans *Vanity Fair* ou bien observé dans le bureau de Laurel. Peut-être y avait-il autre chose à découvrir. Je m'assis sur le tapis et leur fis signe de me rejoindre. Elles s'exécutèrent aussitôt.

— Bon, puisque nous repartons de zéro, ce serait bien qu'on apprenne à se connaître. Qu'est-ce que vous aimez faire dans la vie?

Je faillis lever les yeux au ciel moi-même pour leur éviter d'avoir à le faire. Sage passa les bras autour de ses jambes et les ramena contre sa poitrine.

— En fait, on est un peu dingues.

Rose inclina la tête.

— Carrément dingues.

— Ça m'arrive aussi de faire des choses dingues, dis-je d'un air serein en me remémorant ma récente exhibition devant tout East Village.

Sage s'avança vers moi à quatre pattes et me chuchota à l'oreille :

— Raconte-nous le truc le plus dingue que t'aies jamais fait.

Bof! À part la fameuse exhibition, mon dingomètre était au ras des pâquerettes. Sage m'adressa un petit sourire.

— Tu t'es envoyée en l'air dans un lieu public?

Que je l'aie fait ou pas (j'avoue, je ne l'avais jamais fait), ça ne me paraissait pas très professionnel de discuter de ma vie sexuelle avec mes deux étudiantes. Mais je voulais leur démontrer qu'elles ne m'impressionnaient pas.

— On en parlera un autre jour, dis-je en esquivant la question.

— Bon d'accord, dit Sage.

Elle paraissait néanmoins déçue par ma réponse. J'avais peur d'avoir perdu toute crédibilité, mais Sage inclina la tête comme si elle me voyait pour la première fois et enchaîna :

— Tu sais, on s'est trompées sur ton compte. T'as l'air plutôt... cool.

Rose fit oui de la tête, et Sage se redressa avant de reprendre :

— Alors... on pourrait peut-être y arriver après tout. On s'y met demain ?

Laurel avait raison. Ces filles étaient sans doute stupides, mais elles n'étaient pas assez idiotes pour renoncer à la fortune familiale.

— Bien sûr qu'on s'y met. 9 heures, ça vous va ?

— 10 heures, corrigea Sage.

— Disons 10 heures alors.

Sage afficha le plus large et le plus figé des sourires de toute l'histoire des sourires.

— Ça marche... si tu fais quelque chose pour nous en échange.

— Ouais, acquiesça Rose.

Très bien. Elles voulaient me prouver qu'elles avaient le contrôle de la situation en me proposant un marché. Soit. On apprenait ça dans les cours d'Introduction à la sociologie ; seulement, elles ne savaient pas épeler le mot sociologie, et moi j'étais prête à tout.

— On va te donner une chance de prouver que tu peux faire des choses dingues, déclara Sage.

— D'accord. Du moment que ça n'a rien d'illégal. Ou de sexuel, m'empressai-je d'ajouter.

Sage se mit à mordiller son index manucuré d'un air pensif, puis remua les sourcils en regardant sa sœur.

— Qu'est-ce que tu penses... de te baigner à poil ? Dans notre piscine d'eau salée ? Il y a une piscine d'eau douce à côté de la maison de Grand-mère, mais j'imagine que tu n'es pas assez dingue pour le faire là-bas.

Me baigner à poil ? C'est tout ce qu'elles avaient trouvé ? Franchement, les Fabuleuses Jumelles Baker baissaient dans mon estime. J'avais fait un camp hippie dans le New Hampshire. Se baigner à poil, c'était de la rigolade ; enfin ça ne m'avait pas paru si dur à l'âge de douze ans quand mes hanches n'étaient pas encore formées et que mes seins tenaient tout seuls. La pique de Sage sur le cul de babouin était encore fraîche dans ma tête.

— Et vous serez où pendant ce temps-là?

— On ne va pas rester plantées à te regarder, si c'est ça qui te fait peur, dit Sage, offensée par ma remarque. On ira chercher le champagne pour trinquer toutes les trois à notre nouvelle vie et à notre futur accès à la cultivation de l'université de Duke.

*Cultivation?* Aïe. J'avais du pain sur la planche.

## chapitre 9

Entre le moment où j'avais donné mon accord et le passage à l'acte, une demi-heure s'était écoulée pendant laquelle j'aurais eu le temps de changer d'avis.

Nul besoin d'être diplômé de Yale pour comprendre ce qui se tramait. Les jumelles n'avaient pas fait preuve de beaucoup de maturité. En outre, Sage avait eu l'idée de me faire plonger dans leur piscine en tenue d'Ève *après* que j'avais sorti mon joker sur mon expérience sexuelle la plus folle. Tous ces éléments mis bout à bout menaient à une seule conclusion : elles allaient prendre des photos. Sage et Rose m'accueilleraient, appareil-photo en main, quand je sortirais de la piscine. Elles diffuseraient ensuite les photos sur www.mate-mes-seins.com avec une centaine de commentaires dégradants à côté.

Cela ne devrait pas être si dur que cela de défier deux adolescentes attardées.

La terrasse, avec ses chaises longues et son bar, se

trouvait à droite de la villa des jumelles. Elle était éclairée par des lanternes à pétrole. Une digue de pierre séparait la terrasse de la plage, puis plus loin, il y avait l'océan. Comme prévu, les jumelles m'attendaient, mais il n'y avait pas d'appareil-photo à l'horizon. Elles pouvaient très bien l'avoir caché derrière le bar.

— Pile à l'heure, lança Sage allègrement.

Trop allègrement. Très bien, j'allais jouer le jeu.

— Je suis à l'heure ce soir. Vous serez à l'heure demain.

J'approchai une chaise longue au bord de la piscine et me retournai pour défaire les boutons de ma chemise. Je sentis la douceur de l'air iodé sur ma peau nue. J'avais du mal à croire que, pas plus tard que ce matin, je me trouvai à New York où il faisait un froid de canard.

— Tu es pudique? demanda Sage.

— Ça m'arrive, lançai-je par-dessus mon épaule, essayant d'avoir l'air détendue.

Je posai ma chemise sur la chaise, en laissant une des manches dépasser pour l'avoir à portée de main. Si on me prenait en photo par surprise une fois dans l'eau, je pouvais toujours l'attraper et la mettre sur moi. Elle serait certes trempée, mais couvrirait ce qui devrait être couvert.

Rose donna un coup de coude à sa sœur.

— Oh, comme c'est mignon.

— Oui, c'est mignon.

Je retirai ensuite ma jupe et la posai sur la chaise également. Les filles poussèrent un cri d'horreur.

— Tu n'as pas honte?

Sage était effarée. Pensant qu'elle faisait une remarque déplacée au sujet de mon corps, les mots *va te faire foutre, petite garce sans cervelle* me vinrent tout de suite à l'esprit. Je les contins. Cela aurait été quelque peu délicat pour construire par la suite une relation saine entre prof et élève. Sage clarifia vite sa pensée :

— Tes sous-vêtements! Quelle horreur!

Rappelez-vous que, pas plus tard que la veille, j'avais été contrainte et forcée de faire les fonds de tiroir à Century 21. J'avais trouvé des culottes grand-mère de couleur jaune à six dollars la paire, et vous vous en doutez bien, j'avais acheté la paire. Pour le soutien-gorge, j'avais dû me contenter de la panoplie Hello Kitty; c'est tout ce qu'il y avait dans l'autre bac.

— Pure ironie, dis-je en guise d'explication.

Je n'étais pas d'humeur à me confier au sujet de l'incendie de mon appartement ou de l'état pitoyable de mon compte en banque. Elles me regardèrent avec des yeux vides, et je me rendis compte qu'elles n'avaient aucune idée de la signification du mot *ironie*. Ce n'était pas gagné. Je commençai à dégrafer Hello Kitty, mais je m'interrompis.

— Vous restez pour prendre des notes?

— On a dit qu'on ne regardait pas, rappela Rose à sa sœur.

Elle me tendit une paire de lunettes de plongée.

— Tu en auras sûrement besoin. L'eau est salée.

— Merci, dis-je d'un ton reconnaissant.

— Bon, vingt longueurs ça te va? suggéra Sage.

— Parfait.

Pour leur prouver que j'étais parfaitement à l'aise, je me débarrassai de Hello Kitty et le fis tournoyer en l'air en le tenant par une bretelle.

— Wou-Hou! lança Sage en guise d'encouragements. C'est ça! Régale-toi. On arrive avec le champagne et les chocolats. Enfin, avec le champagne, ça suffira. Et souviens-toi, tes sous-vêtements doivent rester secs!

— S'ils sont mouillés, ça voudra dire que tu as triché, expliqua Rose.

— Je n'en ai pas l'intention, promis-je.

Dès qu'elles eurent le dos tourné, j'ôtai ma culotte à trois dollars. L'eau était chauffée, je flottais grâce au sel, et ma chemise était à portée de main. Je faisais la planche sur le dos et sentis mes muscles se décontracter. Je prêtai tout de même l'oreille pour m'assurer que les jumelles ne revenaient pas. Rien à l'horizon. Était-il possible que je me sois trompée ? J'en doutais fort, mais en tout cas, la baignade s'avérait bien agréable.

Quand j'étais plus jeune, j'allais nager dans un lac près de notre maison dans le New Hampshire. Je m'amusais à plonger et quand j'arrivais à toucher le fond couvert de boue, je me demandais comment faisaient les grenouilles qui, selon ma sœur, y passaient tout l'hiver. Je mis la tête sous l'eau et nageai sans m'arrêter jusqu'au fond de la piscine. Cela me faisait du bien de faire un peu d'exercice. Peut-être allais-je me mettre à nager tous les jours ? Autant en profiter…

Je fus tout à coup éblouie par des lumières aveuglantes. J'ajustai mes lunettes de plongée pour mieux voir.

Oh, mon Dieu ! Il y avait du monde. Beaucoup de monde. Sage, Rose et une douzaine de personnes se tenaient à la fenêtre d'une sorte de salle des fêtes souterraine et me montraient du doigt en rigolant. Aux premières loges, un garçon en jean délavé et chemise en lin bleue me fixait sans cligner des yeux. C'est à ce moment-là que j'aperçus mon ombre : j'avais les yeux globuleux et mon corps nu paraissait énorme.

Laissez-moi vous conter une petite histoire. Quand j'avais douze ans et que mes courbes commençaient à se dessiner, je faisais le même cauchemar que de nombreuses filles font à cet âge : j'arrivais en retard à l'école, me précipitais dans ma classe et me rendais compte que j'étais toute nue. Je ne pouvais plus bouger et restais plantée là pendant que les autres s'étouffaient de rire en me pointant du doigt.

Qui aurait cru que dix ans plus tard le cauchemar deviendrait réalité ?

Je remontai d'un trait à la surface et rejoignis le bord de

la piscine à toute allure avec une seule idée en tête : attraper mes vêtements avant l'arrivée des jumelles et de leurs amis. Autant Sage et Rose ignoraient ce que signifiait « ironie », autant j'étais convaincue qu'elles connaissaient la signification du mot cruauté.

Je ne fus pas assez rapide.

— Voilà la petite sirène ! dit Sage d'un ton moqueur.

Elle tenait une bouteille de champagne à la main droite. Un petit grassouillet pencha la tête en arrière pour avaler les dernières gorgées de sa Stella ; le geste fit remonter son polo rouge sur son gros ventre.

— Magnifique clair de lune, dit-il en souriant.

Berk.

Les jumelles avaient voulu m'humilier et elles avaient réussi. Il fallait que je sorte d'ici (le *ici* englobait la piscine, Palm Beach, et la Floride) le plus vite possible en gardant un minimum de dignité. Je hissai mon corps nu le long de l'échelle. L'air frais sur ma peau mouillée fit pointer mes seins.

— Oh là là ! lança Sage d'un cri perçant. Il n'y a pas que son visage qui rougit.

— Et il n'y a pas que ses cheveux qui frisent ! ajouta Rose.

Je baissai le regard : la honte avait fait apparaître des plaques rouges sur tout mon corps et je sentais que ça me montait au visage. Les petites garces !

Tout ce que je voulais, c'était attraper mes vêtements et courir. J'aurais pu courir jusqu'à New York si nécessaire. Mais pas question de laisser ces garces gagner la partie. Un jour, Charma m'avait parlé d'un truc d'acteurs pour arriver à se mettre dans la peau d'un personnage : il suffisait d'incarner une personne que l'on connaissait. Elle avait imité son ex pour jouer le rôle d'un homo refoulé. Allez savoir. Je savais exactement qui je devais incarner. *Tu n'es plus toi-même, tu es Lily.* J'affichai un sourire décontracté et me dirigeai vers le petit gros qui exhibait son ventre plein de bière.

— On n'a pas été présentés, je crois. Moi, c'est Megan. Je vais donner des cours particuliers aux jumelles, dis-je en avançant la main. Et vous êtes…?

— Pembroke Hutchison.

Il posa son regard sur ma poitrine, mais parvint à me tendre une main moite que je serrai.

— Tiens, me dit le garçon à la chemise bleue en me donnant une serviette.

Il regardait ailleurs, certainement pour étouffer un fou rire.

— Merci, lui dis-je en enroulant la serviette autour de moi comme un paréo. Je m'appelle Megan.

— Will Phillips, me dit-il en relevant la tête.

— Enchantée.

J'ajoutai *connard* tout bas. Un connard plutôt canon (ses yeux presque bleu marine étaient bordés de longs cils blond vénitien), mais un connard quand même.

Je fis la connaissance de tout le monde. La petite blonde s'appelait Précieuse Baldridge. La jeune sportive aux cheveux raides qui portait une queue-de-cheval, c'était Dionne (et non pas Dianne) Cresswell. La petite brune aux faux seins se nommait Suzanne de Gonzo. En plus de Pembroke et de Will, il y avait un garçon plutôt petit avec une barbiche du nom d'Ari Goldstein.

— Eh bien, c'est un plaisir de faire votre connaissance, déclarai-je. J'espère que le spectacle de ce soir vous a plu.

— T'as des couilles, ça c'est sûr, dit Pembroke.

Il finit sa bière et essaya de lancer sa bouteille vide dans une poubelle en métal rose, mais manqua sa cible. La cannette roula jusque dans la piscine. Il ne prit pas la peine d'aller la chercher.

— Si c'est ça que tu as vu, je te conseille d'arrêter la Stella tout de suite, dis-je en fronçant les sourcils.

Will, assis sur une chaise, laissa s'échapper un grand *ha!*

— Bien envoyé, murmura-t-il.

Mmh, merci.

— Ouais, *très drôle*, lança Sage d'un ton sec.

— Écoute, Sage, dis-je. J'ai compris la leçon. Vous m'avez eue. Restons-en là.

Sage fit son fameux mouvement de la tête.

— La partie vient juste de commencer, Caniche.

— Oh, ça va barder! se réjouit Pembroke en levant les poings pour imiter les boxeurs. Y a du crêpage de chignon dans l'air!

— La ferme! lui dit Rose.

— J'adore quand tu me parles comme ça, dit-il en gémissant.

Il tendit les bras vers elle, et se rapprocha du bord de la piscine à reculons.

— Viens voir papa.

Tout le monde éclata de rire. Rose le poussa tout à coup des deux mains; il tomba à la renverse dans la piscine, éclaboussant tout autour de lui.

— Ça décoiffe! cria Ari quand l'autre refit surface.

J'en avais plus qu'assez et rassemblai mes vêtements.

— Amusez-vous bien. Sage, Rose, on se voit demain matin.

Je m'apprêtais à faire demi-tour quand la voix de Sage m'arrêta net :

— On n'en a pas fini avec toi, Caniche.

J'avais froid aux pieds à cause des galets du chemin.

— Admets-le, Sage. Vous vouliez m'humilier. Vous avez échoué. Bonne nuit.

Tout le monde lança des *hou!* dignes des bruitages de sitcom.

— Tu n'as toujours pas pigé, dit Sage avec un sourire de dédain. Nous avons un agent formidable, Zenith Himmelfarb. Tu as peut-être déjà entendu parler d'elle ?

— Et en quoi ça me concerne… ?

— Nous allons devenir des stars, expliqua Rose.

Sage afficha un sourire satisfait.

— Tout le showbiz a lu l'article dans *Vanity Fair* et Zenith répond aux propositions qu'on nous envoie pour jouer dans des films, des séries, devenir mannequins…

— Et ça va nous rapporter beaucoup d'argent, ajouta Rose.

— On n'a pas l'intention d'aller à la fac, continua Sage, les bras croisés. On n'a pas besoin de l'argent de Laurel et encore moins de toi. Alors, je te conseille de prendre tes habits pourris et de retourner agiter tes grosses fesses à New York !

Seul le splatch-splatch des pas de Pembroke rompit le silence ; il se dirigea vers le bar pour prendre une autre bière. Tous les autres attendaient ma réponse. Eh bien, ils pouvaient attendre longtemps. Je n'avais rien à dire, à aucun d'entre eux. Les jumelles avaient essayé d'être grossières et ça n'avait pas marché. Elles étaient venues jusque dans ma chambre pour m'inciter à faire quelque chose d'humiliant et elles avaient réussi. À aucun moment elles n'avaient envisagé d'étudier avec moi. Je m'assurai que ma serviette était correctement serrée avant de m'éloigner sur l'allée de galets blancs. Je me demandai si l'avion de Laurel était encore à l'aéroport.

Je me fichais de tout cela.

Je me fichais de l'argent.

Et surtout je me fichais des jumelles Baker.

*chapitre 10*

— C'est bien pire que de la haine, dis-je, énervée, à James.

Je tenais mon téléphone portable contre mon oreille. J'avais découvert un petit balcon attenant au salon qui donnait sur la terrasse de la piscine et sur l'océan ; j'étais donc sortie pour l'appeler. La terrasse était maintenant déserte. Les bouteilles de champagne et les cannettes de bière écrasées qui gisaient çà et là étaient les seuls témoins de mon humiliation.

— Je les déteste, je les ai en horreur, elles me répugnent !

Je n'étais toujours pas calmée, même après avoir passé un quart d'heure sous une bonne douche bien chaude pour chasser le sel de la piscine et le souvenir des Jumelles de l'enfer. J'avais déjà appelé Crâne-d'œuf pour lui dire que je voulais parler à Laurel immédiatement, mais il m'avait répondu qu'elle était en route pour la France dans son jet, et que je pourrais lui parler le lendemain matin. Très bien, je démissionnerais dès le lever du soleil.

J'avais ensuite appelé James pour le prévenir de mon retour imminent à New York.

— Bref, continuai-je, pourras-tu laisser une clé pour moi au gardien? Tu seras certainement au boulot quand je rentrerai.

— Oui... pas de problème...

Comme si je n'entendais pas l'hésitation dans sa voix. C'était un cas d'urgence, bon sang!

— James? C'est un tout petit service que je te demande.

Je m'en voulais d'être si exigeante et si démunie, mais je n'avais pas vraiment le choix.

— T'inquiète! Je m'en occupe, m'assura-t-il.

Je préférais ça.

— Pour quelques jours seulement, ajouta-t-il.

Quelques jours? Et qu'est-ce qui se passerait après? J'emménagerais chez Lily? Je rentrerais dans le New Hampshire? Je trouverais bien une solution une fois de retour sur la planète Terre parmi de vrais humains, loin des robots de la jet set de Palm Beach.

Une légère brise nocturne souleva l'air étouffant et me fit parvenir les douces odeurs des fleurs d'oranger et de l'océan. Au loin sur la mer, les flots portaient les bateaux et faisaient danser leurs lumières. Je m'efforçai de prendre de grandes inspirations profondes comme au yoga. Je n'y connaissais strictement rien au yoga mais qu'à cela ne tienne. *J'inspire le Bien, j'expire le Mal. J'inspire le Bien...*

— C'est tellement beau ici, dis-je dans un murmure.

Je m'étais enfin calmée. Je m'installai dans une des chaises en osier et poursuivis :

— Et ces gamines qui détiennent les clés du paradis sont si... belles en apparence, mais si laides à l'intérieur...

— Ça ressemble à la série *Newport Beach* version débauche, dit James sur le ton de la plaisanterie.

— Sauf que là on n'est pas dans une série télé.

Je me levai et vins m'appuyer sur le muret du balcon. La propriété s'étendait à perte de vue autour de moi. Je distinguai même au loin, le long de la plage, les toits des autres villas tout aussi magnifiques que celle-ci.

— Si tu voyais cet endroit, James. Ça dépasse tellement la réalité. Ces filles et leurs amis... Vraiment, le portrait dressé par *Vanity Fair* était loin de la vérité. Si seulement on pouvait s'imaginer ce que...

Je m'arrêtai net.

— ... Attends voir!

— Tu vas en remettre une couche? demanda James.

Qu'est-ce qui m'intéressait? Certainement pas les apparences, mais ce qui se cachait dessous! Et je me trouvais précisément entourée de jeunes filles parfaites vues de l'extérieur, mais hideuses quand on les regardait de plus près. Et on pouvait dire la même chose sur Palm Beach. Tout ça s'étalait devant moi.

— Tu sais quoi, dis-je, j'ai changé d'avis.

— Qu'est-ce qui se passe? J'attends de voir quoi?

Je lui fis part de ma vision tout en faisant les cent pas sur le balcon ; mon esprit s'emballait à l'idée des révélations que j'allais faire sur Palm Beach et sur les jumelles Baker.

— Je vois d'ici le titre de mon article : « Tout est loin d'être rose au paradis. » Tous les magazines vont se l'arracher.

Les jumelles n'avaient aucun droit de m'expulser de la propriété ; seule Laurel en avait le pouvoir et elle était actuellement *en route pour la France,* comme l'avait si bien dit Crâne-d'œuf. Elle ne reviendrait pas avant deux semaines, ce qui voulait dire que je disposais de quinze jours au soleil, aux frais de la princesse, pour mener à bien ma mission secrète. Bien entendu, il me faudrait quitter les lieux dès son retour, et j'étais bien consciente que j'avais affaire à deux petites garces écervelées, mais malgré tout… c'était une idée de génie.

— C'est génial! s'enthousiasma James.

D'accord, on était loin des huit semaines à mille cinq cents dollars, et je ne toucherais pas non plus les soixante-quinze mille dollars de bonus pour avoir fait admettre les jumelles à l'université. Mais si j'arrivais à écrire un article du tonnerre sur la débauche de la jeunesse de Palm Beach et à dévoiler leur vrai visage, alors là, ma carrière de journaliste serait assurée.

J'étais assise sur la mine d'or dont rêve tout débutant. Je n'avais plus qu'à creuser.

## chapitre 11

Le lendemain matin, sans petit déjeuner ni ration de café (je n'avais toujours pas découvert comment « appeler Marco »), je me réveillai de bonne heure et enfilai ma deuxième tenue si désespérément affreuse de chez Century 21, avec peu d'espoir de voir les jumelles arriver avec crayons et calculatrices en main.

Il était plus de 10 heures à présent et les filles n'étaient pas venues au rendez-vous. Je décidai donc d'aller à leur rencontre. Je parcourus le couloir et passai devant l'escalier en colimaçon, puis continuai jusqu'à l'aile réservée aux jumelles. Ce n'était pas compliqué de savoir qui trouver derrière quelle porte : le nom de chacune y était inscrit en néon rose électrique.

J'essayai chez Rose en premier, elle avait l'air légèrement moins détestable. Après avoir frappé en vain à la porte, je décidai d'entrer en pensant à bien mémoriser ce que j'allais y trouver. Sa suite était gigantesque, les pièces faisaient le double des miennes. Il y avait une chambre qui donnait sur un balcon, une cuisine, un salon, un dressing et une salle de bains avec une coiffeuse recouverte de tous les produits de beauté possibles et imaginables. Pourtant, aucun n'était de la marque Angel Cosmetics. Elle avait des meubles blancs au design très moderne. Un vase de roses blanches fraîchement coupées était posé sur la table de nuit, et un bouquet de gardénias décorait la salle de bains. Je fus surprise par ce que je découvris dans le salon : une maison de poupées qui était la reproduction exacte de sa suite jusqu'à l'arrangement des minuscules fleurs artificielles. Et le plus flippant, c'était qu'à l'intérieur du salon de la maison de poupées, on pouvait voir deux filles aux cheveux roux jouer ensemble aux osselets.

La suite de Sage était également déserte ; l'agencement des pièces était le même, mais le style complètement différent. Son grand lit était recouvert d'un drap en léopard. Le décor safari s'étendait jusque dans le salon avec une chute d'eau qui coulait en permanence et un faux perroquet de deux mètres de haut posé sur un perchoir. Sa salle de bains et son dressing étaient aussi fournis que ceux de Rose. Je ne pus m'empêcher de jeter un coup d'œil à sa garde-robe. Bon sang ! Il y avait assez de pièces de haute couture pour habiller tout l'État du New Hampshire.

Quel regard pouvait-on porter sur le reste de la société quand on n'avait rien connu d'autre que ce genre d'excès ?

L'étape suivante était la piscine. Toujours pas de jumelles à l'horizon. Je décidai d'aller faire un tour du côté de la villa principale. Les graviers du sentier crissaient sous mes mocassins noirs. C'était une belle matinée : le ciel était d'un bleu azur et la chaleur étouffante de la veille avait fait place à un air frais.

Je fus surprise de trouver la porte de la villa ouverte. Une fois dans le vestibule, j'appelai Sage et Rose. Rien. En revanche, une odeur alléchante (d'ail et de fromage) se répandait dans toute la pièce et mon estomac se mit à gargouiller.

Je reniflai, tel un chien qui reconnaît une odeur familière et suivis les senteurs à travers un couloir qui menait à une cuisine rustique. L'îlot central comportait une gazinière avec huit plaques de cuisson ; des casseroles et des poêles en cuivre étaient accrochées au plafond ; il y avait une table en pierre entourée d'une vingtaine de chaises au dossier bien droit, ainsi qu'une table ronde plus modeste, dans un coin de la pièce. On pouvait admirer l'océan scintiller en toile de fond à travers une baie vitrée de sept mètres de large.

— Ah, pile à l'heure pour le petit déjeuner !

Un bel homme aux cheveux argentés vêtu d'une veste de cuisinier sur une chemise en lin et un pantalon à pinces blanc cassé, battait des œufs dans un récipient en cuivre.

— Je cherche les jumelles, expliquai-je. Je suis Megan Smith, leur professeur particulier.

— Enchanté !

Il m'adressa un sourire puis versa les œufs dans une poêle tout en faisant revenir des morceaux d'ail dans une autre.

— Je m'appelle Marco Devine, je suis le cuisinier de Mme Limoges.

Marco. « Appelez Marco. » C'était Marco !

Il répandit l'ail sur les œufs.

— J'ai pensé que vous auriez certainement faim. J'allais demander à un des domestiques de vous apporter ça dans votre chambre, mais maintenant que vous êtes là, autant le manger sur place. J'espère que vous aimez l'ail. J'avoue que je ne peux pas m'en passer quand je cuisine.

— J'adore ça, et je suis affamée, avouai-je en me penchant au-dessus de la poêle. Auriez-vous du café, par hasard ?

Il émit un petit rire et désigna la table ronde.

— Nous avons de l'arabica dans le Thermos noir, du café d'Éthiopie dans le marron, du café de Colombie dans le rouge, et dans le blanc nous avons du décaféiné, que toute personne normalement constituée devrait bannir.

Il sortit une tasse en céramique d'un placard et me la tendit en ajoutant :

— Servez-vous.

Je me versai une tasse d'arabica ; Marco y plongea un bâtonnet de cannelle.

— On devrait toujours ajouter un bâtonnet de cannelle dans sa tasse d'arabica, expliqua-t-il. Ils sont faits l'un pour l'autre.

— Merci, dis-je.

Ce merci venait du fond du cœur. C'était le meilleur café que j'avais bu de toute ma vie.

— Est-ce que les filles sont venues déjeuner ?

Il rit de nouveau et remua la poêle au-dessus de la plaque.

— Elles sont allergiques au petit déjeuner, ma chère. En fait, elles sont allergiques au matin, en général.

— Eh bien, elles ne sont pas dans leur lit... j'ai vérifié.

— Elles ne sont pas dans leur *propre* lit, c'est plutôt ça que vous voulez dire, rectifia Marco en retournant les œufs. Vous les verrez vers midi. Et encore.

Intéressant. Cet homme avait l'air d'en savoir long sur les jumelles. C'était un bon départ pour mes recherches.

— Vous travaillez ici depuis longtemps ? demandai-je d'un ton innocent.

— Depuis que les jumelles savent dire « non » ; je les connais depuis qu'elles ont deux ans, et je peux vous assurer qu'à cet âge-là, ce n'était déjà pas de la tarte avec elles, dit Marco, plein d'humour.

— Vous devez bien les connaître.

— Je doute qu'elles se connaissent bien elles-mêmes, ma chère.

Marco sortit une assiette de porcelaine blanche, et y

fit glisser l'omelette qu'il parsema de diverses herbes fraîchement coupées. Puis il disposa des tranches d'avocat en éventail autour, et ajouta une cuillerée de crème épaisse.

— Les jumelles mènent une vie que Socrate qualifiait de « vie non examinée ». Asseyez-vous.

Il indiqua la petite table, puis déposa l'omelette en face de moi. Je pris une première bouchée. Divin.

— Waouh.

— Je prends ça comme un compliment.

Marco me servit un verre de jus d'orange et apporta un plateau en argent à plusieurs niveaux sur lequel étaient disposés des croissants, des brioches et des petits pots de confiture en argent. Je saisis une brioche encore toute chaude, en coupai un morceau et le mis dans ma bouche.

— Ce n'est pas pour me vanter, mais mes omelettes sont si bonnes que j'ai vu des hommes mariés les goûter et me proposer ensuite des faveurs qu'ils réservent normalement à leurs femmes.

— Oh là là, moi aussi je vous ferais bien des propositions indécentes pour pouvoir manger comme ça tous les jours.

— J'ai bien peur qu'on ne joue pas dans la même équipe, ma chère. En plus, ma DM (deuxième moitié) désapprouve totalement. Dommage.

J'émis un petit rire et continuai à savourer chaque bouchée tout en réfléchissant au commentaire de Marco sur la vie non examinée.

— Marco ? Je me demandais... dis-je en tapotant ma bouche avec une serviette... J'ai fait la connaissance des filles hier soir...

— Laissez-moi deviner... répondit Marco avant de prendre une gorgée de café. Ça ne s'est pas bien passé ?

— On peut dire ça comme ça, admis-je. Nous sommes juste quelque peu... différentes. Je ne pense pas qu'elles vont se mettre sérieusement à étudier.

Marco éclata de rire.

— Je crois bien ne jamais avoir entendu qui que ce soit prononcer les mots Sage, Rose et « étudier » dans une même phrase auparavant.

— Si j'en savais plus sur elles, peut-être que… Par exemple, qu'est-ce qu'elles font pour se divertir ?

— En ce qui concerne Sage, la question à se poser, c'est plutôt *qui* elle *se* fait pour se divertir.

— Vous voulez dire qu'elle aime faire la fête, clarifiai-je.

— Non, je veux dire qu'elle aime les garçons. Et la fête.

J'avalai une autre bouchée de mon omelette. Marco se révélait être plus qu'un cuisinier… Il devenait d'un coup ma première source d'informations.

— Vous avez certainement été témoin de scènes choquantes ici.

— Oh oui, répondit Marco sans en ajouter davantage. Si vous avez fini, ça vous dirait de faire le tour du propriétaire ? Nous rencontrerons peut-être les filles en chemin.

Avant de commencer la visite de la résidence principale, il me fit une rapide description des pièces de la maison : trois salons remplis de meubles Louis XVI, une douzaine de chambres, chacune décorée selon un thème particulier, et un vrai studio de danse doté d'une barre de ballet que, selon Marco, Laurel utilisait tous les jours quand elle était dans la propriété. Je fus subjuguée par les équipements supplémentaires : un cinéma de cinquante sièges recouverts de velours rose, un salon de beauté, un bowling avec quatre pistes, une salle de sport avec toutes sortes de machines ultra-performantes, à quoi s'ajoutaient un sauna, un hammam, un bain à remous et un Jacuzzi. Marco descendit un escalier en pierre qui menait jusque dans une cave contenant vingt mille bouteilles de vin et une armoire à cigares ; il précisa que Laurel goûtait et sélectionnait elle-même ses vins.

— Elle se passe très bien de mes conseils, et pourtant, je suis sommelier certifié, avoua-t-il.

Puis, pendant notre promenade, il m'enseigna avec fierté tout ce qu'il y avait à savoir sur la propriété. J'essayai de retenir ce qu'il me disait, car je savais bien que chaque détail serait important pour mon article.

— Les murs extérieurs de la résidence sont en coquina. C'est une roche calcaire très rare de couleur rose que l'on extrait en grattant le fond de l'océan. La rumeur dit qu'il a fallu dix ans et cinq millions de dollars à Mizner pour en rassembler suffisamment et commencer la construction.

— À combien est estimée la propriété ? le questionnai-je.

Marco esquissa un sourire et répondit :

— Il y a une expression courante par ici qui dit : si vous demandez « c'est combien ? », ça veut dire que c'est au-dessus de vos moyens.

Sans blague.

Ensuite, Marco me montra la serre, la piscine de Laurel, les deux courts de tennis (gazon pour l'un, terre battue pour l'autre, comme à Roland-Garros), le green, et un kiosque de jardin perché sur un pont arqué qui surplombait un bassin rempli de tilapias.

— Voilà donc ce que l'on peut s'offrir quand on a conquis l'empire des cosmétiques, hein ? dis-je, émerveillée.

Je suivis Marco sous le kiosque. Une pause était bienvenue après une telle promenade.

— Et si on se tutoyait ? me demanda-t-il.

Je n'y voyais aucune objection. Il reprit :

— Tu sais, Laurel est née pauvre. Elle a grandi à Paris dans un appartement crasseux et sans eau courante. Tu en as certainement entendu parler.

— À vrai dire, non.

— Eh bien, c'est dans la salle d'eau sur le palier qu'elle

a mis au point son premier shampooing. Elle a réussi à le vendre en faisant du porte-à-porte. Elle est partie de rien.

D'un geste circulaire, Marco montra la propriété qui s'étendait devant nous et il continua :

— Je l'admire pour ça.

— Crois-tu que les jumelles possèdent la même volonté ? demandai-je.

La bonne blague ! Comme si je ne connaissais pas déjà la réponse !

— Elles ont souffert, tu sais.

Il me regarda un instant puis ajouta :

— Tu me parais bien curieuse à leur sujet.

— Je veux juste apprendre à mieux les connaître.

La culpabilité m'envahit. Mais ça ne dura pas longtemps. Il me suffisait de me remémorer à quel point Sage m'avait humiliée la veille.

— C'est peine perdue, ma chère, dit-il gentiment. Elles ne s'intéressent qu'aux apparences. Pour elles, tu ressembles aux modèles des photos « avant » de leurs magazines.

Je sentis le rouge me monter au visage et baissai la tête.

— Tous mes vêtements sont partis en fumée... Il y a eu un incendie dans mon appartement, bredouillai-je.

Il porta une main à sa poitrine.

— Je n'ai pas dit ça dans l'intention de te blesser, je t'assure. Palm Beach peut s'avérer parfois très superficiel, j'en ai bien peur. Pour se faire accepter, il faut s'adapter. Afin de gagner la confiance des jumelles, tu dois leur faire croire que tu appartiens à leur monde. Ou bien en avoir l'air. Tu dois te convaincre que tu es un accessoire.

La comparaison avec un sac à main ne m'enchantait guère.

— C'est tout à fait ridicule, dis-je en riant.

— Bien sûr que ça l'est, acquiesça Marco. Mais mets-toi ça en tête : le reste de l'Amérique est obnubilé par l'argent.

Sage et Rose? Pour elles, l'argent n'a jamais été un souci. Alors, elles sont obnubilées par les apparences.

— Je suis celle que je suis, dis-je tristement tout en me rendant compte de l'allusion biblique, mais je m'en moquais. Et j'ai l'air de qui j'ai l'air.

— Peut-être pas. Ma DM, Keith, est célèbre pour transformer les vieilles carnes fortunées en véritables reines de beauté. Dans le but d'atteindre la perfection, elles sont prêtes à dépenser des sommes colossales qui me permettront de payer mes liftings jusqu'à ce que je termine en maison de retraite. C'est « M. Keith » pour les intimes.

— Et qu'est-ce que… Keith… *fait* exactement? demandai-je à Marco.

— Coiffeur, maquilleur, habilleur, absolument tout, énuméra Marco. Son carnet de rendez-vous est plein un an à l'avance en dehors de la saison, et deux ans à l'avance pour la saison.

— Et la saison, c'est… ?

— Mon Dieu, ma pauvre enfant! Mais tu ne connais rien à la vie!

Je devais avoir l'air tellement perdue que Marco eut pitié de moi.

— La Saison, avec un L et un S majuscules, s'étend de la fin novembre jusqu'au début du printemps. C'est la période des galas mondains donnés en particulier pour des œuvres de charité. C'est aujourd'hui que se déroule la première soirée : le Gala Rouge et Blanc, ma chère. Tout le beau monde de Palm Beach participe à La Saison. Mais personne ne peut s'y montrer sans tenue d'apparat digne de La Saison.

Je fis un rapide bilan de ce que je portais : ma tenue et ma coiffure n'étaient en rien dignes de La Saison. Quant à mon maquillage, c'était la cerise sur le gâteau, je n'en avais pas. Génial. La Saison allait démarrer à Palm Beach et j'étais certainement la personne la moins préparée qui puisse exister. Et même si M. Keith avait été disponible, je ne possédais pas non plus « une somme colossale » pour m'assurer ses services. J'étais vouée à demeurer le modèle « avant » aux yeux des jumelles ; je devrais rester en dehors de leur cercle, sans obtenir quoi que ce soit pour mon article. Je pouvais dire adieu à mon scoop.

— Il y a quinze ans, j'étais cuisinier dans une brasserie à Point Pleasant, dans le New Jersey, et je portais des polos achetés en solde dans des grandes surfaces, dit Marco tout en mettant doucement sa main sur mon épaule. Comment j'ai atterri ici, c'est une autre histoire que je vais tâcher de garder pour mon autobiographie. Une chose est sûre, c'est que Keith m'a aidé. Il m'a sauvé, en réalité.

Il tapota son menton avec l'index et continua :

— Et maintenant… c'est toi qu'il a besoin de sauver.

— Mais… comment ? Je n'ai vraiment pas d'argent et…

Marco sourit.

— Keith adore les histoires de Cendrillon par-dessus tout. Ce soir, tu iras à ton premier bal ! Disons que je suis ta marraine la fée.

*chapitre 12*

— Je sens que je vais vomir.

— Tout va bien se passer, m'encouragea Keith en me donnant une tape amicale sur la cuisse. Tu es superbe. Tous les hétéros vont te dévorer du regard, les homos vont te demander des conseils de beauté, et les femmes vont vouloir t'arracher les yeux. Si ça, ce n'est pas du conte de fées, je me demande bien ce qui peut l'être !

Nous étions bloqués sur Ocean Boulevard au milieu de la file de voitures et de limousines qui se rapprochaient de l'enceinte de l'hôtel Mar-a-Lago de Donald Trump. Quelle idiote j'étais d'avoir pensé que je pouvais me rendre au premier gala de La Saison et me faire passer pour ce que je n'étais pas ! Je fis quelques exercices de respiration que j'avais vaguement retenus lors du seul et unique cours de Hatha Yoga auquel Charma avait réussi à me traîner. (J'avais pris mes jambes à mon cou dès que le professeur avait parlé de la posture du chien.)

— Détends-toi, Megan, me conseilla Keith. Nous serons derrière toi, Marco et moi.

Et qui allais-je trouver devant moi? Je m'attendais à ce qu'une grande dame de Palm Beach me regarde de la tête aux pieds et pointe un doigt accusateur dans ma direction avant de crier : « Imposteur! » Mais je me rassurai en me disant que si Keith n'avait pas réussi à transformer une fille en reine de beauté, alors personne n'y parviendrait. Keith Raffeen (bien que sur l'île, on l'appelle plutôt M. Keith ou encore *Le* M. Keith, selon l'importance du rôle qu'il avait joué dans la transformation de chacune) avait grandi dans le luxe, dans les environs de Charlotte, en Caroline du Sud. Sa mère avait signé un contrat de mariage qui la laissa sans un sou après son divorce; elle réussit néanmoins à garder la maison familiale. Pendant que la plupart des garçons faisaient du sport et draguaient les filles, Keith, de son côté, passait son temps à découdre et recomposer les robes de sa mère pour qu'à chaque soirée mondaine, elle ait l'air habillée d'une nouvelle parure luxueuse.

Après quatre années passées à l'École des arts et techniques de la mode de New York, il était parti pour Los Angeles où il s'était révélé l'habilleur-coiffeur-maquilleur le plus prisé de tout Hollywood, une bénédiction trois-en-un vers qui s'étaient tournés tous les grands studios de cinéma ainsi que bon nombre de réalisateurs de la ville. C'est lorsqu'une célèbre actrice française lui avait proposé une somme d'argent faramineuse et l'avait invité à Palm Beach, pour qu'il la pare de la tête aux pieds à l'occasion du gala annuel de la Croix-Rouge, que M. Keith était devenu une vraie légende. Grâce au talent de Keith, le *Palm Beach Daily News* (*Le Journal Doré* pour ceux qui connaissent) avait consacré une page entière de photos à la belle actrice. Dans une ville où l'apparence comptait plus que tout, avoir du style était certainement plus apprécié que la capacité à

opérer à cœur ouvert. J'avais obtenu tous ces renseignements grâce à Marco qui s'était montré bavard lors du trajet
jusqu'à la villa de son compagnon, située en front de mer au
sud de l'île. Nous avions pris une tasse de café tous les trois
sur une terrasse qui donnait sur la plage avant que Marco
ne nous laisse pour retourner à la propriété. Keith était
habillé de manière décontractée avec un bermuda cargo,
un polo blanc et des tongs en cuir. Il me détailla de la tête
aux pieds avec attention. Sans se tromper, il devina ma
pointure, ma taille et, à mon grand désespoir, mon tour de
poitrine. En regardant mes cheveux, il prononça trois mots
qui me firent paniquer : « On coupe tout. »

— Je crains que la boule à zéro ne m'aille pas très bien,
dis-je nerveusement sur le ton de la plaisanterie.

J'eus à peine le temps de terminer ma phrase qu'il m'en-
traînait déjà dans une pièce transformée en salon de coiffure ; il m'installa sur un fauteuil, dos au miroir.

— C'est plus amusant quand c'est une surprise, expliqua-
t-il.

Deux heures plus tard, il tourna le siège pour que je
puisse admirer le résultat. Il avait raison. C'était réussi. Il
avait coupé dix centimètres, dégradé mes cheveux autour
du visage, fait des mèches couleur caramel et un brushing.

— On dirait que tu viens juste de t'envoyer en l'air, lança-
t-il, content du résultat. Et que tu t'en es donné à cœur
joie.

Si ce qu'il voulait dire, c'était que Dieu m'avait dotée des
cheveux les plus beaux qui soient, alors j'étais d'accord avec
lui.

Après la pause déjeuner (au menu : pain frais, différentes sortes de fromage, tomates du jardin coupées en tranches et confit de canard), Keith s'attaqua au maquillage.
Il maniait les produits comme si c'était lui qui les avait
créés. Après avoir étalé sur mon visage la Crème de la

mer pour m'hydrater la peau, il appliqua diverses lotions, poudres et fards de chez Angel (bien sûr), Laura Mercier, Chantecaille, Paula Dorf ou encore Nars. Je pris bonne note de tout cela.

L'opération dura plus d'une heure. De nouveau, Keith ne me laissa pas voir le résultat avant d'avoir terminé. Comme je ne me maquillais jamais, je m'attendais au pire : Jack Sparrow en drag-queen. J'avais tout faux. C'était… moi, mais en mieux. En mignonne. Allons même jusqu'à dire *super* mignonne. J'avais le teint rayonnant, de grands yeux et des cils aussi longs que ceux de Bambi.

Au cours de mon relookage, Keith avait discrètement passé quelques coups de téléphone : des coursiers chargés de sacs de vêtements arrivèrent petit à petit pendant que Keith appliquait les dernières touches de maquillage. Il les conduisit tous dans la chambre d'amis. Quand il m'y emmena à mon tour, je découvris ce que nos visiteurs avaient livré : un soutien-gorge rose clair pigeonnant sans bretelle et la petite culotte en soie assortie, cinq paires de chaussures empaquetées dans leurs boîtes d'origine sur lesquelles on distinguait les marques Jimmy Choos, Manolo, Gucci et Stuart Weitzman. Ils avaient également déposé une robe rouge feu que Keith tenait en face de moi.

— Zac Posen. Personne ne coupe les robes aussi bien que lui.

— Je ne vais jamais rentrer là-dedans, dis-je en fronçant les sourcils.

Il m'adressa un sourire jusqu'aux oreilles en guise de réponse, révélant ainsi des dents parfaitement blanches.

— Fais-moi confiance.

Il ne s'était pas trompé, c'est pourquoi j'étais maintenant dans sa Rolls, assise du côté passager, et vêtue de lingerie fine, d'escarpins noirs de chez Gucci et d'une robe tellement belle que je me disais qu'elle avait davantage sa place dans un musée plutôt que sur moi. Elle était sans bretelles, avec des volants de mousseline au niveau de la taille. Dos nu, elle révélait un corsage à baleines en soie rouge qui était si ajusté que j'avais eu besoin d'aide pour le fermer. Le tissu tombait juste au-dessous des genoux avec des plis élégants. Keith avait décrété que les robes longues étaient bien trop guindées cette année. En outre, selon *Le* Keith, j'avais de très belles jambes. Je me voyais mal le contredire.

— Rappelle-toi bien, Megan, commença Keith. Bois un seul verre de vin ou de champagne en sirotant. Cela montre une bonne éducation. En revanche, tu ne dois absolument rien manger.

Je fis oui de la tête. Je savais très bien pourquoi il me disait cela. Si mon diaphragme s'élargissait d'un centimètre, le corset de la robe, quant à lui, ne suivrait pas. En première page du *Journal Doré* du lendemain, on pourrait lire : LA PROF DES BAKER MEURT ÉTOUFFÉE PAR LES BALEINES DE SON CORSET.

— On y est, ma puce. Tu as mon numéro de portable ? demanda-t-il. Et celui de Marco, en cas d'urgence ?

Je me contentai de hocher la tête ; j'avais peur de bouger le reste du corps.

— Vérification du rouge à lèvres, ordonna Keith au moment où un valet ouvrit la portière. Souris !

Je m'exécutai et il me dit enfin :

— Tu peux y aller, Princesse.

Le valet me tendit sa main gantée. Je pivotai les jambes à l'extérieur de la voiture en faisant attention de les garder bien serrées, et je réussis à sortir de la Rolls de manière très gracieuse.

— Bienvenue au Mar-a-Lago, me dit le valet qui affichait un sourire hollywoodien.

Keith contourna la Rolls. Il portait un smoking et des boutons de rubis à sa chemise puisque le Gala Rouge et

Blanc exigeait des invités qu'ils portent l'une ou l'autre couleur sur eux. Il m'offrit son bras.

— Allons-y, ma chère.

— Je suis prête.

L'allée sur laquelle nous avancions était couverte de pétales de roses rouges et blancs. Juste avant d'arriver devant les portes impressionnantes, je jetai un regard furtif à Keith. Il me serra la main.

— Tu vas être la reine de cette putain de soirée !

Il y a très longtemps, Lily et moi avions loué *Pretty Woman* ; elle adorait ce film, je le détestais. Toute prostituée peut, au final, vivre heureuse et avoir beaucoup d'enfants. Lily disait que je ne prenais pas assez de recul par rapport au film : il n'était pas censé décrire la réalité et tout le monde le savait. Bien sûr que ce n'était pas la vraie vie. Dans la réalité, Cendrillon ne se transformait pas comme par enchantement pour ensuite se rendre au bal.

Je vous laisse imaginer le choc que j'ai ressenti au moment où cela m'arriva.

Je me tenais en haut d'un escalier somptueux qui menait à une immense salle de réception ornée de dorures et d'ivoire, éclairée par des centaines de lustres en cristal. La pièce rassemblait les personnes les plus belles et les plus riches de la planète, jeunes et quasi-grabataires confondus. Tout au fond de la salle, sur une scène surélevée, le Starlight Orchestra de Valerie Romanoff jouait *Bad, Bad, Leroy Brown* (je ne plaisante pas), et une douzaine de couples dansaient. Il y avait quatre bars et quatre buffets disséminés dans la salle ; des serveurs en smoking blanc passaient également parmi les invités pour leur offrir nourriture et rafraîchissements.

— Avance tout droit et traverse la foule jusqu'au centre pour rejoindre le bar sur ta gauche, me conseilla Keith.

Pendant que nous descendions l'escalier, je sentis les regards se tourner vers nous. Je me répétai : *Il ne faut pas que je trébuche, il ne faut pas que je trébuche...*

En bas des marches, Keith m'escorta à travers tout le gratin de Palm Beach. Les gens se mirent à chuchoter sur notre passage.

— Qui est-ce?

— Elle est superbe.

— Cette robe!

— Sa coiffure!

— Je l'ai vue à Torremolinos au printemps dernier!

Pembroke apparut tout à coup devant moi; il portait un smoking si bien coupé qu'il dissimulait son énorme ventre.

— Megan? Waouh!

Il dirigea son regard vers mon décolleté plongeant comme s'il espérait faire fondre la robe grâce à son pouvoir de thermovision.

— Merci, dis-je. Pembroke Hutchinson, Keith Raffeen. Keith, Pembroke.

Pembroke se mit à rire.

— Je connais Keith. Il retape ma mère. Au sens figuré bien sûr. Comment as-tu rencontré Keith, Megan?

— Elle est l'amie d'un ami, répondit Keith dans un sourire facétieux avant de m'embrasser sur la joue. Je vais retrouver Marco. Ça va aller?

— Oh oui, lui assurai-je.

C'était ridicule, je le sais bien, mais le *waouh!* de Pembroke m'avait donné de l'assurance.

Keith s'éloigna et Pembroke insista pour aller me chercher un apple martini. Il me prit par le bras pour aller jusqu'au bar. Nous avions à peine fait deux mètres que j'entendis de nouveau quelqu'un prononcer mon nom.

— *Megan?*

C'était Sage; elle était vêtue d'une longue robe de couleur

pourpre dont l'échancrure descendait jusqu'à son nombril percé d'un diamant.

— Ah, salut Sage.

Sa sœur se tenait bien évidemment juste derrière elle dans une sublime longue robe blanche dos nu. Elle était accompagnée de Précieuse Baldridge (que je me rappelais avoir rencontrée le soir de mon humiliation) qui avait un bronzage parfait et portait une robe rouge vif échancrée dans le dos. Sage avait l'air ahuri. Tout comme Précieuse.

— Qu'est-ce que tu fous ici?

C'est à peine si Sage arrivait à articuler.

— La même chose que toi : j'aide à collecter des fonds pour l'ANRSD, répondis-je.

J'avais bien retenu ma leçon. La plupart des soirées de La Saison étaient apparemment organisées pour des œuvres de charité, bien qu'en réalité elles servent de prétextes aux riches, incultes et égocentriques, à rivaliser entre eux par leurs tenues et leurs bijoux plus beaux les uns que les autres. Ce gala-ci était donné en l'honneur de l'Alliance nationale de la recherche contre la schizophrénie et la dépression.

Sage repoussa quelques boucles qui s'étaient échappées de son chignon.

— Je veux dire, comment as-tu réussi à entrer?

— Euh...

— Qu'est-ce que ça peut bien faire? s'exclama Précieuse. Elle est là, et elle a tout à fait sa place ici. Oh là là, j'adore ta robe. Pourquoi est-ce que mon styliste ne me l'a pas montrée?

Pembroke m'adressa un large sourire.

— J'ai failli ne pas la reconnaître avec ses vêtements, s'esclaffa-t-il.

— Je pourrais me déshabiller et te rafraîchir la mémoire, mais je suis certaine que tu as une imagination débordante.

J'espérais bien qu'il allait prendre ma remarque comme

de la simple taquinerie, mais je mourais d'envie de lui envoyer mon poing dans la figure. Il rigola.

— Alors, cet apple martini?

— Je vais prendre autre chose, répondis-je avant de me tourner vers Rose. Qu'est-ce que tu es en train de boire?

— Un flirtini.

Je n'avais aucune idée de ce que cela pouvait être.

— Très bien, dis-je à Pembroke. Un flirtini.

— Et un flirtini!

Il s'éloigna et fut vite remplacé par une autre amie des jumelles que j'avais également rencontrée la veille, celle qui avait des implants mammaires de taille impressionnante. Comment s'appelait-elle déjà? Ça ressemblait à un nom du Muppet Show. Piggy? Fozzie? Le grand Gonzo? Oui : Gonzo. Suzanne de Gonzo. Elle me fixa sans pousser un hurlement de surprise.

— Zac Posen, non?

Elle n'essayait même pas de s'excuser par rapport à ce qui s'était passé le soir précédent. J'entrai dans son jeu, montrant que je n'avais pas besoin de ses excuses.

— Tout à fait! dis-je d'un ton assuré alors que je ne me rappelais nullement le nom du créateur de ma robe.

Sage me regarda en plissant les yeux et je fis un effort pour rester calme.

— Qu'est-il arrivé à tes cheveux crépus et à tes fringues pourries?

Grâce à ma courte carrière passée dans un magazine people, j'étais parée pour cette remarque-là.

— Je t'en prie, Sage. Quand je voyage, je ne porte qu'une brume d'Évian, du gloss et mes vêtements les plus confortables.

Et je fis ma meilleure imitation de ce mouvement de la tête qu'elle maîtrisait si bien. Un mois auparavant, à *Scoop*, j'avais écrit les légendes des photos prises lors de l'interview de trois top-modèles. Kate Moss avait précisé qu'elle ne portait pas de maquillage quand elle voyageait.

— Ce n'est pas comme si j'avais besoin d'impressionner qui que ce soit, ajoutai-je.

Cet instant restera gravé à tout jamais dans ma mémoire : Sage cligna des yeux et son petit air supérieur disparut tout à coup.

— Eh bien, tu aurais pu nous prévenir, dit-elle d'un air abattu.

— Comme je viens de le dire, il n'y avait personne à impressionner, répétai-je en souriant amicalement.

Et pourtant, j'en impressionnais plus d'une : Sage et Rose. Exactement celles que je devais me mettre dans la poche. Elles ne m'appréciaient peut-être pas, mais à cet instant précis, il n'y avait pas la moindre trace de dédain dans leur regard. C'était un véritable progrès.

— Et voilà! Un flirtini.

Pembroke était revenu et me tendait une boisson rose dans un verre à martini.

— Tu es un amour.

*Un amour?* Pour qui je me prenais? J'eus envie d'avaler mon cocktail d'un trait pour en rajouter une couche, mais je me souvins de la recommandation de Keith et sirotai ma boisson. Je fis semblant de m'intéresser aux couples qui dansaient sur une chanson des Bee Gees, tout en pensant qu'ils auraient mieux fait de s'abstenir.

— Tu danses? dit une voix derrière moi.

Je me retournai et mon regard se perdit aussitôt dans les yeux incroyablement bleus du garçon qui m'avait tendu la serviette la veille. Will Phillips. À présent, au lieu d'horribles plaques rouges, je portais une robe couleur feu. C'était tout à fait approprié.

— Comment peux-tu danser sur cette merde, Will? demanda Sage.

L'orchestre entonnait *Strangers in the night*. J'eus un moment d'hésitation en voyant s'avancer sur la piste des couples assez vieux pour avoir perdu leur virginité sur des mélodies de Sinatra, voire d'Édith Piaf.

— Dis-toi plutôt que c'est juste rétro, dit Will à Sage avant de se retourner vers moi de nouveau en me tendant la main. Alors?

— Avec plaisir.

Ce me fut difficile de détourner mon regard de ses yeux jusqu'à ce que je me rappelle de qui ce garçon était l'ami et sur quoi ces mêmes yeux s'étaient déjà précisément posés. *Pense au travail*, me dis-je. Je ne disposais que de deux semaines avant que Laurel revienne et s'aperçoive que les filles n'avaient fait aucun progrès pour entrer à Duke; je serais alors sur la paille. Pendant ces quinze jours, je devais apprendre tout ce que je pouvais sur les gens riches, mesquins et répugnants qui peuplaient Palm Beach. Je glissai ma main dans la sienne. Chaque minute comptait.

— Je suis désolé pour la nuit dernière, commença Will en passant ses bras autour de ma taille. Je ne m'y attendais pas.

Croire ou ne pas croire, telle était la question. Bien, j'y réfléchirais plus tard.

— C'est rien, répondis-je d'une voix douce. Juste une mauvaise blague. Bref, comment ça se fait que tu connais les jumelles?

Nous nous laissions porter par le rythme lent de la musique.

— J'habite à côté de chez elles, à *La Barbade*.

Le voisin qui les connaissait depuis toujours. C'était parfait.

— La Barbade est une île des Caraïbes, dis-je pour le taquiner.

— C'est également le nom de notre propriété. Les résidents de Palm Beach aiment donner un nom à leurs maisons. C'est devenu une tradition.

— Alors tu as grandi avec Sage et Rose ? demandai-je.

— Pas exactement. J'ai vingt-trois ans. J'ai fait mes études à Northwestern et j'ai obtenu ma licence en juin dernier.

Il avait mon âge. Ce qui m'amena à la question : pourquoi traînait-il avec des gamines de lycée ? La seule réponse évidente était qu'il couchait avec l'une d'elles. Là d'où je viens, on appelle ça un acte criminel. Et quel que soit l'endroit d'où l'on vient, c'est tout simplement... dégueulasse.

— Et toi ? demanda-il en se détachant légèrement pour mieux me voir.

— Yale, répondis-je d'un air timide.

Il émit un léger sifflement.

— Et tu donnes des cours particuliers ? C'est un choix ? Qu'est-ce que tu as étudié ?

— La littérature, et toi ?

Dire la vérité ne me semblait pas risqué.

— L'histoire de l'art. Mon père est marchand d'art. J'hésite encore à prendre sa suite. Sa galerie principale se trouve sur Worth Avenue, en fait. Tu dois certainement connaître, c'est la Galerie Phillips.

Je résistai à l'envie de lever les yeux au ciel : ce mec était d'une arrogance insupportable. Est-ce que tous ces gens croyaient vraiment que leur petit monde était le centre de l'univers ?

— À vrai dire, c'est la première fois que je viens à Palm Beach.

Je me contins en pensant à mes recherches.

— Je n'ai pas encore eu l'occasion de visiter l'île, ajoutai-je.

Je lui lançai une sacrée perche. Qui aurait été meilleur guide que notre voisin de *La Barbade* ?

— Mon père expose des œuvres de Corot à la galerie en ce moment. Ça te dirait de venir les voir ? Je serais content de te montrer les environs demain...

Génial. Il avait mordu à l'hameçon.

— Avec plaisir.

Je souriais par-dessus son épaule, à la pensée de tous les ragots que j'allais obtenir de lui le lendemain. Et quand un vieil excentrique en veste de smoking rouge me rapprocha de Will en me bousculant, eh bien... cela ne me gêna pas le moins du monde.

Je commençais à m'amuser.

## *chapitre 13*

Malgré les quelques progrès d'approche que j'avais réalisés auprès des jumelles lors de la soirée (au moins, elles ne m'appelaient plus Caniche, mais Megan), j'avais décidé de les laisser tranquilles le lendemain matin. Je me disais plutôt que j'irais prendre mon petit déjeuner dans la villa principale et me renseigner au sujet de Will Phillips, avec qui je devais passer l'après-midi, et que je soupçonnais fortement de détournement de mineur.

Mon projet tomba rapidement à l'eau quand, à 10 heures, les jumelles vinrent tambouriner à ma porte pour me réveiller. Elles étaient habillées pour aller lézarder au soleil : le bikini de Sage était composé de trois minuscules triangles couleur or, tandis que Rose portait un maillot de bain noir découpé sur les hanches, ce qui donnait l'impression qu'elle avait des jambes de deux mètres de long.

Sage parla en premier. Elle croisa les bras et plissa les yeux.

— Nous savons qui tu es.

J'étais démasquée. Les efforts de Marco et de Keith pour me faire passer pour l'une d'entre elles n'avaient trompé personne. Bon, au moins j'en avais bien profité au cours de ces seize heures.

— D'accord, j'avoue, commençai-je. Je ne suis pas vraiment...

— On a tapé ton nom sur Google, m'interrompit Rose. Tu es Megan Smith de la banlieue riche de Philadelphie ; tu viens de Gladwyne en Pennsylvanie, pour être exacte. Ta famille a parrainé un gala au printemps dernier au profit du centre de transplantation de l'hôpital universitaire de Pennsylvanie. Ta mère portait une robe de chez Chanel et la tienne avait été créée par Versace. On connaît tous les détails.

Ma famille ? Parrainer une œuvre de charité au printemps dernier ? C'était si éloigné de la vérité que c'en était dérisoire, mais j'assemblai les morceaux du puzzle un à un dans ma tête. Smith n'était pas un nom très original, et Megan non plus d'ailleurs. Il se pouvait très bien qu'il y ait une fille là-bas qui portait le même nom que moi et qui venait d'une famille riche à millions. J'avais tapé mon nom sur Google une ou deux fois. J'avoue, dix ou douze fois. À l'exception de quelques résultats sur des sites liés à Yale, je n'existais pas sur Internet. Mais le moteur de recherche mentionnait 93 700 autres Megan Smith. Apparemment l'une d'entre elles était riche.

— Maintenant, on comprend pourquoi tu as été invitée au gala, marmonna Rose.

— Et d'où vient ta robe, ajouta Sage. Tu aurais dû nous le dire, Megan.

Elles sortirent dans un mouvement d'indignation. Je pris le risque et leur criai :

— Êtes-vous prêtes à étudier avec moi, les filles ?

C'est surprenant à quelle vitesse une paire de jumelles peuvent hurler le mot « Non ! »

Je décidai de demander qu'on apporte le petit déjeuner dans ma suite : deux croissants tout juste sortis du four, une assiette de fruits tropicaux coupés en morceaux, et un Thermos de café d'Éthiopie. Je passai le reste de la matinée sur ma terrasse privée à faire quelques recherches sur Internet concernant Gladwyne en Pennsylvanie, où habitait l'autre Megan Smith. C'était encore un de ces endroits qui faisaient passer Concord (dans le New Hampshire), la ville dans laquelle j'avais grandi, pour une ville du tiers-monde.

Je fus prise de panique en plein milieu de ma recherche sur Gladwyne. Lorsque je me rendrais à mon rendez-vous avec Will, plus tard dans la journée, il s'attendrait à voir la fille avec laquelle il avait dansé la veille. Mais cette fille n'existait pas ! Je ne savais pas me coiffer et je n'avais pas de vêtements. À moins que *Le* M. Keith n'apparaisse comme par magie dans mon salon ! J'étais foutue.

Affolée, je courus sous la douche, me fis un shampooing, puis j'enfilai un mixte des tenues numéros un et deux de Century 21. Je me précipitai ensuite jusqu'à la maison principale, en contournant délibérément la terrasse de la piscine où se trouvaient certainement les jumelles, pour retrouver ma marraine la fée.

Je lui exposai mon problème en guise de bonjour. Je passai quelques détails de l'histoire, bien sûr (Marco ne devait rien savoir de mon article secret), mais je lui racontai que les jumelles me prenaient pour une autre Megan Smith, qui, elle, était bien plus riche. Il trouva tout cela hilarant et sembla comprendre l'importance de ne pas dévoiler la vérité aux jumelles. Pour des raisons... purement académiques, cela va sans dire.

— Ne t'inquiète pas, ma puce, dit Marco d'un ton cajoleur en mettant des brioches à la cannelle sur un plateau pour les faire refroidir. C'est un coup du destin. Je crois pouvoir te venir en aide. Mange une brioche.

J'en pris une et je l'engloutis. J'étais à la fois soulagée qu'il puisse m'aider, et de nouveau dominée par un sentiment de culpabilité. Depuis le début, Marco s'était montré d'une gentillesse sans pareille à mon égard, et tout ce que je trouvais pour le remercier c'était de lui cacher mes intentions. Je me répétai que cela faisait partie du métier de journaliste.

Alors que Marco me conduisait vers sa petite maison rose, dans le nord de la propriété, mes remords s'estompèrent petit à petit. Je n'étais pas la seule à avoir un secret : quand Marco enlevait son tablier de chef, il devenait Zsa Zsa Lahore, le drag-queen le plus glamour de ce côté de l'île. Et il faisait précisément ma taille.

Après un rapide passage par son salon rouge et noir, meublé d'un canapé en cuir et python (il traversait sa phase western), il me mena à sa chambre. Curieusement, il l'avait décorée de manière très masculine, voire agressive : tout était en chrome et argent et, au-dessus du lit, il avait accroché une peinture représentant deux cowboys qui se lançaient des regards pleins de désir. On se serait cru dans *Le Secret de Brokeback Mountain*.

— Ce qui est à moi est à toi, annonça-t-il en ouvrant les portes coulissantes d'un dressing presque aussi grand que sa chambre.

Où donc s'arrêtait la générosité d'une marraine-fée ? Le dressing débordait de tenues de grands couturiers, aussi belles les unes que les autres. Il commença à sortir quelques ensembles qui pourraient faire l'affaire.

— Pour la visite de la galerie avec Will, je te conseille ce pantalon noir en crêpe à taille haute de chez Bottega Veneta et le chemisier ivoire en mousseline signé Fendi. Voyons voir ce que l'on peut trouver d'autre.

J'essayai de l'en dissuader, mais il remplit quand même

une grande valise et une housse de vêtements grand format, me disant que j'aurais besoin de ces tenues pour la suite.

— Tu veux que je te donne mon avis sur ce que tu portes maintenant, ma puce? lança-t-il. Brûle tout!

Il s'attaqua ensuite à la coiffure et au maquillage. Marco ne partageait pas le talent de Keith pour ce qui était de la coiffure, mais il m'apprit à me servir d'un fer à lisser. Côté maquillage, il s'en tira plus que bien. J'enfilai ensuite l'ensemble qu'il m'avait suggéré. Il m'allait au poil. Mon regard s'abaissa sur mes mocassins noirs : même moi, je savais qu'ils étaient un véritable crime contre la mode.

— Oh mon Dieu! fit Marco en rongeant ses ongles parfaitement manucurés.

Je chaussais du quarante, et lui du quarante-trois. Il fit tout à coup claquer ses doigts.

— Des ballerines Chanel stretch, chérie. Voilà ce qu'il te faut!

Je les essayai; elles étaient trop grandes, mais grâce à l'élastique, je ne les perdais pas. Il me promit d'appeler Keith pour qu'il apporte d'autres modèles. Je protestai de nouveau, mais Marco ne voulut rien entendre.

— Chéwi, dit-il en imitant Zsa Zsa Gabor presque à la perfection. Tu es wesplendissante.

Puis, en appliquant la dernière touche de mascara, il me demanda :

— Tu vas prendre quelle voiture?

L'idée ne m'avait même pas traversé l'esprit. J'étais censée me rendre en ville sur Worth Avenue cinquante minutes plus tard exactement, pour que Will me fasse visiter la galerie de son père, puis m'emmène prendre le thé au Café des flots.

— Prends la Ferrari, me conseilla-t-il. La Ferrari rouge. C'est un délice de la conduire. Elle a cinq vitesses. Tu sais manier l'engin?

Il m'adressa un petit sourire complice en rapport avec l'allusion sexuelle.

— Oh oui, je sais, répondis-je en riant.

Le camion de mon père avait une transmission manuelle. Marco rigola et ajouta :

— Tu veux un conseil, ma chérie ? Ne rate jamais une occasion de manier l'engin !

La Galerie Phillips était située à l'extrémité nord de Worth Avenue. Dans la vitrine, une seule toile était exposée : un pont en pierre au milieu de la campagne française. Sur une affiche tout aussi discrète, on pouvait lire GALERIE PHILLIPS : PALM BEACH. ŒUVRES DE JEAN-BAPTISTE CAMILLE COROT. DU 13 NOVEMBRE AU 13 DÉCEMBRE.

Je laissai la Ferrari au voiturier qui se tenait juste en face de la galerie, et entrai à l'intérieur. C'était donc cette galerie que le père de Will voulait qu'il dirige. Le bureau d'accueil était d'un blanc éclatant avec un parquet verni. C'était un plaisir de se retrouver dans une pièce climatisée après le soleil et l'humidité qui régnaient dehors.

— Bonjour.

Je fus accueillie par une jeune femme en tailleur noir très ajusté ; elle était bronzée comme de rigueur à Palm Beach et ses cheveux blonds coupés au carré lui arrivaient aux épaules.

— Bienvenue à la Galerie Phillips. Je m'appelle Giselle Keenan.

Elle se tourna de nouveau vers moi et ajouta :

— J'espère ne pas vous gêner en vous demandant ça, mais... qui vous a fait votre couleur ? Vos mèches sont superbes.

— Euh, Keith..., lui répondis-je, son nom de famille m'avait échappé.

— *Le* Keith ?

Giselle prononça le nom à mi-voix et reprit :

— J'ai essayé maintes et maintes fois d'obtenir un rendez-vous. Comment y êtes-vous arrivée?

— Eh bien, je loge dans la propriété des *Anges*…

— Chez les jumelles Baker? Nous faisions partie du comité du gala Cœurs et Espoirs lors de la saison passée. Vous leur direz bonjour de la part de Giselle, promis? J'ai adoré l'article sur elles dans *Vanity Fair*.

— Vous pouvez compter sur moi, lui dis-je en prenant bonne note de tout cela. Je suis là pour voir Will Phillips. Nous avons rendez-vous. Je m'appelle Megan.

— Je vais le prévenir.

Elle était en train de composer un numéro sur son téléphone quand un charmant jeune homme entra dans la galerie. Il avait les cheveux ébouriffés et le teint mat; il devait sûrement passer beaucoup de temps en mer ou sur les terrains de golf, ou bien les deux. Il m'adressa le même genre de sourire que les garçons destinaient en général à ma sœur.

J'eus tout d'abord envie de me retourner pour voir s'il ne souriait pas à une fille canon qui se trouvait derrière moi. Apparemment, l'effet Cendrillon s'était prolongé même après le bal.

Juste au moment où mon marin-golfeur s'avançait dans ma direction, Will apparut.

— Megan? Bienvenue à la galerie.

Il portait une veste sport bleue, une chemise bleu clair à col ouvert, un pantalon cargo et des chaussures bordeaux sans chaussettes. J'apprendrais rapidement que les variantes de cet ensemble constituaient la tenue décontractée que privilégiaient les hommes de Palm Beach. Mon marin hocha la tête et m'adressa un regard franc et plein de regrets. Puis il fit demi-tour et sortit.

— As-tu déjà eu le temps de jeter un coup d'œil? demanda Will.

— Non pas vraiment, mais cette pièce est magnifique.

— Je la vois tous les jours, je n'y prête plus vraiment attention, confessa-t-il.

Je voulais qu'il se sente à l'aise avec moi pour qu'il arrive à être le plus naturel possible. Je ne pouvais pas rêver trouver mieux que l'étudiant modèle pour mon article sur Palm Beach. Pourtant, je me retins de ne pas lui mettre mon coup de pied aux fesses, à ce petit snob.

— On fait un tour rapide dans la galerie et ensuite on va se promener le long de l'avenue?

— Ça me va, lui répondis-je.

Will parlait et je l'écoutais. Il me guida à travers les deux grandes pièces de la galerie. Il détenait un savoir encyclopédique sur la vie et l'œuvre de Corot, et me fit découvrir les trois périodes de l'artiste. À la fin de la visite, il se tourna vers moi et me lança :

— On y va?

Dehors, le soleil brillait intensément en ce début d'après-midi. Il me fit traverser pour prendre à droite. La rue était bordée de boutiques de grands créateurs : Ferragamo, Gucci, Hermès, Tiffany… Pas un GAP ni un Starbucks à l'horizon. Il y avait peu de piétons. Il faisait chaud. La seule animation se trouvait devant le restaurant Ta-Boo, où une équipe de voituriers garaient avec efficacité une rangée impressionnante de Bentley, de Mercedes et de Rolls Royce.

J'aperçus une pancarte de limitation de vitesse qui indiquait un minimum et un maximum. Quel besoin d'avoir une vitesse *minimum*?

— À quoi servent ces pancartes? demandai-je.

— Vous n'avez pas ça à Philadelphie? me dit-il d'un air surpris. C'est pour éviter que les touristes ne ralentissent pour épier les célébrités. Par ici, les gens aiment qu'on respecte leur vie privée.

— Qui t'a dit que je venais de Philadelphie?

— Sage.

Très bien. Cela ne pouvait être qu'un avantage. Pour simplifier mes recherches, cela n'était pas grave que Will croie également que j'étais l'autre Megan.

— Je ne suis jamais allé à Philadelphie, déclara Will. Parle-moi un peu de cette ville où tu as grandi.

Je m'en tirai plutôt bien grâce aux recherches que j'avais effectuées le matin même sur Internet. Je lui décrivis mon restaurant préféré (Le Scalini), l'endroit où j'aimais faire du shopping (Le Smak Parlour) et mes lieux de prédilection pour passer les vacances (Gstaad pour les sports d'hiver, et Bruxelles pour les magasins). En réalité, je m'amusais tellement à m'inventer une nouvelle vie que je m'étais à peine rendu compte que nous avions déjà terminé notre promenade sur Worth Avenue et que nous étions de retour devant la galerie. Will regarda sa montre.

— Bon, je dois retourner travailler.

Quoi? Et le thé à l'Hôtel des Flots?

— Merci pour la visite, lui dis-je en posant la main sur son bras. On pourrait peut-être se revoir?

C'était ma façon éhontée de lui dire *Invite-moi à boire un verre, beau blond*. Qui sait ce que je pourrais tirer de lui après deux ou trois cocktails?

— Ouais, peut-être. Salut, Megan.

Je ne pus m'empêcher de penser qu'il avait l'air un peu préoccupé quand il rentra dans la galerie.

## *chapitre 14*

Alors que je traversais une fois de plus l'allée de graviers blancs pour rejoindre la maison des jumelles, je me remémorais la façon étrange dont Will avait mis fin à notre promenade. Je fus tirée de mes pensées par des hurlements qui provenaient de la terrasse de la piscine : les jumelles (je n'arrivais pas encore à distinguer leurs voix l'une de l'autre) se disputaient avec une femme.

C'était fascinant d'entendre les insultes qu'elles s'envoyaient à la figure. Je quittai l'allée pour me cacher derrière un palmier. De cet endroit, j'avais vue sur toute la terrasse jusqu'au bar, là où avait lieu la bataille. Les jumelles étaient encore en maillot de bain, l'autre femme portait un tailleur-pantalon beige.

— Non mais je rêve, Zenith ! hurla Sage. Et vous vous prenez pour un agent ? Vous êtes nulle, oui !

Un agent ? Celle qui était censée leur décrocher des

contrats en or pour qu'elles deviennent mannequins fassent du cinéma et de la télé ?

Zenith inspira profondément, essayant manifestement de garder son calme.

— Écoutez, ce genre de choses arrive très fréquemment. Les gens se rétractent souvent au moment de sortir le chéquier.

— Vous nous aviez dit qu'on allait avoir notre propre série, être les vedettes d'un film, avoir des boîtes de nuit à notre nom, gémit Rose. Que le monde entier n'entendrait parler que de nous !

— Attendez, on vous a fait une offre. Si vous n'étiez pas des gamines pourries gâtées, vous vous seriez ruées dessus, dit Zenith, plus que furieuse.

— Une pub pour de l'auto-bronzant ? Vous plaisantez ou quoi ? Jamais Sage Baker ne s'abaissera à faire ce genre de photo !

— Ça y est ? Vous avez fini ? demanda Zenith calmement.

— Foutez le camp de notre propriété ! répondit Sage.

— Avec le plus grand plaisir. Ne vous avisez pas de me rappeler.

Zenith traversa la terrasse et prit heureusement un chemin qui m'évita de tomber nez à nez avec elle.

— Vous ! Ne nous rappelez plus jamais !

Sage ôta une de ses sandales incrustées de diamants pour la jeter violemment en direction de son agent qui s'éloignait. La chaussure tomba dans la piscine.

— Vous avez l'air d'un sac, en beige !

Sage se tourna vers sa sœur.

— Qu'elle aille se faire foutre ! On trouvera bien un autre agent. Viens Rose, on va picoler.

— Non, dit sa sœur, visiblement au bord des larmes.

— *Non ?* répéta Sage.

Elle n'en croyait pas ses oreilles. Moi non plus d'ailleurs. Je ne savais pas que Rose était capable de prononcer ce mot.

— Tout est… foutu.

Rose traversa la terrasse en courant et descendit l'escalier en pierre qui menait à la plage. Sage était seule maintenant. Pendant un court instant, je crus que cette dernière allait la rejoindre. Mais elle se mit à marcher vers leur maison en donnant au passage un coup de pied dans son autre sandale qui chuta dans l'eau à son tour.

*Diviser et conquérir*, me dis-je. Le royaume des jumelles était déjà divisé ; il ne me restait plus qu'à le conquérir.

Je pris le chemin de derrière pour me rendre sur la plage, prenant l'air décontracté de quelqu'un qui se promène par un bel après-midi. J'aperçus Rose aussitôt ; elle longeait le bord de l'eau à petits pas, évitant chaque vague à la manière d'une danseuse qui défie l'océan de lui mouiller les pieds.

— Tu te promènes ? lui demandai-je en m'approchant.

Je vis que sa lèvre inférieure tremblait.

— Hé, ça va pas ?

Elle secoua la tête. La marée montait et il s'en fallait de peu qu'une vague nous trempe les pieds. Je fis un saut en arrière ; les ballerines de Marco n'apprécieraient pas l'eau.

— Où est ma sœur ? m'interrogea-t-elle, l'air inquiet.

— Je ne sais pas, dis-je en haussant les épaules.

Rose remonta vers la plage et s'assit contre la digue. Je la rejoignis en pensant que si Sage jetait un coup d'œil sur la plage, elle ne pourrait pas nous voir. C'était primordial.

— On est foutues, Sage et moi, murmura enfin Rose.

Voyez-vous ça !

— Comment ça, foutues ?

Elle fixait l'océan.

— Tu te rappelles ce que Sage t'a dit le soir où tu es arrivée… sur notre agent à Los Angeles ? Toutes ces propositions et l'argent qu'on allait se faire ?

Je hochai la tête et attendis qu'elle m'explique. L'explication ne vint pas tout de suite. Enfin, elle me débita l'histoire dans un monologue qui défiait toute loi de ponctuation et de syntaxe :

— Sage pensait que l'article de *Vanity Fair* allait nous rendre célèbres et qu'on ne pourrait plus se déplacer sans être entourées de caméras de télé et alors ç'avait l'air cool quoi, parce que c'est comme ça que ça se passe pour les célébrités et tout... Alors, Sage a embauché cet agent de Los Angeles et on devait recevoir plein de propositions, genre pour un film, et pour tourner notre propre émission de télé-réalité et aussi pour faire des pubs pour du maquillage de grande marque, pas de la merde, tu vois ?

Je hochai la tête de nouveau. Il me semblait que c'était la meilleure chose à faire.

— En fait, rien n'a marché comme prévu mais je sais pas pourquoi, à part un truc pour une lotion solaire, quoi ! Ah, il y avait aussi un autre truc qui n'était pas sûr mais c'était pour une chaîne de magasins dans le Sud qui vend des jeans Jessica Simpson qu'elle met même pas, quoi.

— Mince !

Rose sembla encouragée par ma compassion et poursuivit :

— De toute façon, on n'aurait pas gagné assez pour tenir genre un an. Mais on a déjà envoyé balader l'argent de grand-mère et on n'aurait jamais dû te faire nager toute nue parce que maintenant tu nous détestes et tu voudras jamais nous donner des cours, et même si tu voulais à quoi ça servirait ?

Elle cligna des yeux à deux reprises puis ajouta :

— Tu vois ce que je veux dire ?

Dans un monde grammatical parallèle, peut-être. Mais j'avais compris l'essentiel, parce que l'essentiel correspondait à l'évolution que j'avais espérée. Sage avait convaincu Rose qu'elles n'auraient pas besoin de l'argent de leur grand-mère puisqu'elles allaient en gagner un paquet toutes seules. Elles pouvaient ainsi par la même occasion m'envoyer au diable.

Mais elles avaient eu tout faux. Rose se confiait à moi car elle avait une trouille bleue d'être à court de billets verts.

Il n'y a rien de tel que de se faire supplier.

— Alors… tu veux bien nous aider ?

Lui donner des cours particuliers me permettrait en effet de rester plus longtemps au paradis tout en étant payée ; c'était une bonne chose. Non : une excellente chose. Mais pourrais-je la faire entrer à Duke ? Même en s'y mettant jour et nuit pendant sept semaines et demie, je restais convaincue qu'elle avait le QI d'une balle de tennis. De plus, *les deux* jumelles devaient être acceptées, et Sage préférerait certainement devenir la version Palm Beach de Heidi Fleiss plutôt que de suivre mes cours.

Au moins, une des jumelles était rentrée dans le rang. Peut-être que la deuxième n'était pas loin derrière ?

Cette nuit-là, comme toute bonne journaliste en cours d'enquête, je travaillais sur mes notes. Entre Marco, Keith, Will et les jumelles, j'avais déterré assez de ragots pour enfoncer les grands pontifes de Palm Beach.

Après un ou deux flirtinis de trop au gala Rouge et Blanc, Suzanne de Gonzo m'avait dévoilé l'histoire suivante : une princesse de la haute société, coupable d'avoir poignardé son mari avec un grand couteau de cuisine, après l'avoir trouvé au lit avec une des amies de Suzanne, avait écopé d'une peine de deux mois. L'amie en question avait été expédiée dans le Sud de la France.

Pendant une séance de maquillage, Keith m'avait raconté que l'année précédente, pendant La Saison, un foyer du nom de Lieu de paix avait annulé le gala qu'ils organisaient habituellement chaque année pour collecter des fonds ; au lieu d'une invitation à l'événement, les « invités » avaient reçu une carte leur annonçant qu'ils pouvaient rester confortablement chez eux et envoyer une donation à la place. En temps normal, Lieu de paix recevait plus d'un million de dollars lors de leur soirée annuelle. L'année où ils avaient annulé le gala, ils n'avaient récolté que cinq mille dollars.

— Pendant La Saison, les galas de charité représentent la contribution des habitants de Palm Beach à la société, avait déclaré Keith.

Rose elle-même, une serviette dépliée sur les genoux, m'avait révélé :

— Des fois, c'est tout aussi bien de mâcher sa nourriture et de la recracher que de l'avaler quoi… tu vois ?

Sérieusement, ça ne s'inventait pas ce genre de choses.

J'avais pensé rester ici deux semaines uniquement, mais Rose m'avait donné la possibilité d'y séjourner deux mois complets. Pour que mon plan fonctionne, il me fallait maintenant convaincre Sage. Ainsi, le lendemain matin, je lissai mes cheveux, enfilai la tenue la plus décontractée que Marco m'avait prêtée (un jean Joe taille basse qui avait rétréci au lavage avec un T-shirt blanc Petit Bateau), et je fis le guet au milieu du couloir qui séparait nos deux suites.

Elle sortit à grands pas vers 11 heures, vêtue d'un jean noir moulant, d'un débardeur blanc avec des ailes d'ange sur le devant, et de sandales à talons aiguilles lacées sur le mollet. À part les chaussures, nous étions habillées à l'identique.

Je pris cela comme un signe.

— Sage !

Elle avait l'air blasée avant même que je ne lui adresse la parole.

— Qu'est-ce que tu veux ?

— Eh bien…, commençai-je.

Je m'appuyai contre le mur en essayant de prendre l'air le plus triste possible.

— Quoi? lança-t-elle agressivement. T'as attrapé des morpions au spa ou quoi?

Je me relevai. De toute évidence, je n'avais pas le talent d'actrice de Lily, mais il était trop tard pour faire machine arrière maintenant.

— Écoute, Sage, je vais être franche avec toi.

*Franche à la manière d'une journaliste prête à tout afin d'obtenir des renseignements pour son article.*

— Je sais que tu t'en fiches pas mal des cours, mais honnêtement… dis-je, les doigts croisés. J'ai vraiment, vraiment besoin de ce boulot.

Elle me regarda comme si elle me portait un véritable intérêt.

— Parce que tu as des dettes?

— Exactement.

*Entièrement vrai.*

— De grosses dettes?

Je fis « oui » de la tête. Sage hocha la sienne et afficha un air grave.

— Je l'avais deviné. Il y a deux ans, Précieuse avait des places au premier rang pour la Semaine de la mode à New York, et les tenues étaient extraordinaires cette année-là. Elle est rentrée avec un découvert de trois cent mille dollars sur son compte. Sa mère a piqué une crise parce que sa carte de crédit avait un plafond de cent mille dollars.

Incroyable. Et inestimable.

— Alors qu'est-ce que les parents de Précieuse ont fait?

Sage se pencha vers moi et chuchota comme si elle allait me dévoiler un secret d'État :

— Ils l'ont privée d'argent de poche. Précieuse était tellement bouleversée qu'elle a failli faire caca dans sa culotte. Quand on a fait nos recherches sur toi, j'ai tout de suite pensé qu'il t'était arrivé plus ou moins la même chose.

Ah, quelle ironie! Je n'aurais jamais, au grand jamais,

imaginé que Sage en serait venue à la conclusion que mes dettes étaient dues à des dépenses de haute couture plutôt qu'au financement de mes études.

— Donc tu comprends pourquoi j'ai vraiment besoin de ce job, lui dis-je sans corriger son erreur de jugement.

— Pour faire plaisir à Maman et Papa Smith, tu veux dire, traduisit-elle. Est-ce qu'ils ont aussi repoussé ton accès à l'héritage ? Mon Dieu, c'est affreux !

— C'est tout à fait ça, acquiesçai-je.

À Yale, j'avais rencontré une fille qui passait son temps à se plaindre parce qu'elle ne toucherait sa part d'héritage qu'à l'âge de trente ans, ce qui était, selon ses propres termes, « totalement rétro ».

— Alors si on arrivait à réviser deux ou trois choses ensemble pour que je puisse montrer à ta grand-mère qu'on a travaillé… Tu sais, je ne vais pas me mêler de tes affaires. Et si jamais tu décides qu'Hollywood ne te convient plus, eh bien… on aura au moins étudié un peu.

Je pouvais presque voir son cerveau tourner à vide à travers son crâne. Elle soupira, manifestement furieuse et me répondit :

— D'accord.

*D'accord ?* Sans blague.

— Merci beaucoup, vraiment, insistai-je. Je te suis véritablement reconnaissante.

— Laisse tomber. On commence quand ?

— Cet après-midi ? tentai-je.

— Ça marche, accepta-t-elle en levant les yeux au ciel pour me montrer à quel point elle se sacrifiait.

Elle n'avait pas idée à quel point.

## chapitre 15

Quatre jours plus tard, après une semaine passée à Palm Beach, j'eus une véritable révélation. J'avais découvert pourquoi tant d'étudiants ne se nourrissaient que de pain et de radis, logeaient dans des mansardes et utilisaient la même eau pour faire bouillir leurs œufs et se laver les aisselles : mener une vie de luxe n'était pas propice aux études. À choisir entre résoudre des équations du second degré et regarder un DVD en avant-première dans un cinéma privé plutôt que dans un multiplex, qui n'opterait pas pour le divertissement, accompagné de pop-corn tout chaud et d'Orlando Bloom?

Certes les jumelles étaient censées s'être mises au travail, mais elles passaient bien plus de temps à se distraire qu'à étudier. Si j'avais été un vrai prof, cela m'aurait préoccupée. Mais je n'en étais pas un, donc je m'en moquais pas mal. Ma volonté de les instruire était un bon prétexte pour apprendre à mieux les connaître et à me rapprocher d'elles.

Rose se montrait assez agréable avec moi; elle avait un

caractère plus doux que sa sœur. Sage me tolérait puisque, comme l'avait prédit Marco, j'étais devenue un accessoire acceptable, et tout cela grâce à mon nouveau look. Cet après-midi-là, j'étais justement occupée à enseigner tout en peaufinant mes recherches et en essayant d'améliorer mes relations avec les filles. Nous étions sur le bateau de Laurel, le *Paradis céleste*, un yacht de cinquante mètres de long.

Une fois que le bateau fut éloigné du Yacht Club de Palm Beach, Thom, le nouveau skipper me fit faire une visite rapide. Il était mince, avait les cheveux éclaircis par le soleil et un sourire charmeur. Le bateau comptait trois niveaux avec les chambres à coucher en bas, un immense pont découvert, un salon, une salle à manger et une cuisine à l'étage principal ; en haut, une hélistation pour que les invités puissent se poser et décoller sans avoir à lutter contre les vagues.

Après la visite guidée, je me dirigeai vers le pont arrière où les filles étaient déjà en maillot de bain, étendues au soleil. Le bikini couleur mandarine de Sage avait des fronces au niveau des fesses : son derrière avait l'apparence d'une pêche. Rose portait un maillot noir une pièce dos nu ; la découpe du dos descendait si bas que l'on pouvait apercevoir le haut de sa raie. Moi, en revanche, je portais un pantalon en coton blanc signé Marc Jacobs et un T-shirt noir avec une croix géante dessinée dans le dos ; Marco l'avait porté lors de sa période Cher.

— Où est ton maillot de bain, Megan ? demanda Rose. Tu ne veux pas qu'on se fasse un Jacuzzi avant de commencer ?

Il y avait certes beaucoup de choses que Marco pouvait me prêter, mais le maillot de bain n'en faisait pas partie. Je leur dis que j'avais mal au ventre et me laissai porter par le bateau pendant qu'elles se prélassaient. Après le Jacuzzi, elles allèrent au sauna, puis appelèrent Thom pour qu'il nous apporte à manger : caviar, biscuits salés, framboises nappées de chocolat et une bouteille de Taittinger, leur champagne préféré. Comme les biscuits faisaient grossir, elles se contentaient de plonger les doigts dans le caviar et de les lécher.

Elles furent enfin prêtes à s'attaquer aux maths. Pendant qu'elles sortaient leur stylo, du papier et leur calculatrice, j'essayais de transformer les intitulés des problèmes pour qu'ils les intéressent un minimum.

— Karen a acheté une robe Chanel soldée à mille six cent cinquante dollars.

— C'est qui, Karen ? demanda Rose en se tournant sur le ventre.

— On s'en fiche. C'est juste un nom dans l'énoncé du problème.

Je retroussai les manches de mon T-shirt sur mes épaules pour bronzer un peu.

Sage soupira en signe d'exaspération. Elle avait essayé de trouver un autre agent pour les représenter, mais ses recherches demeuraient vaines. Entre-temps, elle avait commencé à participer à nos sessions de révisions. Participer était un bien grand mot.

— Tu peux répéter ?

— Karen a acheté…

— Attends, ordonna Sage.

Elle saisit la bouteille de lotion solaire indice 50 et s'étala de la crème sur le ventre, les bras et les jambes pendant que Rose patientait.

— Recommence.

— Karen a acheté une robe Chanel soldée à seize cent cinquante dollars.

— Tu n'avais pas dit « mille six cent cinquante dollars » ? demanda Rose.

Je souris et pris bonne note de cette remarque-là.

— C'est la même chose. Dans les années 1940, décennie pendant laquelle la robe fut dessinée et créée, elle coûtait quatre-vingts pour cent moins cher. Combien coûtait-elle à cette époque?

Rose se releva sur les coudes et commença à griffonner sur un morceau de papier. Sage me fixait avec des yeux vides.

— Est-ce que tu veux que je répète la question? lui dis-je.

— Tu parles du prix courant ou du prix constant? me demanda-t-elle sur un ton neutre.

Euh. Un point pour Sage.

— Prix courant, dis-je.

— Est-ce que Karen a touché un héritage ou bien elle reçoit de l'argent de poche? demanda Sage.

— Karen n'existe pas, dis-je prudemment dans l'idée de passer à la géométrie. Ce n'est qu'un problème inventé pour...

— Tais-toi, dit Sage brusquement en mettant sa main en coupe derrière son oreille gauche. Elle pointa ensuite le doigt vers le ciel à l'ouest.

— Ouais, c'est eux.

Je parvins difficilement à distinguer un hélicoptère qui se rapprochait.

— C'est qui?

— Suzanne a pris dix-huit ans hier, expliqua Sage. On fête ça ce soir. Si ça ne te dit rien, tu peux aller faire un tour dans la bibliothèque de ma grand-mère.

Je me réjouissais de la surprise. J'allais certainement apprendre davantage de ragots pendant une fête qu'en discutant de Karen et de sa satanée robe Chanel.

L'hélicoptère approchait de plus en plus, puis s'immobilisa trente mètres au-dessus du pont arrière; le bruit était assourdissant. Manuels et cahiers s'envolèrent et atterrirent dans l'eau avant que l'on puisse faire quoi que ce soit pour les rattraper.

L'engin se posa enfin, et le moteur cessa de rugir. Les portes s'ouvrirent et trois amis des jumelles en sortirent. Je reconnus Ari et Suzanne, accompagnés d'un garçon plutôt grand à l'allure sportive que je n'avais jamais vu auparavant. Leur arrivée déchaîna une orgie de sauts de joie, d'embrassades, et de « Joyeux Anniversaire ! » à n'en plus finir.

En regardant l'hélicoptère s'éloigner enfin, je me mis à penser que les jumelles n'avaient pas l'air de se soucier qu'elles pourraient perdre leur fortune à cause de leur manque de concentration... à moins qu'elles ne soient persuadées d'être véritablement concentrées pendant nos séances. Dans un peu plus de six semaines, elles se rendraient compte à quel point elles avaient eu tort.

Sage s'éclipsa aussitôt avec l'inconnu sous les sifflements moqueurs des autres. Suzanne me serra amicalement dans ses bras avant de demander qu'on lui apporte une bière; elle se dirigea vers le Jacuzzi en semant ses vêtements en chemin.

— Ça avance, les révisions ? fit Ari en me saluant à la façon des rappeurs.

Il portait un pantalon déchiré et un vieux T-shirt CBGB. Avec son look tout droit sorti d'East Village, on aurait pu se demander ce qu'il faisait sur un yacht de plusieurs millions de dollars.

— Elles font... des progrès. Et toi, Ari ? Quels sont tes projets pour l'année prochaine ?

— MIT[1]. J'ai obtenu plus de 2 400 à mon SAT et la note maximale aux cours, alors je suis plutôt confiant.

Je faillis m'étouffer en avalant ma salive. Les jumelles avaient un ami qui était... *intelligent ?*

— Si seulement tu pouvais passer le SAT à ma place, Ari, dit Rose en poussant un soupir de dépit.

— Ce qu'a fait ta grand-mère est tellement..., commença Ari.

1. *Massachusetts Institute of Technology* : université américaine spécialisée dans les domaines de la science et de la technologie, située à Cambridge, dans le Massachusetts, à proximité de Boston. *(N.d.T.)*

Je n'entendis pas le reste de sa phrase parce qu'un autre hélicoptère approchait. Non, *trois* hélicoptères ; ils formaient un triangle isocèle au-dessus du yacht. J'aperçus ensuite des hors-bord qui s'avançaient vers nous, et Thom fit descendre une échelle pour permettre à leurs passagers de monter sur le bateau.

Une demi-heure plus tard, la fête d'anniversaire battait son plein. Tous les amis des jumelles que j'avais rencontrés jusque-là étaient présents, ainsi qu'une quarantaine ou une cinquantaine d'autres jeunes. Seul manquait Will Phillips que je n'avais pas revu depuis qu'il m'avait plantée sur Worth Avenue. Je m'en fichais pas mal. Je vous l'assure.

Le soleil se couchait déjà, et la plupart des invités étaient sérieusement éméchés. Le dernier album de Gwen Stefani résonnait à tue-tête. Des filles dansaient avec des garçons, d'autres filles dansaient ensemble ; des filles embrassaient des garçons, et certaines s'embrassaient entre elles également... ce qui n'était pas pour déplaire aux garçons. Chacun avait un verre ou un joint à la main. Comparées à cette fête, les soirées étudiantes de Yale passaient pour des messes Quaker. Quand Pembroke me dit de me décontracter parce que nous nous trouvions à plus de vingt milles du rivage, dans les eaux internationales, et que l'on n'avait donc pas à s'inquiéter des gardes-côtes, je me sentis en effet soulagée.

La musique enchaîna sur un vieux tube des Smashing Pumpkins ; Pembroke m'attira vers lui et me serra contre son torse, enfin plutôt contre son énorme ventre. Il avait les yeux vitreux.

— T'es trop bonne, me chuchota-t-il à l'oreille.

Je sentis un peu de salive atterrir sur le lobe de mon oreille. Berk.

— Le truc du prof, c'est trop l'éclate, quoi.

Il avait raison, c'était trop l'éclate.

## chapitre 16

En acceptant de passer Thanksgiving avec James dans la maison de ses parents, je savais bien que l'on serait loin de la randonnée traditionnelle dans le New Hampshire. J'énumérai dans ma tête les choses qui allaient me manquer : les premiers flocons de neige, le feu qui craque dans la cheminée, la reprise par mon père des plus grands tubes de Bob Dylan, et la sauce aux airelles à la renommée mondiale (d'accord, familiale) de ma grand-mère. (Ingrédient secret : zeste d'orange.)

J'avais eu mes parents au téléphone la veille. Lily venait en limousine pour ne pas rater ses représentations des mercredi et vendredi soirs. Je me sentis envahie de nostalgie, et ce qui m'attendait n'allait pas arranger les choses : partage de dinde en Floride avec des quasi-beaux-parents qui me détestaient.

Le matin de Thanksgiving, j'allumai l'écran plasma pour regarder la parade de Macy's tout en me lissant les cheveux, un art que je commençais à bien maîtriser. J'étais toujours aussi empotée côté maquillage; je courus donc chez Marco, il s'occuperait de mon cas. Pour m'habiller, je choisis un pull sans manches signé Oscar de la Renta que Marco portait pendant sa phase Ann-Margaret, ainsi qu'une jupe Burberry de couleur fauve. Pour me rendre à Gulf Stream, le trajet en BMW ne prendrait pas plus d'une heure. En montant dans la voiture, je me dis que j'étais plutôt bien habillée pour une fille qui s'en allait au front.

La maison des parents de James donnait directement sur la plage dans une ville qui, comparée à n'importe où sauf à Palm Beach, serait considérée comme riche. James sortit de la maison au moment où je me garai dans l'allée. Une seconde et demie plus tard, j'étais dans ses bras.

— Salut, me chuchota-t-il à l'oreille. Tu m'as manqué.

Puis il s'écarta pour mieux me voir avant d'ajouter :

— Waouh... qu'est-ce qui t'est arrivé?

Aïe. Moi qui pensais que j'avais l'air mignonne.

— Oh, j'ai changé deux ou trois...

— Tu es superbe.

— Tu le penses vraiment? lui demandai-je avec un large sourire.

— Tourne, m'ordonna-t-il, sur un ton aussi viril que possible. Tes cheveux, tes vêtements... J'ai hâte que mes parents te voient.

Je fus un peu vexée. N'étais-je pas assez bien avant? Mais comme je savais qu'il ne pensait pas à mal et qu'il était fier de moi, je l'embrassai tendrement. Il me prit par les épaules et m'emmena à l'intérieur.

Si vous avez vu le film *Orange Mécanique* de Stanley Kubrick, vous pourrez facilement vous représenter la décoration intérieure de la maison des Ladeen : ultramoderne, dénuée de toute couleur, avec des meubles à angles droits. Au milieu du salon se trouvait une table en verre sur laquelle reposaient les deux seuls éléments qui indiquaient que la maison était habitée : le *New York Times* du jour soigneusement plié et une tasse de café qui traînait.

Sur la table trônaient également plusieurs photos encadrées de métal : les éternelles photos de famille, des paysages de vacances et une de James à Yale lors de la remise des diplômes. Une photo d'eux sur une piste de ski attira mon attention : James et ses parents, riant aux éclats, étaient emmitouflés dans de gros pulls et des parkas et regardaient l'objectif avec un grand sourire. Ils avaient tous l'air heureux. Mais James avait son bras autour de quelque chose. Quelqu'un, plus précisément : Heather.

Petite confession : alors que je sortais avec James depuis un mois, le lendemain d'une nuit torride, il m'avait laissée dans son lit pour aller acheter de quoi déjeuner. J'étais folle de lui, mais je ne savais pas si ses sentiments étaient réciproques. Je me voyais mal le lui demander directement. Je décidai donc de faire ce que presque toute fille ferait si elle se retrouvait seule dans l'appartement de son nouveau petit ami : fouiner.

Je ne savais pas ce que je cherchais exactement. Une petite culotte laissée par une de ses conquêtes ? Un tube de rouge à lèvres dans son armoire à pharmacie ? Je dirigeai mes fouilles vers son bureau, et je mis la main sur une boîte à cigares dans le tiroir du bas. À l'intérieur se trouvaient des lettres d'amour signées Heather, et dans une enveloppe il y avait une photo. C'était une photo d'elle nue, prise dans cet appartement... sur le lit dans lequel je venais de dormir ! C'est après avoir vu cette photo que m'était venu le surnom de Heather La Parfaite, car elle avait un corps... parfait. Je l'avais finalement rencontrée l'année précédente lors d'une fête de famille organisée par les parents de James. Elle arborait une robe portefeuille de chez Diane von Furstenberg qui épousait chacune de ses belles courbes. Inutile de vous préciser que ma théorie avait été largement confirmée.

Je la voyais maintenant sur une autre photo, et cette fois-ci en compagnie de mon petit ami. Au moins, ils étaient habillés. James s'aperçut que je regardais la photo en question et me serra amoureusement en me disant :

— Oh, ça... mes parents ont certainement dû l'oublier.

— Tu n'aurais pas un lance-flammes sous la main, par hasard ? plaisantai-je.

— Viens.

Il me prit par le bras et me mena jusqu'à un patio extérieur qui donnait directement sur la plage.

Le docteur Ladeen posa les pinces dont il se servait pour retourner les escalopes de dinde et m'accueillit chaleureusement :

— Megan ! Waouh ! Tu es resplendissante. Veronica, n'est-ce pas que Megan est resplendissante ?

Mme Ladeen était occupée à couper un concombre en tranches, et releva la tête. Elle portait un pantalon cigarette qui lui allait à la perfection, ainsi qu'une blouse paysanne couleur corail, et un mélange de colliers turquoise et argent. Ses cheveux coupés court en dégradé lui donnaient un faux air de Debra Wurtzel.

— Bonjour ma chère Megan, dit-elle en faisant une bise à côté de ma joue gauche. Tu es très jolie.

Ne vous fiez pas aux apparences. Certes cela avait l'air d'un compliment, mais le ton qu'elle employa était à la fois sec, hautain et condescendant. J'étais persuadée que les Ladeen et mes parents votaient pour le même parti et soutenaient les mêmes causes politiques et sociales. Or les critères de sélection pour être élue parfaite petite amie de James dépassaient le domaine politique. Je ne remplissais visiblement pas ces critères mythiques, disons plutôt idéaux, que Heather La Parfaite ainsi que sa Famille Parfaite incarnaient visiblement à merveille.

Je la remerciai et lui tendis la bouteille de pinot noir Calera

Jensen 2001, que Marco était allé chercher à la cave à l'intention de mes hôtes. Apparemment, Laurel en avait des centaines qu'elle donnait comme cadeaux de remerciement.

— Cette année, c'est escalopes grillées, expliqua le Dr Ladeen. C'est très sain. Avec du tofu et du boulgour comme accompagnements. La totale.

— J'ai hâte d'y goûter, lui dis-je sans en penser un traître mot.

— On va à l'intérieur, maman… pour rattraper le temps perdu, lança James à ses parents. À tout à l'heure.

Il me fit entrer dans la maison et longer un couloir qui menait à un petit salon tout aussi dénué de vie que le reste. Au moins, la pièce était-elle remplie de livres.

James m'attira vers lui sur le canapé de daim gris et glissa sa main sous ma jupe. Mon corps me rappela rapidement que cela faisait longtemps que l'on ne s'était pas occupé de lui.

— Et tes parents? lui dis-je en lui attrapant le poignet.

— Quoi, mes parents? murmura-t-il entre deux baisers dans le cou.

— Tu sais très bien ce que je veux dire, lui répondis-je en le poussant légèrement avant de défroisser ma jupe.

— Bon…, grommela-t-il. Alors raconte-moi comment ça se passe. Et les jumelles?

Je glissai à l'autre bout du canapé.

— Voilà à quoi ressemble leur cerveau.

Je formai un cercle avec mon majeur et mon pouce et soufflai au travers. Il se mit à rire.

— Tu arrives à obtenir des infos pour ton article?

— Quand j'aurai fini, ce n'est pas un article que j'écrirai, James, mais un livre.

Je lui racontai quelques événements des dix derniers jours.

— Certains des éditeurs avec lesquels travaille ma mère seront là ce soir. Tu devrais leur parler de ton idée.

Il m'embrassa de nouveau et fit monter sa main sur ma poitrine.

— Ça te dirait que je te rejoigne à Palm Beach demain? me chuchota-t-il à l'oreille. On pourrait se prendre une chambre dans un petit hôtel sur la plage... je te ferais voir à quel point tu m'as manqué...

— J'adorerais que tu viennes me rendre visite, lui répondis-je en le pensant de tout mon corps. Mais Laurel rentre dans cinq jours, et je ne sais absolument pas si je continuerai à travailler pour elle.

À vrai dire, je n'avais même pas essayé de persuader les jumelles de passer un test d'entraînement. Depuis que j'avais plus ou moins réussi à les amadouer pour qu'elles étudient, je m'étais davantage concentrée sur elles d'un point de vue journalistique plutôt qu'académique. À son retour, Laurel constaterait le peu de (correction : l'absence de) progrès des filles, et je pourrais dire adieu et faire mes valises... qui seraient remplies de notes pour mon article.

— Ce qui veut dire que tu n'as pas un moment à perdre, continua James.

— Exactement.

James se mit à rire.

— J'étais mort de rire quand j'ai lu ton email racontant que tu te faisais passer pour une aristo de la banlieue riche de Philadelphie.

— Et... elles savent que la Megan Smith de Philadelphie n'a pas de petit ami. Tu serais surpris d'entendre les ragots que j'ai réussi à obtenir en flirtant.

Je croyais que James serait contrarié par cette nouvelle, mais je me trompais : il me regarda avec admiration.

— Avec ton nouveau look, non, je ne serais pas surpris.

Je me penchai vers lui pour l'embrasser.

— Ce n'est que pour cinq jours.

— Hé, certains journalistes ont fait bien pire pour obtenir des infos. Disons que je suis impressionné.

De retour dans le patio, je constatai que tous les invités étaient arrivés. Alfonse Ulbrecht faisait partie des convives ; il venait de publier un compte rendu cinglant sur la famille Bush, une des meilleures ventes de document selon le *Times*. Il y avait également Simon Chamberlain, très anglais, qui enseignait la poésie à l'université de Chicago, et que la mère de James appelait « la réincarnation de T.S. Elliot ». Deux rédactrices de New York, Barbara Fine et Janis Lapin faisaient également partie des invités : elles avaient une cinquantaine d'années et gloussaient dès que l'une d'entre elles disait quelque chose.

Le dîner était servi par une dame cubaine. Je me demandai si cette femme ne manquait pas son propre repas de Thanksgiving pour nous servir le nôtre.

— C'est Megan, n'est-ce pas ? m'interrogea Janis, la rédactrice gloussante numéro un, au moment du thé.

— Oui.

— Que faites-vous dans la vie ?

Bonne question. C'était assez compliqué à expliquer. Je lui répondis simplement :

— Je donne des cours particuliers pour la préparation à l'entrée en fac.

— Vraiment ? Et vous êtes allée à Yale avec James ? demanda sa collègue l'air de dire : *Quel dommage que vous n'ayez pas réussi à trouver un vrai travail.*

— Attention, ce n'est pas n'importe quelle prof. Elle travaille pour les jumelles Baker ! lança James. Avez-vous lu l'article dans *Vanity Fair* ?

Barbara me regarda par-dessus sa tasse de thé.

— Ils prêtent mauvaise réputation à toutes les bimbos !

Janis s'esclaffa comme si c'était la chose la plus drôle qu'elle ait jamais entendue.

— Comment arrives-tu à supporter Palm Beach? demanda Mme Ladeen en me regardant attentivement. Il n'y a que des Républicains là-bas!

— Nous n'avons pas vraiment parlé de politique, répondis-je au milieu des fous rires qui éclataient autour de la table.

— J'ai donné une conférence là-bas la semaine dernière, signala Alfonse. On aurait dit que les femmes avaient mariné dans du formol. C'est justement le sujet de mon prochain article pour *East Coast*.

Il était en train d'écrire une chronique de deux mille mots sur les horreurs croisées lors de salons du livre. Il évoqua tout particulièrement une grosse bonne femme qui se disait être sa plus grande fan et qui le suivait de salon en salon, ainsi que le cas de Barbie Botox, comme il l'appelait lui-même.

Je fus bien heureuse, une heure plus tard, de quitter la maison des Ladeen. James me manquait, et le sexe me manquait aussi terriblement, mais j'eus un véritable sentiment de soulagement en sortant de chez ces gens si froids et rigides.

J'aperçus la femme cubaine qui nous avait servi le dîner; elle se tenait dans l'allée de coquillages et rangeait un sac en papier dans le coffre de sa Corolla toute rouillée.

— Bonsoir, la saluai-je.

Je donnai un rapide coup d'œil à la BMW gris métallisé que j'avais empruntée pour venir.

— Est-ce que vous... Je me demandais... Est-ce que vous avez dû manquer votre propre Thanksgiving pour ça? lui dis-je en indiquant la maison des Ladeen. Moi, c'est Megan.

— Marisol, répondit-elle.

Elle serra la main que je lui tendais et me lança un clin d'œil en ajoutant :

— Oui, mais ils vont me garder de la farce.

Un éclat de rire nous parvint du patio. Nos regards se dirigèrent vers la maison puis elle se retourna vers moi.

— Ils se croient drôles, non? demanda-t-elle.

— *Si, si*, lui répondis-je en riant doucement.

— Joyeux Thanksgiving, Megan, me dit-elle en sortant ses clés de sa poche.

— Joyeux Thanksgiving...

Je pris les clés de la BMW dans le sac Goyard que j'avais emprunté et ouvris la porte du côté conducteur.

— Marisol?

Elle referma le coffre de sa voiture et attendit que je continue.

— Je voulais juste vous dire... merci.

*chapitre 17*

Après les vacances de Thanksgiving, les jumelles et moi-même nous étions mises d'accord sur un emploi du temps obtenu grâce à un mélange de réconfort, de culpabilisation, et d'encouragements. Nous nous retrouvions vers midi à côté de la piscine et commandions nos repas auprès de Marco : crevettes, homard, filet mignon, purée de pommes de terre aux câpres, ignames frites, champignons shiitakes farcis de noix de pécan et de riz long grain à l'italienne. Les fruits et légumes qu'il nous apportait étaient toujours si frais que l'on avait l'impression qu'il venait juste de les cueillir. La liste était encore longue. Mais les jumelles touchaient à peine à leur assiette. Elles se contentaient de picorer dans leur salade de homard, avalaient une demi-crevette, voire une bouchée de purée.

Malheureusement pour moi, non seulement je goûtais à tout, mais j'avalais tout ce que je mettais dans ma bouche. Quand je n'étais pas occupée à flatter et à charmer tout Palm

Beach pour obtenir des informations, soit je m'empiffrais, soit je retravaillais mes notes. Je ne savais pas si j'avais assez d'éléments pour écrire un article décent, mais une chose était sûre : je rentrerais à New York avec cinq kilos en plus. Le matin même, j'avais dû m'allonger sur le lit pour fermer mon jean, et je sentais que mes cuisses étaient comprimées à l'intérieur.

Après le repas, nous passions environ une heure sur les prétendues révisions. Puis les jumelles se rendaient dans leur salon de beauté préféré ou bien allaient voir leurs amis, et j'en profitais pour lire ou travailler mes notes dans ma chambre.

Aujourd'hui, cinq jours après Thanksgiving, nous avions (ou plutôt, j'avais) mangé du cake au crabe et une quiche aux fruits de mer, suivis de poires et de figues parsemées de noix de pécan enrobées de chocolat. Je me rendis au bar pour prendre une bouteille de jus de grenadine bien frais et, à mon retour, je trouvai Sage et Rose en pleine dispute. Le désaccord portait sur la définition d'un mot. Je vous laisse imaginer le choc que je ressentis !

— Salace, ça veut dire choquant ! soutint Rose en se relevant de sa chaise longue.

— T'es trop bête, Rose. Un salace c'est un truc qui se lèche, rétorqua Sage.

— Pas du tout. Tu veux que j'aille chercher le dictionnaire ?

— Je n'ai pas besoin du dictionnaire pour savoir que c'est un truc qui se lèche. Tu te crois intelligente tout d'un coup parce que t'es devenue sa copine ? dit Sage en me montrant du doigt.

— Non. Je suis intelligente parce que, moi, je suis attentive quand on étudie, alors que toi pas du tout, lui envoya Rose.

— Va te faire foutre ! lui dit sa sœur en rejetant sa crinière derrière les épaules.

— Non, toi, va te faire foutre ! la défia Rose.

— T'es vraiment qu'une lèche-cul, Rose !

Et Sage lui jeta un crayon à la tête. Je me dis qu'il était temps d'intervenir.

— Les filles, arrêtez ! leur criai-je sur un ton qui me surprit moi-même.

Voir deux sœurs se disputer me rappelait… moi.

— Vous me faites penser à moi et ma sœur Lily, commençai-je.

J'avais toujours eu l'impression d'être l'éternelle ratée quand ma sœur et moi habitions ensemble. Mais je leur donnai une version arrangée :

— Elle… euh… voulait toujours faire pareil que moi : elle parlait comme moi ou s'habillait comme moi. Elle ne me laissait jamais tranquille, quoi.

J'avais récemment adopté leur « quoi » et l'utilisais à toutes les sauces.

Sage fusilla sa sœur du regard et lui dit :

— Eh bien, au moins, tu vois ce que je ressens.

— Bref, soupirai-je en me rasseyant à la table. Lily a fini par se détacher de moi pour vivre sa propre vie. Bon débarras.

À ma grande surprise, Sage tressaillit après cette remarque. La réaction fut à peine perceptible, elle cligna juste des yeux à deux reprises, mais j'étais sûre de l'avoir perçue.

— C'est fini, alors ? demandai-je.

— Mais oui, acquiesça Rose en premier.

— Ouais, ouais, dit Sage en se levant pour aller chercher le crayon qu'elle avait lancé à sa sœur.

— Bonjour, les filles.

Laurel Limoges se tenait de l'autre côté de la piscine d'eau turquoise dans une jupe droite couleur fauve qui lui allait à merveille et un pull taupe en cachemire. *Merde, merde et merde.* Elle était supposée ne rentrer que le lendemain, jour où je me serais retransformée en la Megan des photos « avant ». Je passai vite la main dans mes cheveux pour essayer de les ébouriffer le plus possible.

— Bienvenue à la maison! lui lança Rose d'un air sarcastique.

— C'est la méchante sorcière, murmura Sage.

Non. C'était la fin de tout.

— Bonjour, Laurel. Laurel Limoges. Je veux dire, madame Limoges, dis-je en me corrigeant. Vous êtes rentrée.

Ah, elle était bien bonne, celle-là.

— Les filles, vous pourriez me laisser seule avec mademoiselle Smith un instant?

— Profitez-en pour réviser, leur dis-je rapidement.

Sage me lança un regard qui voulait dire « tu rigoles ou quoi? », puis elle s'éloigna avec Rose en direction de la maison. Quand elles eurent disparu, Laurel vint s'asseoir sur la chaise de Rose. Je savais bien que cela aurait été ridicule de lui raconter des salades. Mais je fis tout de même un essai.

— Les jumelles ont vraiment progressé, commençai-je. Elles...

Laurel leva la main : « Suffit. » Je n'en dis pas plus.

— Les jumelles se disputaient, non loin de la piscine.

— Nos révisions se déroulent normalement dans le calme, lui expliquai-je, mais elle m'interrompit de nouveau en faisant le même geste.

— Vous vous êtes montrée formidable avec elles.

Vous pouvez répéter?

— Je suis vraiment impressionnée. Elles vous ont écoutée.

J'avais envisagé plusieurs scénarios, mais pas celui-là.

— Euh, merci.

— Et vous dites qu'elles font des progrès?

— Mmhmm, acquiesçai-je.

Elles avaient progressé. En quelque sorte. Peut-être. Je continuai :

— Je pense qu'elles commencent à prendre tout ça au sérieux, surtout Rose.

— Elle se rabaisse toujours car elle pense qu'elle n'est pas aussi brillante que sa sœur, vous savez. C'est donc très positif.

Elle m'adressa un sourire. Les feuilles de palmier s'agitaient dans la brise.

— Debra Wurtzel a eu bien raison de vous recommander pour venir travailler ici. Avez-vous besoin de quelque chose ?

— N-non, bredouillai-je.

Les jumelles avaient allumé leur sono et tourné le volume à fond pour écouter REM. On progressait doucement. Vraiment tout doucement.

— Je vais ajouter mille dollars sur votre compte. Ce sera votre argent de poche. J'espère que cela vous sera utile. Je voulais aussi vous dire...

— Oui ?

— Votre nouveau look vous va à ravir. Vous adresserez mes compliments à Marco.

Elle repartit vers la villa principale. Je résistai à l'envie de me mettre à genoux pour embrasser la terrasse. Des éloges, un travail au paradis, une magnifique garde-robe, plus d'argent que j'aurais pu en gagner à *Scoop* en une semaine... et tout ça pour écrire l'article qui lancerait ma carrière ! Que demander de plus ?

## *chapitre 18*

Deux semaines plus tard, c'est-à-dire mi-décembre, j'avais parcouru plus de la moitié du chemin stipulé dans mon contrat, récemment prolongé par Laurel. Tout se passait à merveille. Après un séjour d'une semaine aux *Anges*, Laurel s'était de nouveau envolée pour la France jusqu'aux vacances de Noël. Elle n'était donc pas là pour me surveiller et me questionner sur l'emploi du temps des jumelles. À ma grande surprise, ces dernières passaient de plus en plus de temps sur leurs livres. Elles leur consacraient une heure ou deux après le lycée et *idem* le week-end. Sage, qui était plus agréable avec moi dès que sa sœur n'était pas dans les parages, m'avait confié qu'elle assurait ses arrières : Hollywood fermant ses portes entre Thanksgiving et le Jour de l'An, il lui était donc impossible de trouver un nouvel agent ou de signer un contrat. Elle participerait ainsi à nos sessions tant qu'elles continueraient à se dérouler tranquillement.

Le plus étrange, bien que leurs efforts pussent paraître

dérisoires si l'on appliquait les critères de Yale, était que les résultats étaient visibles. Rose était rentrée en brandissant un devoir qu'elle avait rédigé en classe sur la comparaison entre les différents personnages dans *Fahrenheit 451*, de Ray Bradbury. Non seulement elle avait lu le livre en entier au lieu de regarder le film (comme elle et Sage le faisaient habituellement), mais sa rédaction était plutôt cohérente. Son professeur avait écrit « Bon travail ! » en haut de la copie, à côté d'un B–. Rose était aussi fière que si elle avait été décorée de la Médaille d'honneur par le Président en personne. Sage, quant à elle, avait obtenu un C bien mérité à un contrôle de maths, sans qu'Ari ne lui ait envoyé les réponses par texto.

Cela confirma ma théorie sur l'école. Pour briller, il fallait être brillant. Mais pour réussir, il suffisait juste de bien vouloir faire des efforts. Ce n'était pas une nécessité en soi d'être brillant. Malheureusement, rien de ce que j'avais vu chez les jumelles jusqu'alors ne m'avait portée à croire qu'elles manifesteraient de la volonté ou feraient des efforts. Mais c'était encourageant.

Ce qui était plutôt brillant, en revanche, c'était d'aller faire les magasins sur Worth Avenue pour acheter de la lingerie fine, accompagnée d'un connaisseur comme Marco. J'attendais le retour de James avec impatience pour... lui montrer que j'avais appris à mettre mes atouts en avant grâce à une collection grandissante de La Perla et de soutiens-gorge pigeonnants. *East Coast* fermait pendant les vacances de fin d'année et il arrivait en Floride le soir de Noël.

Nous étions dimanche matin et je venais de raccrocher le téléphone après avoir parlé à mes parents ; ils m'avaient raconté que la neige était tombée tout le week-end et qu'ils en étaient à leur onzième film sur la chaîne Cinéma indépendant. Cela me donna l'idée de me rendre au cinéma d'art et d'essai de West Palm Beach où ils passaient actuellement deux films de Truffaut : *Le Dernier Métro* et *L'Argent de*

*Poche*, que je mourais d'envie de voir. Je connaissais suffisamment les jumelles pour savoir qu'il valait mieux de pas les déranger à une heure si matinale. Je décidai donc de m'installer sur le balcon pour lire et regarder les marsouins nager dans les vagues. Finalement, vers midi, j'envoyai valser mon livre et me dirigeai chez les filles. Si elles acceptaient de décaler l'heure du cours, je pourrais aller au cinéma.

— Sage ? appelai-je doucement.

Aucune réponse ne me parvint, ce qui voulait dire qu'elle était soit dans les vapes, soit sortie, soit en train de se préparer devant sa coiffeuse.

J'entrai à pas de loup et découvris qu'elle n'était ni endormie ni en pleine séance de maquillage. Quelque chose attira mon regard : l'ordinateur était allumé, et l'écran plat 21 pouces affichait trois photos : Sage prise de face, de profil et de dos, dans la tenue qu'elle portait la veille, à savoir une minijupe à ceinture dorée, des bottes plissées à talons aiguilles et un pull noir en cachemire qui descendait sur les épaules. Je cliquai sur une quatrième vignette qui montrait Sage et Rose de face. Rose arborait un pantalon marron taille basse et un gilet turquoise sans rien dessous ; c'était également ce qu'elle portait le soir précédent.

Il y avait d'autres liens ; je cliquai sur l'un d'entre eux et de nouvelles images apparurent. Les deux premières montraient le visage de Sage et celui de Rose en gros plan ; les photos avaient également été prises la veille. À cela s'ajoutait une liste détaillée de ce que chacune mangeait et combien elle pesait jour après jour. Au bas de la page se trouvait un graphique complet qui montrait les variations quotidiennes de leur poids ; on pouvait sélectionner les évolutions par semaine, par mois, ou par année. Elles listaient absolument tout ce qu'elles avalaient jusqu'à « une bouchée de purée ».

Je lus ensuite deux paragraphes qui relataient les événements de la soirée et qui précisaient qui était avec qui et ce que chacun portait. Elles étaient allées à une fête privée au café Léopard. Les noms de plusieurs de leurs amies étaient mis en relief, comme *Suzanne* et *Précieuse*. Je cliquai sur le nom de Suzanne et fut dirigée vers une nouvelle page qui décrivait les tenues qu'elle avait portées au cours des dix-huit derniers mois et qui les comparait avec celles de Sage et de Rose. Un autre lien intitulé « historique » affichait un calendrier : à chaque jour correspondait une photo minia-ture de Sage et Rose. On pouvait élargir l'image en cliquant sur une date.

Je n'en revenais pas. Je savais bien me servir de mon iBook, mais alimenter quotidiennement une base de don-nées si complexe dépassait largement mes capacités. Cela devait requérir un temps impressionnant pour la mettre à jour. Sage avait déjà commencé à entrer les titres correspon-dant aux activités de la veille ; soit elle s'y était mise avant d'aller se coucher, ou bien dès qu'elle...

— Non mais qu'est-ce que tu fous là ?

Je me retournai brusquement. Sage et Rose se tenaient dans l'encadrement de la porte.

— Dégage de mon ordinateur, ordonna Sage.

— Je suis vraiment désolée, bafouillai-je. J'étais venue pour vous demander si on pouvait décaler notre cours et j'ai vu l'écran avec les photos... c'est extraordinaire. Pourquoi vous ne m'en avez pas parlé avant ?

Sage me regarda comme si elle croyait que j'avais perdu la tête.

— Tu veux rire ! Pourquoi on t'en aurait parlé ? Tu l'aurais dit à quelqu'un, et aussitôt, tout le monde en aurait créé un !

— Comment ça, créé ?

— Avec Oracle.

Rose m'avait répondu sur un ton neutre, comme si le fait de créer une base de données du tonnerre n'était pas plus difficile que de choisir le fond de teint qui correspondait le mieux à sa couleur de peau (beige naturel pour moi d'après les conseils de Marco).

— On a mis plusieurs semaines pour mettre ça au point, continua-t-elle.

— C'est pour cette raison qu'on ne veut voir personne y toucher, ne serait-ce que pour y jeter un coup d'œil, déclara Sage, les mains sur les hanches.

Si, cinq minutes auparavant, quelqu'un m'avait dit que les jumelles Baker étaient capables de créer et de configurer une telle base de données, j'aurais parié mon diplôme de Yale qu'il mentait. Ou qu'il délirait. Ou bien les deux.

— Comment vous est venue l'idée de faire ça?

— *Clueless*, dit Rose en haussant les épaules.

— Qu'est-ce que tu racontes?

— *Clueless?* aboya Sage. Le film!

J'avais vu *Clueless* avec ma sœur. À un moment, dans le film, on voyait Alicia Silverstone utiliser une base de données informatique pour se rappeler des tenues qu'elle avait déjà portées. Je ne pus m'empêcher de demander :

— Mais comment ça...

— Marche? enchaîna Sage en levant les yeux au ciel.

— Je pense qu'on peut lui dire, dit Rose d'une voix timide à sa sœur.

— D'accord. Megan, va te mettre devant mon miroir à trois faces. Rose, ouvre une nouvelle page pour Megan.

Je me dirigeai vers le dressing, suivie de Sage. Je ne l'avais pas remarqué auparavant, mais il y avait une balance par terre au centre des miroirs.

— Monte sur la balance. Tu vois le cordon sur ta gauche? fit Sage.

J'aperçus un fil électrique qui pendait entre deux des miroirs; il était muni d'un petit interrupteur. Je levai les yeux au-dessus des miroirs et découvris trois caméras miniatures braquées sur moi.

— Appuie sur l'interrupteur, ensuite, tu attends cinq secondes puis tu te tournes légèrement sur la gauche et, après, sur la droite.

Je m'exécutai et entendis le ronronnement des caméras.

— Ça marche ? cria Sage à sa sœur qui se trouvait dans la pièce d'à côté.

— Ouais.

— Maintenant, descends de la balance et allons voir ce que ça donne, me dit Sage. Et si tu dis à qui que ce soit, je dis bien *à qui que ce soit*, qu'on a mis ça au point, je te ferai subir une mort lente et douloureuse.

— Motus et bouche cousue, répondis-je en posant un doigt sur mes lèvres.

Voilà grâce à quoi Sage et Rose s'assuraient de ne jamais porter deux fois la même tenue. Ingénieux. Je fus encore plus impressionnée quand Rose me montra ma propre page : on avait accès aux photos prises sous trois angles différents, un gros plan de mon visage, ainsi qu'à tous les renseignements recueillis par la balance (mon poids et mon indice de masse corporelle, berk !). Tout cela était transmis électroniquement à l'ordinateur par je ne sais quel moyen.

— On a installé le même système au-dessus des miroirs dans ma chambre, et on a tout mis en réseau, me révéla Rose. Grâce au Wifi. C'est moi qui ai eu l'idée.

Quand j'étais à Yale, j'avais lu *La Structure des révolutions scientifiques,* de Thomas Kuhn, ouvrage dans lequel l'auteur émet un postulat sur la nature du changement. Alors que je me trouvais là, face à un écran d'ordinateur sur lequel je pouvais me voir sous trois angles différents, à côté de Rose qui tapait sur le clavier pour entrer des informations dans un programme informatique qu'elle avait créé avec sa sœur. Toutes mes croyances s'effondraient. Elles faisaient place à un nouveau paradigme radicalement différent : Rose et Sage Baker de Palm Beach en Floride étaient... *intelligentes.*

*chapitre 19*

Pendant les jours qui suivirent, les jumelles ne s'aperçurent pas de ce qui leur arrivait. Je les faisais étudier deux voire quatre heures par jour en leur interdisant de se vernir les ongles pendant leurs tests d'entraînement. Je prétextais que nous abordions désormais la dernière ligne droite (explication honnête), alors qu'en réalité je ne pensais qu'aux gros billets verts qui dansaient dans ma tête. La possibilité, quoique très faible, que je réussisse à cumuler les trois objectifs (faire entrer ces filles à Duke, m'enrichir de soixante-quinze mille dollars et publier mon article), m'avait procuré une incroyable motivation.

Pour les récompenser du B qu'elles avaient chacune obtenu à un contrôle de biologie, je leur accordai leur soirée du quatrième jour du *Nouveau Régime*. Sage partit en boîte de nuit avec Suzanne et Dionne du côté de West Palm, et Rose m'annonça qu'elle les rejoindrait certainement. Je décidai donc de prendre une voiture pour descendre la côte jusqu'à Hollywood, une ville située légèrement au nord de Miami Beach. Je me disais que cela pouvait être intéressant pour mon article de comparer Palm Beach à un autre endroit du Sud de la Floride qui, tout en étant proche géographiquement, était différent concernant les mentalités.

Il était presque 10 heures quand j'arrivai à Hollywood. Tout en écoutant l'orchestre qui jouait sous un kiosque, je me baladai sur le chemin qui longeait la plage jusqu'à l'hôtel Ramada. Malgré l'heure tardive, beaucoup de badauds se promenaient encore. Les goûts vestimentaires allaient du plus démodé au plus vulgaire : je croisai un vieil homme en roller, presque cramoisi à cause du soleil et coiffé d'une queue-de-cheval, un couple ivre mort qui se querellait au sujet de leurs enfants, et un groupe de touristes russes vêtus du même T-shirt BCBG (Beau Cul Belle Gueule) décliné en différentes couleurs.

De peur de faire trop « Palm Beach », j'avais longuement hésité sur la tenue adéquate pour cette escapade ; je m'étais décidée pour un jean Prada, des sandales sans talons et un T-shirt assez court que Marco avait acheté pour le spectacle « Britney : Avant et Après » qu'il avait donné au South Beach Club, son préféré. (Il avait un autre T-shirt avec la mention I HAVE THE GOLDEN TICKET au niveau de la poitrine, assez large pour couvrir un ventre de femme enceinte, mais il ne faisait pas l'affaire.)

J'entrai dans un bar du front de mer appelé O'Malley's pour prendre un verre. C'était un bistrot en plein air équipé d'un coin karaoké. Les tables et les chaises en plastique n'étaient pas de grande qualité, et en face du bar se trouvaient des postes de télé réglés sur la chaîne des sports. Une rangée d'hommes étaient accoudés au bar, la plupart d'une cinquantaine d'années ; ils ne s'intéressaient pas au karaoké, mais gardaient les yeux rivés sur les écrans. Je commandai un flirtini à un barman bedonnant et à moitié chauve. Il me servit un martini en m'adressant un clin d'œil plein de sous-entendus.

— Offert par la maison, m'annonça-t-il.

— Comment vous appelez-vous? lui demandai-je.

— Georges, et vous?

— Vanessa, lui répondis-je.

C'était le premier nom qui m'était venu à l'esprit.

— Merci pour le verre, continuai-je. Puis-je vous poser une question?

— Tout ce que vous voudrez, ma belle.

— C'est quoi le meilleur endroit pour s'éclater par ici?

— Il se trouve juste en face de vous, me dit-il en bombant le torse.

— Ha!

Je ne pus m'empêcher de rire. Je m'étais imaginé que l'animation battrait son plein à Hollywood étant donné que l'on célébrait Noël une semaine plus tard. J'avais tort. J'engloutis la moitié de mon martini en quelques gorgées puis reposai le verre sur le bar en bois.

— On m'a dit qu'on s'amusait plutôt bien du côté de Palm Beach à cette période de l'année, lança quelqu'un assis de l'autre côté du bar.

— Merci, mais...

Je relevai la tête et vis Thom, le beau skipper du *Paradis céleste*.

— Salut, Thom, dis-je en souriant.

J'aperçus à ce moment-là un homme brûlé par le soleil qui retirait son T-shirt bleu électrique BCBG pour montrer à ses amis comment il arrivait à faire remuer ses seins.

— Tu habites dans le coin?

— Pas loin. Je joue dans un bar en face de la jetée. Mais toi, qu'est-ce que tu fais ici? me demanda-t-il en jetant un coup d'œil autour de lui. Ça ne ressemble pas au genre d'endroits que Megan Smith fréquente d'habitude.

*Réfléchis, réfléchis !*

— Je, euh… Je faisais juste…

— Megan ?

— Rose ? criai-je en me retournant.

On aurait cru que j'étais un agent de sécurité qui venait de prendre Rose sur le fait, en pleine tentative de vol à l'étalage façon Winona Ryder au Neiman Marcus. Son teint habituellement mat devint tout d'un coup blême, presque cadavérique.

— Mais… mais qu'est-ce que tu fais là ? bredouilla-t-elle.

Elle portait un T-shirt dos nu aux motifs roses et verts ainsi qu'un pantalon cigarette blanc.

— Je viens juste de rencontrer Thom par hasard.

Je lui adressai un sourire dans l'espoir de paraître rassurante et de lui faire croire que je ne faisais rien de louche.

Thom se leva de son tabouret et serra Rose contre lui.

— Salut, mon ange. Merci d'être venue.

Quelle surprise ! J'attendais que Rose me donne une explication, mais elle m'adressa au contraire un regard suppliant.

— Je vais voir s'il y a une table de libre, lui dit Thom en l'embrassant sur la joue. Ravi de t'avoir revue, Megan. Tu viendras me voir jouer aussi ?

— Oui, certainement.

J'étais sidérée, mais j'espérais que ma réaction ne se lisait pas sur mon visage. *Rose et Thom ?* Je n'aurais jamais deviné.

Il alla s'installer un peu plus loin sur une banquette ; Rose en profita pour m'emmener à l'extrémité du bar et me fit asseoir sur un tabouret.

— Tu ne dois surtout pas le dire à Sage, me dit-elle.

D'a-coooord.

— Ce serait un problème si Sage était au courant, présumai-je.

— Tu n'as pas idée, répondit Rose dans un soupir.

Je regardai en direction de Thom qui bidouillait sa guitare. Il était vraiment beau.

— Je peux te demander… pourquoi?

— Pourquoi? répéta Rose comme si l'explication crevait les yeux. Je vais te donner un exemple : l'année dernière, j'ai rencontré un mec qui s'appelait Richard Beet et que j'aimais carrément; chaque fois que Sage le voyait, elle faisait « Ah, salut Beet » en lui montrant son petit doigt. Elle a raconté à tous nos amis que son surnom c'était Le Petit Poucet. Au bout d'un moment, j'ai craqué.

— C'est vraiment dégueulasse de faire ça, fis-je remarquer.

Je m'aperçus que l'histoire de la petite bite avait ému Rose jusqu'aux larmes. Elle poursuivit :

— Après je suis sortie avec Scott que j'avais rencontré dans un spa. Sage avait décrété qu'il sentait la transpiration et se bouchait le nez dès qu'il se trouvait près d'elle. Alors tout le monde s'est mis à l'imiter, dit-elle dans un sanglot.

Quand j'étais au lycée, et même à Yale, j'avais passé des heures entières à me tracasser parce que je savais que je n'arriverais jamais, au grand jamais, à la cheville de Lily. Le moindre regard, le moindre sourire ou encore un « J'aime bien tes fringues, Megan » m'aurait tellement fait plaisir.

Je me retins de la prendre dans mes bras pour la réconforter. En la voyant pleurer, je la trouvai aussi adorable que pouvaient l'être les autres adolescentes de dix-sept ans (enfin, celles qui ont un piercing au nombril et qui traînent dans les bars).

— Tu n'es pas l'ombre de Sage, Rose. Ne t'occupe pas de ce qu'elle pense.

Elle secoua la tête.

— Tu te rappelles que tu nous as raconté que tu étais plus cool que ta sœur? Eh bien je suis sûre que tu étais aussi la plus intelligente des deux. C'est… différent pour moi.

Je ne pouvais plus la regarder dans les yeux. Je sentis mon cœur se serrer.

— Rose, regarde les progrès que tu as faits en étudiant. Si tu arrivais à travailler un petit peu plus…

— Je ne crois pas pouvoir faire mieux. Je n'ai jamais autant travaillé de toute ma vie.

Si seulement j'avais pu faire apparaître la bibliothèque de Yale à ce moment précis, ne serait-ce qu'un instant, afin que Rose se rende compte de la réalité de ce qu'étaient les révisions pour des centaines d'étudiants lors des partiels.

— Ça passe pour ce soir, lui dis-je en dirigeant mon regard vers Thom. Vous formez un joli couple.

— En parlant de joli couple…

Rose m'adressa un grand sourire qui en disait long. Elle reprit :

— J'ai vu Will l'autre soir.

— Will Phillips ?

Bien sûr ! Qui d'autre ?

Elle fit oui de la tête.

— Il voulait avoir de tes nouvelles.

J'avais du mal à le croire. J'étais encore vexée par l'au revoir plus que glacial qu'il m'avait lancé à la fin de notre promenade sur Worth Avenue.

— S'il veut avoir des nouvelles, il n'a qu'à m'appeler.

— Ou alors, on pourrait l'appeler.

Rose sortit son Motorola et le pressa contre son oreille.

— Will ? fit-elle. Je suis avec Megan à Hollywood. Je l'ai rencontrée par hasard… ouais, je sais… bref, elle disait que tu aurais pu l'appeler.

Elle le laissa répondre puis sourit.

— D'accord. Je te la passe.

Je n'eus même pas le temps d'ouvrir la bouche pour protester : elle avait déjà collé son portable à mon oreille.

— Salut, dit-il.

— Salut.

Et puis rien. Je ne savais pas quoi dire.

— Rose m'a raconté que tu étais une prof géniale, enchaîna Will. Elle n'arrête pas de parler de toi.

— C'est vrai? dis-je en la regardant avec un sourire. C'est vraiment gentil.

— Ouais, continua Will. J'ai droit à des « Megan ceci, Megan cela ».

Je baissai la voix pour ne pas que Rose m'entende :

— Elle est bien plus intelligente qu'elle ne le croit.

— Comme elle n'arrête pas de parler de toi, ça m'a fait réfléchir, poursuivit Will. Je suis désolé d'avoir abrégé notre promenade l'autre jour, et je me suis dit que je pourrais essayer de me faire pardonner.

Apparemment, les éloges de Rose à mon sujet lui avaient fait changer d'avis.

— Qu'est-ce que tu aimerais faire? lui demandai-je.

— Je te propose une virée en voiture dans deux ou trois jours : je te montrerai une partie de la Floride que personne sur l'île ne connaît.

— Avec plaisir, répondis-je aussitôt.

Je me sentis rougir, et rougir encore, bien qu'il ne puisse pas me voir.

— Super, dit Will.

Je l'entendais sourire à l'autre bout de la ligne.

— Je suis content que ça te tente.

*Tentée?* Une chose est sûre : je l'étais.

## *chapitre 20*

Deux jours plus tard, le 23 décembre, je fis travailler les jumelles pendant trois bonnes heures. Elles s'entraînaient pour la partie rédaction de l'examen, et j'essayais de leur faire comprendre à quel point il était important d'illustrer ses arguments par des exemples concrets. Je réussis à leur faire promettre qu'elles profiteraient de l'après-midi pour rédiger une argumentation en cinq paragraphes que je corrigerais à mon retour. Je rassemblai mes papiers et me levai.

— Quoi? lança Sage. Tu pars?

— J'ai décidé de prendre mon après-midi, répliquai-je en adressant un rapide clin d'œil à Rose.

Je m'éloignai vers la villa pour aller me changer. La question du jour se résumait à : Qu'est-ce que la version richissime de Megan Smith porterait à l'occasion d'une virée à la campagne sous le soleil de Floride? Will avait mentionné les Everglades; je me décidai pour une tenue décontractée et confortable. Aussi surprenant que cela puisse paraître, les vêtements des grands créateurs ne sont pas, dans l'ensemble, très confortables. Ils ne sont pas non plus très amples, et je faisais tout sauf maigrir. Je choisis un corsaire blanc en stretch (merci, mon Dieu) et un débardeur de la même couleur que j'enfilai sous une longue chemise bleu marine en lin. Je me maquillai légèrement et lissai mes cheveux que j'attachai ensuite en queue-de-cheval.

Quand Will vint me chercher devant la villa principale dans son coupé BMW, je fus rassurée de voir qu'il était également habillé de manière décontractée. Il avait laissé de côté la veste bon chic bon genre de Palm Beach ainsi que les chaussures sans chaussettes. Il portait un jean et un T-shirt bleu marine. Pas de chichi, pas de grande marque.

Après avoir quitté l'île pour rejoindre la route qui traversait la péninsule, il me demanda de faire un rapport sur les progrès des jumelles.

— Elles se sont sérieusement mises au travail, lui dis-je. Surtout Rose.

— Sage n'est pas aussi dure qu'elle veut le faire paraître, souligna-t-il.

Je me demandai de nouveau s'il ne s'était pas passé quelque chose entre eux.

— Comment occupes-tu tes journées quand tu n'as pas de cours à donner?

Jouant mon rôle à la perfection, j'énumérai les diverses soirées, dîners et sorties auxquelles je m'étais rendue.

— Et O'Malley's, à Hollywood? me demanda-t-il tout en regardant dans son rétroviseur. Qu'est-ce que tu faisais là-bas?

Et voilà : ma couverture allait s'envoler au beau milieu d'une autoroute. J'avais les mains moites, et les essuyai sur mon pantalon blanc. Elles y laissèrent des traces.

— Je faisais juste...

Je tentai d'imaginer ce que Heather La Parfaite aurait pu

faire dans un endroit comme O'Malley's. Quel mensonge inventer ?

— Honnêtement, je me suis perdue après avoir fait les magasins à Bal Harbor, et je me suis arrêtée là pour demander mon chemin.

— Ouais, il me semblait bien que ce n'était pas ton genre, cet endroit.

Je n'en étais pas sûre, mais quelque chose dans la voix de Will me fit penser qu'il était déçu.

— Pas vraiment non, lui accordai-je.

Où était le problème ? Je me mis à énumérer les noms des cafés et bars dans lesquels les jumelles m'avaient emmenée ou bien dont elles avaient parlé. Je lui fis remarquer que ces lieux-là me correspondaient davantage. Il n'en était rien, bien entendu, mais plus je rentrais dans la peau de mon personnage, la riche Megan, plus il m'était facile d'être à l'aise avec Will. Comme je jouais un jeu, le vrai moi n'avait pas à se faire de soucis.

Toutefois quand il se mit à bâiller, je me rendis compte qu'il n'avait pas fait attention à ce que je disais.

— Je vois que la vie sociale des autres ne t'intéresse pas plus que ça, dis-je en essayant d'adopter un air détaché.

Pourtant, une certaine tension était perceptible dans ma voix.

— Désolé, j'étais perdu dans mes pensées, me répondit-il.

Il prit une sortie sur la droite puis tourna aussitôt à gauche sur une route très étroite.

— Regarde ! On se trouve maintenant dans la région du lac Okeechobee. C'est un grand lac rempli de perches.

Il dépassa une pancarte qui indiquait CLEWISTON : LE PLUS JOLI VILLAGE D'AMÉRIQUE, puis s'arrêta à un feu en face du magasin Norm, Le Roi de l'hameçon. Norm faisait actuellement une promotion sur les cannes à pêche à moulinet et à mouche. Ses services garantissaient : « Une perche ou je vous rembourse. »

Clewiston ressemblait à un de ces endroits oubliés par le temps. Pas de restaurant Ta-Boo à l'horizon, simplement la brasserie de l'Okeechobee, ou plutôt la BASSERIE. Le premier R était tombé et personne ne s'était occupé de le remplacer. Sur le trottoir, j'aperçus un petit garçon qui soufflait à travers une baguette pour former des bulles de savon; ses parents, des gens simples, avançaient derrière lui, main dans la main. Le garçon avait l'air content, il s'amusait. À Palm Beach, il était plus que rare de voir des enfants joyeux s'amuser dehors. Soit ils restaient chez eux, soit ils se pavanaient dans leurs beaux habits comme des pingouins qui défilent.

Le soleil de Floride tapait à travers la vitre et enveloppait mon visage de sa chaleur.

— J'aime bien cet endroit, murmurai-je.

Tout à coup, je ne me souciai plus d'être l'autre Megan. Mes épaules se décontractèrent. Cela n'était pas de tout repos de se faire passer pour une autre.

— Moi aussi.

Le feu passa au vert, et Will accéléra doucement. Il pointa du doigt en direction d'une voiture de police dissimulée derrière un gros camion.

— Ils sont à l'affût des voitures du comté de Palm Beach. J'imagine qu'ils pensent qu'on a de quoi payer l'amende.

— Ils ont raison, vous avez les moyens, dis-je en baissant ma vitre.

— Tu es sûre de vouloir faire ça? La région est infestée de moustiques gros comme mon poing.

— Complètement sûre.

Cela faisait longtemps que je n'avais pas respiré le bon air de la campagne. Il était chaud et humide, et me rappela les soirées de juillet dans le New Hampshire quand Lily et moi partions à la chasse aux papillons jusqu'à ce que maman nous appelle pour aller nous coucher.

— Ah, ça fait du bien. Pas de Palm Beach. Pas de jumelles.

Puis je me tournai vers Will avant d'ajouter :

— Peut-être que tu peux m'aider ?

— À quoi faire ?

— Je n'arrive pas à comprendre Sage. Je pensais que quatre-vingt-quatre millions de dollars seraient une motivation suffisante, mais essayer de la faire étudier, c'est digne de Sisyphe.

Will me jeta un regard perplexe.

— Sisyphe ? Ce n'est pas le Romain qu'on représente toujours avec un rocher ?

— Il était grec en fait. Mercure le punit en lui ordonnant de rouler une énorme pierre tout en haut d'une colline pour la faire retomber ensuite une fois arrivé au sommet, et il devait recommencer encore et encore. Certains universitaires pensent que les Grecs ont créé ce mythe pour expliquer pourquoi le soleil se lève à l'est et se couche à l'ouest.

— On en apprend des choses à Yale, dit-il pour me taquiner.

Une fois la voiture de police derrière nous, Will accéléra pour atteindre les cinquante kilomètres à l'heure.

— Northwestern est une bonne université. Tu as dû passer pas mal de temps à potasser.

Cela ne me gênait pas qu'il ait changé de sujet. Sage ferait l'objet d'une autre conversation. Ou pas.

— J'étais un riche héritier qui passait son temps dans les fêtes étudiantes, me répondit-il en haussant les épaules.

J'étudiai la découpe parfaite de son profil.

— Et aujourd'hui ?

— J'adore toujours faire la fête, insista-t-il. Mais je t'avoue que ce n'est pas avec ça qu'on fait carrière.

Il me lança un sourire énigmatique avant d'ajouter :

— Est-ce que je t'ai dit où je t'emmenais exactement?

— Non, monsieur Phillips, je ne me rappelle pas vous l'avoir entendu dire. Pourriez-vous préciser? lui dis-je.

De nouveau le même sourire. Il freina derrière un camion rouge tout rouillé qui remorquait un bateau de pêche.

— Je t'emmène chez Hanan Ahmed. C'est une artiste.

— Et tu penses à elle pour la galerie de ton père...

Je faisais la curieuse, c'est vrai, mais Will ne se montrait pas très expansif.

— Pas du tout. Elle vient du Yémen. Elle est arrivée aux États-Unis après avoir obtenu un visa étudiant pour suivre des cours à l'Institut des arts de Chicago. J'ai eu l'occasion de découvrir ses œuvres lors d'une exposition organisée par des étudiants sur place. Quand tu verras ses peintures, tu comprendras pourquoi elle a sollicité le statut de réfugiée politique. Elle vient d'un pays très conservateur. Ç'a été très dur pour elle de venir étudier en Amérique.

Waouh! Quel laïus! Et intrigant qui plus est.

— Alors si tu ne t'intéresses pas à ses œuvres pour la galerie de ton père...?

Allez, Will. Réponds à ma question.

— À Northwestern, quand je ne passais pas mon temps à faire la fête, commença-t-il en m'adressant un regard du coin de l'œil, j'étudiais l'histoire de l'art.

Cela ne répondait pas à ma question. Il était évident qu'il n'avait pu sortir de Northwestern avec un diplôme en histoire de l'art sans avoir bûché; et maintenant, il voulait me faire croire qu'il fréquentait les expositions d'art. Intéressant.

— C'est donc par choix que cette Hanan vit dans ce village où il ne se passe rien?

Le camion tourna en direction du grand lac, et la BM dépassa le panneau qui nous invitait à revenir à Clewiston. Will accéléra.

163

— Elle déteste le bruit. Ça l'empêche de travailler. Elle se trouvait un jour dans une librairie à Chicago quand elle est tombée sur un livre qui rassemblait des photos d'Okeechobee et des villages environnants. Elle est tombée amoureuse de cet endroit. Ça fait maintenant… trois ans. Elle a ensuite obtenu son visa et s'est installée ici.

— Est-ce que vous… êtes ensemble?

Il fallait bien que je demande. Pour mon article. Et entre nous, j'étais surprise d'avoir tenu si longtemps.

— Elle est lesbienne.

Oh.

Will tourna à droite à l'angle d'un autre magasin de pêche pour rejoindre une route de graviers sous une arche de feuillage luxuriant. Le bruit de la voiture effraya un grand héron bleu qui s'était posé sur les branches tombantes. Will se gara en face d'une maison délabrée. Une bonne couche de peinture n'aurait pas été du luxe.

— On y est.

Il klaxonna deux fois. Le deuxième coup résonnait encore quand une belle jeune femme apparut au coin de la maison. Elle avait des cheveux épais et d'un noir intense qu'elle avait attachés grossièrement en queue-de-cheval avec un lacet, semblait-il. Elle portait un jean couvert d'éclaboussures de peinture, un T-shirt blanc taché de pourpre et d'ocre, et affichait un large sourire.

— Hanan! lui cria Will en sortant de la voiture.

— Bonjour vous deux! Vous arrivez juste à temps pour m'aider, s'exclama Hanan sans l'ombre d'un accent. Tu dois être Megan.

Elle me serra la main amicalement. Bien évidemment, Will lui avait dit qu'il viendrait accompagné.

— Ravie de faire ta connaissance, lui dis-je.

Je ne pouvais m'empêcher de lui sourire; sa bonne humeur était contagieuse.

— Bienvenue dans mon petit coin de l'univers, lança Hanan en ouvrant ses bras en grand. Très, très loin de cet endroit bizarre qui s'appelle Palm Beach. Venez.

Elle nous guida derrière la maison où se trouvait, à ma grande surprise, un magnifique jardin potager protégé par un grillage. Il y avait des concombres, trois différentes sortes de poivrons, des courgettes ainsi que six ou sept plants de tomates chargés de fruits mûrs. Waouh! Mes parents pourraient-ils un jour faire ce genre de récoltes à cette période de l'année? Dans le New Hampshire, il neigeait déjà à partir de la mi-novembre.

Mais la Megan des quartiers riches ne s'y connaissait certainement pas en cultures. La Megan des quartiers riches ne comprenait pas Hanan, ni son oasis de bien-être.

— Ça te plaît vraiment de vivre ici? lui demandai-je en rejetant la tête en arrière à l'attention de Will. Où vas-tu pour faire du shopping?

— Je n'ai pas besoin de grand-chose, répondit-elle en haussant les épaules. J'ai essayé d'habiter à New York, mais le monde de l'art, toutes ces soirées et ces vernissages... j'ai vite saturé.

Elle releva la tête vers le soleil et ferma les yeux.

— La seule chose qui m'intéresse, c'est la peinture. Ici, à Clewiston, je peux travailler sans être dérangée par qui que ce soit.

Elle ouvrit les yeux pour me regarder, puis continua :

— L'endroit n'attire que les passionnés de pêche. Le village entier me considère comme une pauvre excentrique, mais ça ne me dérange pas plus que ça. Je le suis sans doute. Et si on continuait à papoter en travaillant? Je profite toujours d'avoir des visiteurs pour leur demander un coup de main.

Elle nous tendit quelques outils : un sarcloir pour moi et pour Will, un râteau. Je me mis à l'ouvrage en les écoutant parler. J'ôtai les mauvaises herbes entre les rangées de beaux concombres qui pendaient de leurs branches. La bonne odeur de la terre et le soleil qui me tapait dans le dos me faisaient penser à ces nombreuses heures passées dans le jardin de mes parents. Il y a un cycle à toute chose, répétait ma mère : tu sèmes, tu arroses, tu désherbes, tu récoltes.

— Megan Smith! Tu sais sacrément bien manier le sarcloir.

Je relevai la tête. Will me regardait comme si des cornes venaient de me pousser sur la tête.

— Ton amie Megan a l'habitude, observa Hanan. Tu vois, elle tient son sarcloir comme un balai. Comme ça, elle ne se fait pas mal au dos. Megan, je compte sur toi pour mettre Will au travail pour la première fois de sa vie. Je reviens.

Elle s'éloigna vers la maison, et je vis que Will m'adressait un regard interrogateur.

— J'ai... suivi un cours d'agriculture biologique à Yale, inventai-je lamentablement. C'était la bonne note assurée.

Je lui tendis l'autre sarcloir.

— Essaie!

Il était pétrifié.

— À *La Barbade*, nous employons douze horticulteurs professionnels. Tu ne voudrais pas que je les prive de leur travail, quand même?

Je lui souris. On avait frôlé la catastrophe.

— Ton secret sera bien gardé, ne t'inquiète pas.

Il fit semblant de retrousser de longues manches.

— D'accord, d'accord, je cède. Qu'est-ce que je dois faire? Je m'en remets à tes mains expertes et pleines de terre.

J'étalai ma paume couverte de boue sur sa joue, y laissant une trace marron.

— Ça va t'aider à te mettre à la tâche, Will le Fermier.

Je lui montrai ensuite comment utiliser l'outil pour enlever les mauvaises herbes.

166

— Je suis Will le tueur à la faucille, je suis Will le tueur à la faucille, plaisantait-il avec une voix de robot en maniant maladroitement le sarcloir. Je suis Will le…

— Will? Megan?

Il leva la tête et je fis de même. Hanan, un appareil-photo entre les mains, prit plusieurs photos de nous, dégoulinant de sueur.

— Je vais les envoyer à Northwestern pour qu'ils les mettent dans leur album des anciens élèves, dit-elle en riant. Sinon, personne ne me croira quand je leur dirai que j'ai vu Will Phillips avec le visage couvert de terre. Venez à l'intérieur. Will, tu vas être content de voir que j'ai installé l'air conditionné depuis la dernière fois que tu es venu.

Hanan nous conduisit à l'intérieur dans un souffle d'air frais.

— Merci, mon Dieu! s'exclama Will.

Alors que, vue de l'extérieur, la maison paraissait à l'abandon, l'intérieur au contraire était clair et spacieux. Les murs qui devaient exister autrefois avaient été abattus et remplacés par des colonnes blanches. Il n'y avait que deux pièces : dans la première se trouvaient la cuisine, le salon, et un coin chambre. Hanan avait installé son atelier dans l'autre.

— Venez voir mes peintures, nous invita Hanan. Ne soyez pas trop durs. J'ai essayé quelque chose de nouveau.

Je m'attendais à voir un studio rempli de toiles, certaines achevées, d'autres en cours de réalisation, de pots de peinture et un chevalet. Au contraire, la pièce était propre, le sol et les murs étaient blancs. Il y avait d'énormes tableaux posés contre les murs sans fenêtres; tous étaient achevés. Chacun représentait une scène érotique entre lesbiennes. Le premier montrait deux femmes habillées qui se serraient chaleureusement l'une contre l'autre. Sur le suivant figurait la même scène, mais cette fois-ci, les femmes étaient nues. Les autres toiles étaient plus petites et représentaient des détails de la peinture principale, comme des pièces de puzzle que l'on aurait élargies : les mains entrelacées, les cuisses, poitrine contre poitrine.

— C'est magnifique, déclarai-je.

— C'est bien plus que ça, commenta Will. Ce qui est extraordinaire, ce n'est pas seulement la façon dont Hanan maîtrise la couleur et la lumière, mais la progression de ses toiles. Une fois que tu as vu les femmes habillées, puis nues, tu les gardes en tête quand tu contemples les détails sur les petits formats. Mais si tu visualises les détails avant de voir les œuvres en entier, ton esprit se représente lui-même automatiquement les personnages, et ton personnage peut très bien ne pas ressembler au sien. Elle fait donc de toi, l'observatrice, une artiste. Tu vois ce que je veux dire, Megan ?

Je ne pus qu'opiner de la tête. J'étais subjuguée.

— Will est mon plus grand fan, admit Hanan.

— Tu peux me considérer comme ta deuxième plus grande fan maintenant, lui dis-je. Tes œuvres devraient être exposées dans des musées.

— Merci, fit-elle en inclinant la tête comme pour faire la révérence. Tu vois maintenant pourquoi j'attends avec impatience que Will ouvre sa propre galerie. Alors qu'est-ce que tu attends, Will ?

La surprise me fit lever les sourcils récemment épilés si haut que je crois qu'ils allaient toucher la lisière de mes cheveux.

— Sa propre galerie ? lui demandai-je.

Il ne me répondit pas.

— Will m'a déjà commandé toute cette série, expliqua Hanan.

— Je ne savais pas, dis-je avec l'envie de le serrer dans mes bras.

La sonnerie du téléphone retentit dans la pièce d'à côté. Hanan s'éclipsa pour aller répondre.

— Ne me dévisage pas comme ça, protesta Will en voyant mon regard plein d'admiration. J'ai toujours été un salaud de capitaliste. J'ai commandé ses œuvres pour les exposer dans ma galerie et les vendre ensuite.

— Pour que ça arrive, il te faudrait une galerie.

Je soutins son regard. Il me prit la main.

— Viens. Il y a un endroit que je veux te montrer.

— Où ça ?

Il se précipita vers la porte de derrière sans me répondre, puis me fit passer devant le jardin, à travers un sous-bois et une large prairie, pour enfin descendre une digue couverte de terre jusqu'à un magnifique étang qui brillait sous le soleil. Will avait déjà enlevé son T-shirt. Il avait de magnifiques abdominaux ; je n'en perdis pas une miette.

— Qu'est-ce que tu fais ? lui lançai-je.

Je savais très bien ce qu'il était en train de faire, il ne se déshabillait pas pour aller taquiner la grenouille, mais cela me paraissait approprié de poser la question.

— Viens te baigner avec moi, me répondit-il en déboutonnant son pantalon.

Je me demandais bien s'il allait enlever son jean *et* son caleçon. Et si c'était le cas, il s'attendrait sûrement à ce que je fasse de même ! C'est-à-dire me retrouver devant lui en tenue d'Ève comme lors de notre première rencontre ! Pour la cinquantième fois en trois semaines, je déplorai la quantité de calories que Marco s'évertuait à mettre dans sa cuisine.

Je me trouvais en plein dilemme quand Hanan arriva à travers les arbres, hilare, semant ses vêtements sur son passage. Son soutien-gorge et sa culotte étaient tout ce qu'il y avait de plus simple ; elle les garda pour bondir dans l'eau.

Pas de tenue d'Ève. J'étais soulagée. Mais quand même. J'ôtai mon jean et ma chemise en lin. Puis, simplement vêtue de mon débardeur blanc et de la culotte que j'avais achetée dans un centre commercial de West Palm, je sautai dans l'eau à mon tour. Elle était fraîche comparée à la température extérieure. Si la peau pouvait chanter, la mienne aurait fredonné *Stairway to Heaven*.

Will refit surface et me fit couler en appuyant sur mes épaules. Je poussai un cri avant de mettre la tête sous l'eau. Adieu, brushing et maquillage! Le mascara que j'avais appliqué minutieusement le matin même n'était pas waterproof et il laissa des traces noires le long de mes joues.

La nouvelle Megan aurait dû hurler et sortir de l'eau à toute vitesse. Mais c'était vraiment la dernière chose que j'avais envie de faire. Je voulais être moi, tout simplement.

Nous nous amusions comme des enfants à jouer au loup, à faire des batailles d'eau et des bombes en sautant de la digue. La sonnerie de mon téléphone portable mit fin à nos jeux. C'étaient les jumelles : elles avaient terminé leur rédaction et voulaient savoir quand je comptais rentrer. Je me tournai vers Will.

— Si on part maintenant, on y sera dans une heure et demie, répondit-il.

Hanan sortit pour aller nous chercher des serviettes. Will vint s'asseoir à côté de moi sur le bord. J'étais plus que sale et trempée comme une soupe, mais c'était le moment le plus agréable que j'avais vécu depuis le début de cette folle expérience.

— Il y a quelque chose que je ne pige pas, me dit Will.

Il déterra un caillou et le lança dans l'eau.

— C'est quoi?

Il se tourna vers moi.

— Tu te comportes des fois de la même façon que ces filles riches et sans intérêt, et deux secondes après tu es... normale.

— Ah, c'est ce que tu penses, Monsieur-le-grand-fêtard?

— Je ne t'ai pas menti, je t'assure, dit-il en riant.

Je dégageai mes cheveux mouillés de mon front.

— À moi de te poser une question : pourquoi m'as-tu invitée ici?

— Quand je t'ai vue la première fois, le soir où les jumelles se sont montrées si horribles avec toi, j'avais cru voir quelque chose en toi… et puis, quand tu es venue me voir à la galerie, ça avait disparu.

Il lança une deuxième pierre dans le lac. Plouf! Il poursuivit :

— Après, Rose n'arrêtait pas de me parler de tout ce qu'elle apprenait grâce à toi, et de me dire que tu étais la seule personne qui l'avait fait se sentir intelligente. Si je t'ai invitée aujourd'hui, c'est parce que j'étais curieux de voir quelle fille se montrerait.

— Verdict?

— C'est facile : les deux. Mais ça n'est pas une critique.

Il me regarda, puis dirigea sa main jusqu'à ma joue et la frotta légèrement avec son pouce.

— Tu avais de la boue.

J'eus un léger frisson. Quelque chose remuait en moi. La vraie moi.

— Je te remercie de m'avoir amenée ici, Will le Fermier, lui dis-je.

Il avait posé son regard sur mes lèvres. Allait-il m'embrasser?

— De rien. Ça te dirait de m'accompagner autre part?

— Bien sûr. Où ça?

— Au gala de Noël organisé au Norton Museum of Art. Je sais que je te préviens à la dernière minute, mais j'aimerais vraiment…

— Avec plaisir.

Une compagnie de téléphone portable fait payer 3 centimes la minute pour les appels nationaux. Laquelle de ces équations correspond au coût d'un appel téléphonique d'une durée de 20 minutes de la Floride vers New York, sachant qu'il inclut 5 minutes gratuites comprises dans le forfait soir et week-ends ?

a. $y = 3 + 20/5$
b. $5z = 20x$
c. $x = 3(20 - 5)$
d. $c = 20 + 5 + 3$

## *chapitre 21*

Ce soir-là, je lus rapidement la dissertation des jumelles sur laquelle elles avaient passé leur après-midi. J'ignorai la question qui se dessinait dans les yeux de Rose sur le déroulement des quelques heures que j'avais passées avec Will, et je me réfugiai enfin dans l'intimité de ma salle de bains pour prendre le plus long et le plus chaud des bains de l'histoire des bains. Tout en faisant couler l'eau, je versai le gel moussant *Forêt de paradis* que Laurel venait de mettre au point pour sa nouvelle collection. Il embaumait les bois d'automne et transformait l'eau en une mer d'émeraude sous une couverture de bulles blanches.

Temps mort, laissez-moi éclaircir un point important : fantasmer sur quelqu'un d'autre ne veut pas dire tromper son copain. Nous sommes d'accord.

Je me détendais, les yeux fermés, toute brûlante et... mouillée, et me repassais les événements de l'après-midi avec Will. Comment aurais-je réagi s'il avait fait ce que je pensais qu'il allait faire au bord de l'étang, c'est-à-dire m'embrasser? Juste au moment où je m'apprêtai à plonger la tête sous l'eau, j'entendis mon portable sonner.

C'était lui. J'étais sûre que c'était lui.

Je bondis hors de la baignoire, traversai la salle de bains en glissant; mes pieds mouillés laissèrent des traces sur le parquet de la chambre, et je fis le saut de l'ange pour atterrir sur le lit, nue et dégoulinante. Je réussis à ouvrir mon sac à main et à extirper le téléphone pour décrocher juste avant que la messagerie ne se mette en route.

— Allô? dis-je, hors d'haleine.

— Salut, mon cœur. Dis donc, tu as l'air... tout essoufflée.

C'était lui. Pas *celui* auquel je pensais.

— Ah, salut James!

J'enroulai mon corps mouillé dans le dessus-de-lit; je savais bien que si j'en voulais un autre tout propre, je n'avais qu'à demander et quelqu'un viendrait me l'apporter sans poser de question.

— Je prenais un bain, alors j'ai dû courir jusqu'au téléphone. Je suis vraiment contente que ce soit toi!

Je l'admets : fantasmer, c'est comme tromper. Un peu. Quel genre de fille pense à un autre garçon quand son petit ami (le petit ami qu'elle voit à peine, et avec lequel cela fait bien longtemps qu'elle n'a pas expérimenté la position horizontale) l'appelle? Le petit ami qu'elle reverrait le matin de Noël? C'est-à-dire moins de trente-six heures plus tard!

— J'ai une surprise pour toi! J'ai passé douze heures à corriger ces nouvelles de merde. Des paroliers qui croient pouvoir écrire de la fiction, ça me fait vraiment rire. Et ce branleur a le culot de m'appeler ensuite pour me demander mon accord sur les éventuelles modifications qu'il va faire.

— C'est ça la surprise?

— Non, dit-il en riant. Ça, c'est le début. Mon patron a eu

173

pitié de moi et me laisse partir dès demain midi. Je serai à **Gulf Stream** à temps pour le repas du soir. C'est génial, hein?

La culpabilité m'envahissait de plus en plus.

— C'est vraiment super!

— J'ai trop hâte de te voir.

— Moi aussi.

— Alors, j'ai quelque chose à te proposer, continua-t-il. Ma mère vient de m'appeler. Un de ses amis lui a donné deux invitations pour le gala de Noël au musée Norton. **Tu** en as entendu parler?

*Euh, ouais. En fait, j'ai déjà dit oui à un autre garçon...*

— Je pense que les jumelles y vont, dis-je en esquivant sa question.

— Cool! lança-t-il. Parce que je pensais y aller avec toi. Je sais que tu es censée être célibataire : on fera comme si on ne se connaissait pas. Ça va être torride.

Tous mes plans s'écroulaient. Pourquoi est-ce que j'avais dit oui à Will? Qu'est-ce que j'étais supposée faire maintenant que mon vrai petit ami me demandait de l'accompagner?

— Tu pourras en parler dans ton article, continua James. C'est trop dingue, Hunter Thompson aurait été capable de faire un truc de ce genre-là. En plus, je rencontrerai les jumelles sans qu'elles sachent que je suis ton copain. C'est parfait.

Je m'enroulai davantage dans la couverture et essayai de prendre un ton aussi enthousiaste que celui de James :

— C'est une idée géniale! Mais tu sais, j'ai l'impression que je couve quelque chose. Je ferais sûrement mieux de... rester au lit pour être en forme pour Noël.

— Oh non! Bon, alors oublie le gala. Je vais venir aux *Anges* et on jouera au docteur...

— C'est adorable, mais ie pense qu'il serait plus raison-

174

nable que je reste couchée demain pour me remettre de ce truc...

— Comme tu veux.

Il avait l'air déçu. Ou bien la culpabilité que je ressentais accentuait ma perception des choses.

— Oui, passe la soirée de demain avec tes parents ; ça leur fera plaisir. Vers quelle heure veux-tu que j'arrive, le 25 ?

C'était la culpabilité qui parlait.

— 11 heures. Je t'appelle dès que j'atterris demain.

J'entendis quelqu'un lui dire bonsoir. Le pauvre... Il était minuit et il se trouvait encore au bureau, deux jours avant Noël.

— Megan ?

— Oui ? répondis-je en me levant du lit pour regarder la mer, noire, qui s'étendait face à moi.

— Je t'aime.

J'avalai ma salive.

— Moi aussi, je t'aime.

Il me dit au revoir puis raccrocha. Qu'est-ce que je venais de faire ? J'avais menti à mon petit ami pour pouvoir accompagner un autre garçon à un gala. C'était terrible.

Et le pire est que cela avait été facile.

*chapitre 22*

Selon les explications du Conseil universitaire qui avait créé le SAT, l'examen en question permet d'évaluer la capacité de chacun à analyser et résoudre des problèmes. Les universités l'utilisent pour évaluer le potentiel de réussite des élèves.

C'était cette explication que j'avais répétée maintes et maintes fois aux jumelles. J'avais ajouté que le SAT mesurait en réalité, à mon humble avis, la capacité de chacun à se préparer et à passer l'examen.

Je ne pouvais en aucun cas leur faire rattraper en huit petites semaines, les douze années pendant lesquelles elles avaient plus que négligé leurs études. Mais après avoir vu la base de données qu'elles avaient créée, je savais qu'elles possédaient la matière grise nécessaire pour réussir. Je me disais que si j'arrivais à leur faire comprendre la façon dont le système fonctionnait, dont les concepteurs pensaient, peut-être pourraient-elles obtenir des résultats satisfaisants.

C'était les notions abstraites qui posaient problème aux jumelles. Quand je transformais les énoncés pour qu'ils soient plus concrets, elles mémorisaient également le concept qui s'y rattachait. J'avais recours à des techniques utilisées à la maternelle, mon arme fatale étant les fiches-mémos.

Par exemple, plutôt que de leur montrer un trapèze et de leur faire calculer sa surface et son périmètre, ma fiche représentait les toilettes des femmes du Club des Everglades. Au lieu de leur parler en termes théoriques, je dessinais un miroir, indiquais sa largeur et leur demandais combien de filles, chacune utilisant vingt-cinq centimètres de largeur de miroir, pouvaient se repoudrer le nez en même temps. Pour ce qui était du vocabulaire, j'utilisais des exemples pertinents. Le Purgatoire n'était plus seulement décrit comme un endroit entre le Paradis et l'Enfer, mais aussi comme un vol transatlantique entre New York et Paris au cours duquel on est assis à côté d'un bébé qui ne cesse de hurler.

Elles faisaient des progrès du point de vue scolaire. Pas assez certes, mais suffisamment pour me faire garder espoir et les encourager à continuer aussi. Le gros problème restait les efforts. Quelle que soit la manière dont je m'y prenais, je n'arrivais pas à leur faire comprendre qu'étudier était un processus cumulatif : les heures supplémentaires investies dès le premier jour rapportaient des dividendes colossaux au bout de sept ou huit jours. Il était difficile de se remettre de dix-sept années de paresse totale.

Laissez-moi vous donner un exemple pour mieux comprendre : si l'on fait trop souvent appel au service d'étage, cuisiner pour soi-même devient un véritable casse-tête, même si l'on passe quatre heures devant les fourneaux.

Comme nous avions décidé de ne pas étudier le jour de Noël, nous avions commencé à travailler extrêmement tôt, à savoir 9 heures du matin. Cet horaire leur permettait, ainsi qu'à moi-même, d'être libres l'après-midi pour se préparer pour le gala du soir.

Je commençai par une session de travail sur le vocabulaire,

tout en sirotant mon café et en avalant quelques croissants, non loin de la piscine. Je montrai une fiche faite maison à Sage :

C'est grâce à sa ...... que Suzanne a réussi à voler le petit ami de sa rivale.
(A) discrétion   (B) sagesse   (C) dualité   (D) ruse

— D, affirma Sage. C'est D, j'en suis sûre.
Je la félicitai car elle était la reine des bourdes quand il s'agissait de vocabulaire. Fiche suivante :

Porter un pantalon blanc après la fête du Travail[1] est considéré comme une erreur ......
(A) aggravante   (B) flagrante   (C) ergonomique   (D) astucieuse

— B, dit-elle. Flagrante.
Ça alors ! Deux bonnes réponses à la suite. Elle enchaîna avec trois mauvaises réponses, mais deux bonnes à la suite, c'était un record à battre. Ce fut au tour de Rose qui doubla l'exploit de sa sœur. Place ensuite à la partie syntaxe ; à elles deux, elles relevèrent correctement les propositions principales, les propositions subordonnées et les sujets, les prédicats, mais la notion de proposition conditionnelle leur échappait encore. Et oui, vous et moi avions appris ces termes à l'école primaire, mais les jumelles les avaient oubliés en chemin.
Pour rendre les choses concrètes et les entraîner davantage à la rédaction, je leur demandai d'écrire cinq paragraphes afin de comparer la tenue qu'elles arboreraient au gala de Noël avec celle qu'elles portaient lors du gala Rouge et Blanc du mois passé, puis de relever les propositions principales, les sujets, les prédicats, etc. J'eus droit aux habituels geignements et protestations, mais elles se mirent

1. La fête du Travail marque, pour certains, la fin de l'été. *(N.d.T.)*

finalement au travail, crayon et gomme à la main. Quant à moi, je les laissai travailler en paix et m'allongeai sur une chaise longue pour profiter du soleil matinal tout en réfléchissant à ce que j'allais dire à James quand il téléphonerait cet après-midi-là. Une grippe éclair? Quelque chose du genre.

J'avais dû m'endormir car je fus réveillée en sursaut par Sage qui me donnait des coups de coude à la cheville.

— Megan? T'as déconné hier.

J'ouvris les yeux. Elle était assise sur la chaise longue à côté de moi.

— Tu as terminé ta rédaction?

— Non, je me suis arrêtée en plein milieu avec l'envie irrésistible de te tenir compagnie, bougonna-t-elle. Bien sûr que j'ai fini.

Je regardai en direction de Rose qui était encore en train d'écrire, puis je fermai les yeux avec un sourire.

— Bien.

— Pourquoi tu ne m'as pas dit que tu avais flashé sur Will?

Cette question me sortit tout à coup de ma rêverie et je me relevai brusquement.

— De quoi est-ce que tu parles?

— Je l'ai vu à l'Hôtel des Flots hier soir. Il m'a tout raconté.

— Comment ça, tout? lui demandai-je avec précaution.

— Que vous avez passé la journée ensemble et que vous avez baisé dans un étang…

— On n'a pas baisé dans un… nulle part! postillonnai-je en sentant le rouge me monter au visage.

— Je rigole. Passe au vert. Il a juste dit que vous aviez passé l'après-midi ensemble et qu'il t'aimait bien. Ça te va?

Oui, complètement. Mais je ne répondis rien.

— Tu aurais pu me le dire toi-même, dit-elle d'une voix qui trahissait sa déception.

— Je voulais que nos rapports restent professionnels.

Elle se mit à bâiller.

— C'est des conneries. Rose était au courant. Comme si j'en avais rien à foutre. Il a aussi dit que tu l'accompagnerais au gala.

Rose s'avança vers moi, tenant à la main sa rédaction, sur laquelle elle avait passé deux fois plus de temps que nécessaire, puis s'assit à côté de sa sœur.

— Et toi, tu l'aimes bien, Megan? demanda-t-elle, tout excitée.

Je ne sais pas ce qui motiva ma réponse : peut-être le fait qu'au lycée, je n'avais jamais vraiment eu l'occasion d'être la fille canon qui en pince pour un garçon canon; ou bien parce que j'étais allée au bal de fin d'année avec Bruce Philips, un garçon au QI impressionnant mais à l'hygiène douteuse, avec lequel j'avais autant d'atomes crochus qu'avec une calculatrice; ou encore parce que ma ravissante sœur Lily attirait tous les regards et que je ne lui arrivais pas à la cheville. Quelle que soit la raison, une vraie fille sommeillait en moi et elle se réveilla pour prononcer un seul mot :

— Oui.

Je vous l'accorde : il est assez difficile de s'autopersuader que l'on accompagne un garçon à un gala dans un but strictement professionnel après avoir avoué à ses élèves qu'il nous plaît.

— Qu'est-ce que tu vas porter ce soir? s'empressa de demander Sage.

— La même chose que je portais au gala Rouge et Blanc, j'imagine, répondis-je en espérant pouvoir y faire rentrer mes fesses engraissées par Marco.

Je suis certaine que vous connaissez la célèbre peinture

d'Edvard Munch intitulée *Le Cri*. Imaginez que vous êtes doté du pouvoir de double vision; substituez ensuite les visages des jumelles à celui de l'homme épouvanté sur le pont, et vous pourrez ainsi vous représenter, à quelques détails près, la réaction de Rose et de Sage à ma réponse.

Sage fut la première à l'ouvrir, comme d'habitude :

— C'est comme ça que ça se passe à Philadelphie?

— Genre, vous êtes tellement riches que vous vous en fichez d'être vus dans la même tenue deux fois? clarifia Rose.

Bien sûr, la Megan des quartiers riches de Philadelphie savait bien que c'était un péché de porter la même robe à différents galas. Elle aurait été tout aussi horrifiée que les jumelles à l'idée que quelqu'un puisse le lui suggérer. J'essayai de me rattraper aux branches tant bien que mal en leur expliquant que je n'avais emporté qu'une seule tenue habillée dans mes valises et que je n'avais pas eu le temps de faire les magasins. J'utiliserais certainement cette même excuse ce soir si jamais on me faisait la remarque.

— On comprend, dit Sage d'un air approbateur.

— Ah bon? aboya Rose.

— Oui, insista Sage. Allons commander le déjeuner, mais comme Marco est en vacances, ça risque de ne pas être formidable.

— C'est vrai? demandai-je.

Marco était en vacances? Je n'étais pas au courant.

— Oui, il est parti dans le New Jersey avec Keith rendre visite à sa famille comme chaque année, expliqua Rose pendant que Sage passait notre commande. Ne t'inquiète pas, il sera de retour pour le gala du Jour de l'An. Grand-mère préfère que ce soit lui qui dirige les traiteurs.

Elle se leva et enleva son jean et son T-shirt; dessous, elle portait un bikini écossais vert.

— Je vais nager en attendant le repas. Tu viens?

Je secouai la tête, sentant mon visage blêmir brusquement. Ni Marco ni Keith ne seraient là ce soir? Et j'étais supposée être prête pour le gala quelques heures plus tard? Je n'arrivais pas à fermer cette satanée robe sans l'aide de Marco. C'était l'heure pour Cendrillon de se transformer en Cendre-haillon.

— Qu'est-ce qui t'arrive? me demanda Rose en ôtant son jean pour le laisser à ses pieds. Tu es toute pâle.

— Chez moi... eh bien, je considère le maquillage comme de l'art. Ne le dites à personne, mais je suis une piètre artiste. J'ai beaucoup de mal avec les contours. Alors je ne me maquille jamais moi-même.

Je ne mentais pas. Pour ainsi dire.

— Et Marco ne sera pas là pour t'aider ce soir, intervint Rose. Il nous a dit que Keith connaissait le coiffeur qui s'occupe de toi à Philadelphie.

— Il vous a dit ça?

— Oui, répondit Sage en descendant les marches de la piscine. Mais tu te retrouves quand même coincée pour ce soir, hein?

Rose se mit à rire, aussitôt imitée par Sage. C'était très agréable de voir qu'elles se réjouissaient de mes malheurs.

— Viens, ordonna Sage à sa sœur comme si elle s'adressait à un chien bien dressé.

Elle sortit de la piscine et glissa ses pieds dans ses tongs avant d'ajouter :

— On va appeler pour qu'ils nous apportent à manger à l'intérieur.

Elle s'éloigna vers la villa pendant que j'attendais que Rose sorte et se sèche. Quelques minutes plus tard, nous nous trouvions dans le salon de Sage. Elle était assise en face de son ordinateur, cliqua une fois et fit apparaître mon visage en gros plan sur son écran.

— Comment as-tu réussi à faire ça? m'émerveillai-je.

Sur la photo, j'étais maquillée mais je ne me rappelais absolument pas avoir porté ces teintes-là.

— On vient d'ajouter cette fonction à notre système, dit Rose fièrement.

— Regarde et apprends, me lança Sage.

En quelques clics, elle ajouta de l'épaisseur à mes sourcils.

— Le look à la Brooke Shields ne te correspond pas du tout par contre, commenta-t-elle avant de les désépaissir.

Les filles, tout en s'affairant sur l'ordinateur, en profitèrent pour m'enseigner ce que je devais utiliser comme teintes de maquillage et comment je devais me coiffer. Elles élargirent ensuite une photo sur laquelle on me voyait en pied et continuèrent leur cours sur les proportions du corps ; elles me donnèrent des astuces pour cacher mes « rondeurs » et mettre en valeur mon modeste décolleté.

— Bon. Viens dans mon dressing, m'ordonna Sage. Faisnous voir ce que tu as appris.

Elle me fit aussitôt asseoir sur un siège devant sa coiffeuse. Rose ouvrit ce qui semblait être une boîte à outils couverte de perles roses. Chacun de ses compartiments de velours rose était rempli de produits cosmétiques de luxe.

Les jumelles passèrent la demi-heure suivante à me maquiller. Contrairement à Marco, elles s'appliquaient à m'expliquer en détail ce qu'elles faisaient. Puis elles me tendirent une feuille sur laquelle elles avaient écrit les étapes à suivre pour que je puisse m'en sortir seule à l'avenir, même si je n'étais pas habile de mes mains. Enfin, elles me donnèrent la boîte.

Oui, elle était à moi. Les filles me l'avaient achetée. J'eus à peine le temps de les remercier qu'elles s'attaquèrent à la coiffure. Sage jugea que mes cheveux étaient parfaits pour faire un chignon ; en effet, les chignons tenaient mieux quand les cheveux étaient légèrement sales. Qui l'eût cru ? Elle les lissa et les attacha en queue-de-cheval.

— Il y a deux éléments indispensables pour embellir ce genre de coiffure, commenta-t-elle. Des rajouts avec quelques mèches autour du visage.

Sur ce, elle sortit un magnifique postiche, parfaitement lisse, qui correspondait exactement à la couleur de mes cheveux. Elle l'attacha sur mes cheveux et voilà : j'avais une queue-de-cheval qui descendait jusque dans le bas du dos.

Elle arrangea ensuite astucieusement quelques mèches autour de mon visage afin d'adoucir le regard, et ajouta enfin un ruban gros-grain couleur lavande autour de la queue-de-cheval. Rose compléta l'opération en appliquant une deuxième couche de gloss sur mes lèvres. Pour ce qui était du visage, j'étais tout simplement sublime.

Rose se précipita dans sa chambre pour aller chercher quelque chose et Sage plaça ses deux mains sur mes épaules.

— Tu comprends bien qu'il est hors de question que tu portes la même robe qu'au gala Rouge et Blanc ce soir, n'est-ce pas ?

— Je...

Je m'interrompis immédiatement en voyant Rose réapparaître... avec une robe de princesse couleur lavande sur son bras.

— Atelier Versace. Lavande, c'est ta couleur. Regarde.

Elle me tendit un numéro de *Scoop* où figurait une photo d'Emmy Rossum dans la section mode intitulée « Le parme est à la fête ! » sur laquelle elle portait exactement la même robe. Je reconnaissais en effet que je lui ressemblais légèrement. Avec cinq kilos en plus, cela va de soi.

— Je ne vais jamais rentrer dedans, protestai-je.

— Essaie-la, insista Rose.

J'ôtai mon pantalon de survêtement et mon T-shirt. Je me retrouvai en petite culotte, sans soutien-gorge. Selon les jumelles, je n'en aurais pas besoin puisque le corset soutiendrait ma poitrine. Elles m'aidèrent à enfiler la robe par la tête; je dus retenir ma respiration pour que Rose puisse remonter la fermeture.

— Tu peux respirer maintenant, me dit-elle.

Je me tins droite, face à elles.

— Oh oui, on est plutôt douées, affirma Sage en topant la main de sa sœur.

Je me retournai vers le miroir. Le bustier n'avait pas de bretelles mais était ajusté; elles avaient raison, le port d'un soutien-gorge aurait été superflu. La jupe était en mousseline et georgette et ondulait majestueusement.

— Comment avez-vous... quand avez-vous...? bredouillaije.

— Quand tu dépenses une somme à six chiffres en fringues chaque année, ta meilleure amie, c'est la personne qui passe tes commandes perso, expliqua Sage. On lui a dit ce qu'on voulait hier, et la robe est arrivée ce matin aux aurores.

— Tu es superbe, dit Rose dans un large sourire.

— Je n'arrive pas à croire que vous ayez fait tout ça pour moi.

— Moi non plus, ajouta Sage en hochant la tête. On devait être complément bourrées.

Je vis bien qu'elle plaisantait. Avais-je réussi à gagner sa sympathie sans m'en être rendu compte?

— Avant que tu ne commences à t'imaginer des choses, continua-t-elle comme si elle lisait dans mes pensées, réfléchis deux secondes à l'angoisse que ça nous évite. Si tu étais allée au gala dans une robe déjà portée, ç'aurait été l'humiliation totale pour nous!

Je lui répondis par un sourire. Elles me tendirent la boîte à maquillage, ainsi que la feuille contenant les instructions, puis me mirent à la porte pour se préparer à leur tour. Je sortis en les remerciant sincèrement. Comment ce retournement de situation allait-il trouver sa place dans mon article? Tout en papillonnant pour rejoindre ma chambre sous les minces volants de mousseline, je ne pus m'empêcher de penser que les stupides jumelles Baker sur lesquelles j'avais eu l'idée d'écrire, n'auraient jamais fait un tel geste. Qui se sentait stupide à présent?

## *chapitre 23*

Lorsque Will vint me chercher ce soir-là, il me trouva très belle, et aussi étonnant que cela puisse paraître, je le crus. C'était comme si je commençais à me voir telle que je m'étais imaginée : peut-être pas riche (certains rêves sont trop exagérés pour devenir réalité, même pour quelqu'un qui s'en tirait aussi bien avec ses mensonges que moi), mais jolie. Quand je me regardais dans le miroir, ce n'était plus la petite sœur dépourvue de charmes que je voyais.

Le gala de Noël organisé chaque année au profit du Norton Museum of Art ne débutait pas avant 20 heures. Will avait voulu arriver à West Palm une heure plus tôt pour me faire visiter le musée tant que la foule n'avait pas envahi les lieux. Nous étions tellement en avance que les voituriers n'avaient pas encore pris leur service, et Will dut garer sa voiture lui-même. Il était tout excité à l'idée de me guider à travers les différentes galeries remplies de tableaux et de sculptures, avant qu'elles n'aient à rivaliser avec l'étalage de haute couture de la soirée à venir.

À l'exception des employés, il n'y avait personne dans les salles d'exposition. Les musiciens installaient leurs instruments et faisaient des essais de son pendant que les serveurs garnissaient les tables de nourriture et approvisionnaient les bars. Le personnel ne s'inquiéta pas de notre présence, et Will put me faire découvrir les divers chefs-d'œuvre.

Le Norton abritait des sections consacrées à l'Europe des XIXe et XXe siècles, aux arts américain, chinois et contemporain, ainsi qu'une impressionnante collection de photographies. La peinture intitulée *Isaïe : De l'herbe jaillira de tes Villes* retint notre attention : elle représentait la réalisation de la prophétie biblique dans les grandes villes modernes. Nous l'adorions tous les deux.

— Rien n'est immuable, dis-je en rêvassant.

Je me disais que cet adage s'appliquait à ma propre histoire : j'avais perdu un travail et un appartement, et...

— Joyeux Noël à vous deux! lança Thom en adressant une tape amicale sur l'épaule de Will.

Il portait la veste de smoking blanche réglementaire et une serviette sur le bras.

— Salut, Megan.

— Ça va, Thom? Joyeux Noël!

Je lui fis une bise sur la joue. Les invités commençaient à envahir la salle.

— Tu travailles, vieux? demanda Will.

— Je me fais de l'argent, dit-il en montrant le bar derrière nous. Je voulais juste vous dire bonjour avant que la soirée démarre. On se retrouve plus tard.

Une fois que Thom se fut éloigné, je me tournai vers Will :

— Comment ça se fait que tu le connais? Je pensais que vous n'étiez pas du même milieu.

— Je l'ai rencontré sur le *Paradis*. Je ne m'arrête pas à ce genre de détail, déclara-t-il.

Je me demandais s'il pensait vraiment ce qu'il disait. Il reprit :

— C'est moi qui ai conseillé à Rose de sortir avec Thom.

J'aperçus les jumelles et leurs amis faire leur entrée. Sage arborait une longue robe bordeaux en dentelle brodée et gansée de rubans roses satinés ; on avait l'impression que l'on pouvait presque voir à travers. Rose portait un corset noir décolleté, et une jupe garnie de plumes et de perles dorées. Leur crinière de feu ondulait le long de leur dos. Elles incarnaient le style de vie dont la plupart des gens rêvent.

Thom se trouvait à côté du bar et ne quittait pas Rose des yeux. Je m'attendais à ce qu'elle se retourne pour lui souhaiter un joyeux Noël, ou qu'elle lui adresse un sourire signifiant *nous nous aimons à la folie mais chut, c'est un secret*. Elle n'en fit rien. Au contraire, elle agrippa la main de sa sœur et l'attira vers la grande salle.

— Elle n'a pas l'air si épanouie dans sa relation…

Je n'en dis pas plus.

— Ouais, bon, je comprends pourquoi, me dit-il avec un rapide clin d'œil. Viens, allons voir si la foule est arrivée.

Il me prit par le bras et me refit traverser le musée jusqu'à l'immense grande salle très chic, tout en blanc, dans laquelle avait lieu la réception. Les invités étaient éparpillés dans la pièce et observaient les toiles en tendant le bras de tous côtés pour attraper des kirs sur les plateaux des serveurs. Dans un coin, un quatuor à cordes jouait des chansons de Noël, et au milieu de la salle trônait le sapin brillant de mille feux, au pied duquel étaient disposées des piles de cadeaux.

— À qui sont destinés ces cadeaux ? lui demandai-je.

Un couple s'avança et ajouta deux nouveaux paquets.

— Ce sont des jouets, répondit Will. Ils vont être envoyés dès demain au service pédiatrique du centre médical de l'université de Miami. C'est comme ça que ça se passe chaque année.

— C'est une excellente idée.

— Oui. Tu veux un kir? Je vais voir si je peux trouver un serveur.

— Avec plaisir. Je t'attends ici.

Will disparut à travers la foule. Je le suivais des yeux (je suis certaine que vous en auriez fait autant) quand je sentis une main se poser délicatement sur mon bras.

— Megan, ma chère. Vous êtes resplendissante! me complimenta Laurel.

Elle était vêtue d'une longue robe de soirée noire avec un collier de perles muni d'un fermoir en diamant aussi gros que mon poing. Ses cheveux blonds étaient torsadés pour former un chignon sur la nuque. Elle était très légèrement maquillée, mais cela suffisait pour lui donner un teint lumineux et effacer toute irrégularité de sa peau. Seules les Françaises savent rester élégantes et raffinées naturellement.

— Bonsoir Laurel. Quand êtes-vous rentrée? demandai-je.

— Cet après-midi. J'essaie d'assister aux grands événements de La Saison, mais cela n'est pas toujours facile. Vous êtes au courant que j'organise un gala la veille du jour de l'an aux *Anges* au profit de ma fondation, n'est-ce pas?

— Je suis impatiente d'y participer, lui dis-je en hochant la tête.

— L'année dernière, nous avons récolté deux millions de dollars pour aider les femmes du continent africain à ouvrir leur propre commerce. Cette année, j'espère que nous atteindrons les trois millions. Et qui est votre cavalier ce soir?

La façon dont elle avait réussi à passer de la philanthropie à mon cavalier sans changer de ton était tout simplement remarquable.

— Will Phillips, lui répondis-je. Il est parti nous chercher des rafraîchissements.

J'espérais qu'elle ne trouverait pas cela déplacé par rapport à mon rôle de professeur particulier.

— Je le savais, dit-elle, les yeux pétillants. Je l'ai vu venir vous chercher. C'est un jeune homme charmant. Comment vont les choses avec les jumelles?

— Elles progressent de jour en jour.

Elle hocha la tête en signe d'approbation.

— Je suis certaine que vous leur avez réservé quelques exercices pour demain, Noël ou pas. L'examen arrive à grands pas, n'est-ce pas?

— Oui, acquiesçai-je. Tout à fait.

Laurel aperçut un couple qu'elle connaissait et s'excusa en me serrant légèrement la main.

— Amusez-vous bien, Megan.

Les jumelles ne seraient certainement pas contentes à l'idée d'étudier le jour de Noël. Moi non plus d'ailleurs. Comment allais-je pouvoir organiser une session de révisions et passer du temps avec James? Mon Dieu. Dès que je pensais à lui, je sentais mes entrailles se plier dans tous les sens comme pour former une cocotte en papier. Quel genre de fille envoie valser son petit ami pour aller danser avec un autre? Réponse: le genre de fille que je n'apprécierais certainement pas et que je n'aimerais en aucun cas devenir...

Tout à coup, James apparut comme par magie: il était là, en chair et en os, en train de siroter un verre de merlot et d'admirer l'immense sapin de Noël. Je fis donc la seule chose raisonnable qui s'imposait compte tenu des circonstances: je m'enfuis à toutes jambes, direction la galerie d'art chinois; je passai devant l'orchestre et les couples qui dansaient, et sortis par la porte de secours que les organisateurs avaient si gentiment laissée ouverte. Je me retrouvai seule, à l'extérieur, dans un jardin où étaient exposées des sculptures, et je me cachai derrière un mur en métal incurvé qui occupait une place stratégique.

*Réfléchis*, Megan, me commandai-je. *Réfléchis*.

Will était à l'intérieur, certainement en train de me chercher. James également, mais lui ne s'attendait pas à me voir. Qu'est-ce que je pourrais bien lui dire? Pire : et s'il venait à rencontrer Will? C'était tout à fait possible : James partirait à la recherche des jumelles pour s'amuser, les jumelles trouveraient Will, James et Will se...

*Respire. Sois stratégique.*

Bon, cela s'avérait plus prudent pour moi de retourner à l'intérieur et d'essayer de les tenir éloignés l'un de l'autre plutôt que de rester dehors, là où personne ne pouvait me trouver.

Après avoir pris une grande inspiration, je rentrai dans la grande salle... et me dirigeai directement vers James.

— Megan? *Tu es là?*

Oh, mon Dieu! Je me jetai dans les bras de James, parcourant rapidement des yeux la salle par-dessus son épaule. Où était passé Will?

— Quelle magnifique surprise! lui susurrai-je à l'oreille. Mais je suis toujours là incognito. Il va falloir que tu joues le jeu.

Il me tint à bras-le-corps et fronça les sourcils.

— C'est toi la surprise. Je croyais que tu étais malade.

Cela nécessitait une réplique improvisée.

— Je suis malade, mais les jumelles n'en ont fait qu'à leur tête. Ce ne sont que des gamines pourries gâtées. Elles m'ont emmenée de force. Et me voilà!

— Tu n'as pas l'air malade, remarqua-t-il.

Je mis rapidement la main sur mon ventre.

— J'ai un truc intestinal. Tout va bien et deux secondes plus tard, je cours aux cabinets.

Les *cabinets*? Je ne disais jamais ça. Les jumelles avaient manifestement déteint sur moi. Bref, je réfléchirais à cela plus tard. Cette grippe intestinale me donnait l'excuse idéale pour disparaître toutes les dix minutes afin de rejoindre mon cavalier et le tenir éloigné de mon petit ami.

— Et toi? lui demandai-je tout en cherchant Will des yeux. Je croyais que tu passais la soirée avec ta famille?

James ne parut pas à l'aise tout à coup.

— Je suis venu avec ma famille. Mes parents ne doivent pas être loin, avec...

— James, roucoula une voix. Te voilà enfin.

Non. Pas possible. Il était venu avec *elle*?

— La famille d'Heather, finit-il.

Heather La Parfaite nous rejoignit, toute vêtue de mousseline couleur pêche ; l'échancrure de sa robe était bordée de paillettes argentées et mettait en valeur son décolleté que je ne connaissais que trop bien.

Tout compte fait, peut-être que c'était *lui*, et non pas moi, qui se trouvait dans le pétrin.

## *chapitre 24*

Après nous avoir fait la conversation le temps d'une nano-minute, Heather se retira et James me conduisit vers la galerie de photos. Les organisateurs avaient décrété que la pièce servirait de petit salon. Il n'y avait ni musiciens ni bar, mais de confortables sofas avaient été installés tout autour de la pièce. James s'assit sur un canapé libre au-dessus duquel se trouvait un triptyque de Maria Magdalena Campos-Pons. Je le rejoignis.

— Je vais t'expliquer, commença-t-il.

— Je t'écoute, lui dis-je sur un ton faussement agréable.

Il n'était pas le seul à faire des cachotteries, mais il ne le savait pas, lui.

— D'abord, je ne suis pas venu avec elle, enchaîna James. Ce sont ses parents qui nous ont offert les invitations de ce soir.

— Tu aurais pu me le dire.

— Oui, j'aurais pu, mais ma mère ne me l'avait pas précisé.

194

Quand je suis entré dans la maison à Gulf Stream, Heather était en bikini sur la terrasse.

Merci. Il aurait pu m'épargner l'histoire du bikini.

— Elle et ses parents dorment à la maison ce soir. Ils partent demain pour les îles Turques-et-Caïques. Alors ma mère a suggéré que nous allions tous au gala.

J'arrivais parfaitement à imaginer la mère de James insister gentiment pour qu'il se rende au gala avec Heather. D'accord !

James me prit la main.

— Alors, tu es rassurée ?

Oui, je l'étais... jusqu'à ce que j'aperçoive Will errer au niveau de l'entrée puis rejoindre la grande salle. Il avait un verre vide dans une main, un kir dans l'autre, et affichait un air renfrogné.

Je fis la grimace.

— Que se passe-t-il ?

— C'est mon ventre.

Je me tenais l'estomac en priant que Will ne vienne pas inspecter cette pièce.

— Il faut que j'aille aux toilettes, dis-je en me levant. Je te retrouve plus tard.

Je sortis du petit salon en quatrième vitesse, évitant au passage de vieilles douairières aux bijoux étincelants.

Merde ! Par où était passé Will ? Je l'entrevis tout à coup alors qu'il entrait dans la salle où se trouvait l'orchestre. Je me glissai derrière lui.

— À la recherche de la fille à la robe lavande ?

Il me sourit.

— Où étais-tu passée ?

— Ah, si tu savais, des dizaines de garçons m'ont demandé de danser avec eux. J'ai dû les chasser à coups de maillet de polo.

Il me tendit le verre plein, et trinqua avec son verre vide.

— Tu préfères boire ou danser? me demanda-t-il.

Il valait mieux que je me tienne éloignée de l'alcool ce soir.

— Danser. Sans hésitation.

Will déposa nos verres sur le plateau d'un serveur et me guida jusqu'à la piste de danse pendant que l'orchestre jouait *Something*; je suis sûre que John Lennon et George Harrison se retournaient dans leur tombe en entendant cette version. Le fait de danser se révéla un exercice difficile puisque j'essayais de faire en sorte que Will se trouve entre l'entrée et moi pour pouvoir me cacher derrière son mètre quatre-vingts.

— Tout va bien? dit-il en baissant les yeux vers moi.

— Oui!

Je me détendis et posai ma tête contre son épaule, puis me raidis tout à coup quand je crus apercevoir James.

*Fausse alerte.*

— Tu as l'air... crispé, remarqua Will.

Il fit descendre dangereusement (mais agréablement) sa main droite le long de mon dos, près de mes fesses. En temps normal, j'aurais adoré ça. Mais ce qui se passait ce soir était tout sauf normal. La situation était digne d'un scénario des Marx Brothers.

*Réfléchis. Vite.*

— J'ai juste un peu mal au ventre.

— C'est la faim. Viens, je t'emmène au buffet. Ce traiteur est connu pour ses beignets de crevettes à la noix de coco. Il faut que tu y goûtes.

Bien que l'idée de manger quoi que ce soit me répugnait autant que boire, je n'avais pas d'autre choix que de suivre Will jusqu'au buffet de la grande salle. Je m'apprêtais à prendre l'assiette en porcelaine que Will me tendait quand je vis James faire la queue à l'autre bout.

C'est fou à quelle vitesse les crampes d'estomac peuvent se manifester.

Après lui avoir promis de revenir rapidement, je me précipitai vers les toilettes des femmes qui étaient aussi bondées que les autres pièces. Je fis s'écouler un laps de temps nécessaire à une crise intestinale, puis partis à la recherche de James cette fois-ci.

Et maintenant, permettez-moi une petite digression philosophique : certaines personnes n'arrivent pas à détourner leur regard d'une scène d'accident de voiture. Je le comprends, mais c'est horrible, cette fascination maladive. Et il peut arriver que ce soit votre propre voiture qui fonce droit dans le mur à cent soixante kilomètres heure.

De retour dans la salle principale, mon regard se posa sur James. Et sur Will. Ensemble, au bar. Ils trinquaient comme des amis qui s'étaient perdus de vue depuis longtemps.

Will m'aperçut en premier et me fit signe de les rejoindre.

— Megan, viens ! J'ai dû batailler avec lui pour avoir la dernière crevette à la noix de coco.

J'espérai désespérément que Will n'avait pas remarqué le clin d'œil que James m'avait adressé en me voyant approcher. Il reprit :

— Megan, je te présente James Ladeen. Il a fait ses études à…

— Yale ? dis-je en risquant le tout pour le tout.

— Comment le sais-tu ? répliqua Will, surpris.

James se frotta la mâchoire, l'air de réfléchir.

— Ton visage me dit quelque chose…

— Peut-être que tu m'as vue sur le campus, enchaînai-je en lui tendant la main. Megan Smith.

James pointa son doigt vers moi.

— Attends. Tu n'étais pas en biologie ?

— Non, en littérature. Qu'est-ce qui t'amène à Palm Beach, James ? lui demandai-je d'un ton sec.

Il me répondit avec un sourire :

— Oh, j'ai de la famille et des amis ici. Et toi, Regan ?

— C'est Megan, corrigeai-je en résistant à l'envie de lever les yeux au ciel.

Le fait de se tromper délibérément de prénom paraissait vraiment idiot.

Will et James discutèrent durant les dix minutes qui suivirent, pendant que j'essayais de ne pas me mélanger les pinceaux quant à celle que j'étais supposée être et quelle version de ma vie était censée être vraie. Les deux seules choses qui jouaient en ma faveur étaient que James était au courant pour la Megan des quartiers riches, et que je me faisais passer pour une « célibataire » afin de me rapprocher de certaines personnes de l'île. Quand Will lui raconta que nous nous étions rencontrés par l'intermédiaire des jumelles et qu'il m'avait fait découvrir la ville et une partie du Sud de la Floride, James opina de la tête en connaissance de cause.

— Je dois te faire une confession, Regan, me lança James en attrapant un kir et en trinquant avec son nouvel ami, je t'ai vue une fois dans un café près du campus. Je te trouvais mignonne et je voulais aller discuter avec toi... mais tu es partie avant que je n'en aie eu le temps.

J'essayai de trouver quelque chose d'intelligent à répondre à cela, mais la seule chose qui me vint à l'esprit fut un brillant :

— Waouh !

— Tu danses, Regan ? demanda James. Ça ne te gêne pas, Will ?

— Vas-y, fit Will avec un hochement de tête. Mais ne tombe pas amoureux. Megan, on se retrouve plus tard.

James me guida vers la piste de danse et me prit dans ses bras.

— Il t'aime bien, observa-t-il. Il est charmant.

— C'est juste un minet de plus, dis-je sans en penser un mot.

Je vis Pembroke danser avec Suzanne ; elle portait une

longue robe verte qui soulevait ses seins si haut que je craignis qu'elle ne s'étouffe toute seule.

James m'attira contre lui. Je pris une grande inspiration puis expirai. Bon. Le pire s'était produit : James et Will avaient fait connaissance. Et j'avais survécu à la catastrophe.

Quelques instants plus tard, j'aperçus le père et la mère de James non loin de nous. Elle était vêtue d'une longue robe noire en jersey, décolletée dans le dos (très New York), et fronça les sourcils, manifestement surprise de me voir. Puis elle attira son fils vers elle pour danser avec lui.

— Pas de problème, chuchotai-je au-dessus de son épaule. Vas-y. Tu pourras lui expliquer pourquoi je suis ici.

Je m'assis sur un banc vide à côté d'une vitrine dans laquelle étaient exposés des bijoux en jade vieux de deux mille ans, datant de la dynastie Han. Je pensai que Jim Morrison avait eu tort : certains d'entre nous sortent d'ici vivants. J'étais fière de moi parce que j'avais défié l'impossible.

Bien entendu, en voyant Heather s'asseoir à côté de moi, je me rendis compte que je m'étais réjouie trop vite.

— C'est une belle soirée, commença-t-elle.

— Ouais.

Je m'attendais à ce qu'elle m'achève à coups de Manolo.

— Alors, qu'est-ce qui se passe entre toi et ton... cavalier ?

— Will Phillips ? C'est le voisin des jumelles, répondis-je. Et ce n'est pas mon cavalier.

— Je vous ai vus danser, me lança-t-elle d'un air accusateur.

Le voilà, le bruit sec du talon aiguille qui s'abat.

— Tu prends tes désirs pour des réalités, Heather, lui dis-je en essayant de prendre un ton cassant. Si je trompais James, je suis certaine que tu te précipiterais pour l'embrasser et le réconforter.

Elle m'adressa un petit sourire.

— Crois-moi, Megan : je peux le récupérer à n'importe quel moment.

Oh là là, elle se croyait où ? À l'école primaire ?

— On ne parle pas d'un pull que tu m'aurais prêté, Heather. Dis-lui ce que tu veux ! Fais ce que tu veux !

Je me levai et partis. Au moins, Heather avait clairement fait son choix. Je ne pouvais pas en dire autant.

*chapitre 25*

Mes parents et Lily m'appelèrent de bonne heure le matin de Noël ; ils se trouvaient dans l'appartement de ma sœur. Elle ne pouvait pas se rendre dans le New Hampshire à cause de son spectacle, mes parents avaient donc fait le déplacement. Ils étaient allés au théâtre voir Lily sur scène, avaient patiné devant le Rockefeller Center, et dîné dans un restaurant où il aurait été normalement impossible de faire une réservation, mais la grande Lily Langley avait offert des places au premier rang de son spectacle au maître d'hôtel. Lily en profita pour me raconter que les studios Révolution avaient acheté les droits cinématographiques de sa pièce, et que Joe Roth lui-même lui avait promis une audition une fois le script terminé.

Après avoir souhaité un joyeux Noël à tout le monde, je la félicitai, bien entendu, mais je pensai intérieurement que c'était moi la véritable actrice de la famille : j'étais la vedette de *Megan aux deux visages*. Elle donne des cours particuliers... non... elle est journaliste! Megan Smith, une intellectuelle qui milite pour l'égalité. Non, Megan Smith, une garce élitiste des quartiers riches! Elle adore son petit ami, James. Non, elle le laisse tomber pour un autre. Que la course aux embûches commence!

Je leur dis au revoir, me préparai du café et appelai ensuite Charma chez ses parents. Elle était excitée d'avoir de mes nouvelles et exigea un rapport complet de la façon dont les choses se passaient avec les jumelles. Elle m'annonça joyeusement qu'elle pourrait retourner habiter dans notre appartement dès le premier de l'an. Oui, elle s'occupait toujours du théâtre avec les enfants et oui, elle voyait encore Wolfmother. En fait, il allait l'aider à emménager. Quand est-ce que je rentrerais à la maison? Le 15 janvier, lui répondis-je. Je m'excusai de ne pas être disponible pour les aider. Elle me dit de ne pas m'inquiéter quant aux meubles : sa grand-mère de Lewittown s'apprêtait à entrer en maison de retraite et possédait une maison remplie de meubles dont elle devait se débarrasser.

— Je sais bien que le futon de l'Avenue B va te manquer sévèrement, plaisanta-t-elle. Mais il va falloir que tu t'y fasses.

Une fois le téléphone raccroché, je parvins à faire rentrer mon double, moi-même et mes cuisses dans la douche. Ensuite, j'enfilai un pantalon noir Ralph Lauren en velours et un pull noir en cachemire avec un joli décolleté. Il était presque 9 heures, heure à laquelle j'étais attendue dans la villa principale, et plus particulièrement dans la salle de Noël. Non, je ne plaisante pas : dans la maison de Laurel, il y avait une pièce qui ne servait qu'une fois dans l'année pour cette occasion particulière. C'était la secrétaire personnelle de Laurel, une jeune femme effacée du nom de Jillian, qui avait tout organisé. Je l'avais rarement vue. Son travail consistait à envoyer des cadeaux, à en réceptionner et à écrire des cartes de remerciement. Sa seule gloire était sa capacité à si bien imiter la signature de sa patronne que personne ne pouvait deviner que Laurel Limoges ne signait pas ses cartes elle-même.

La décoration de la salle de Noël, qui avait commencé des semaines avant l'événement, était supervisée cette fois-ci par l'illustre designer de New York, Harry Schnaper. Schnaper avait choisi des tons argent et mauve. Il s'était éloigné du rose tant apprécié de Laurel, mais il avait si bonne réputation que Laurel le laissait faire à sa guise ; il alla jusqu'à installer un épicéa bleu au sommet duquel il fit trôner un ange aux cheveux argentés qui ressemblait étrangement à Laurel elle-même. Les cadeaux furent déposés au pied de l'arbre, uniquement si leur emballage était assorti aux couleurs de la salle. Les autres finissaient dans le placard.

Laurel et les jumelles étaient déjà en train d'échanger leurs cadeaux lorsque je fis mon entrée. Laurel était habillée comme pour se rendre au ministère de l'Intérieur : jupe droite noire, chemisier blanc en soie et chaussures noires à talons. Les jumelles, quant à elles, portaient leur haut de maillot de bain ; Sage avait un short écossais bordé de dentelle et sa sœur un corsaire rose taille basse.

Cela faisait un drôle d'effet de fêter Noël avec l'air conditionné.

Laurel avait offert des perles Tiffany aux jumelles, qui cachèrent bien leur joie. Elles lui avaient acheté un beau livre sur l'architecture de Palm Beach. Elle les remercia poliment. Il n'y avait pas la moindre trace d'émotion dans la pièce.

Je n'avais aucune idée de ce qui aurait pu plaire aux jumelles, qui plus est, je n'avais pas une grande fortune à dépenser. Pour Rose, j'avais décidé de graver un DVD de mes chansons préférées qu'elle pourrait transférer sur son iPod. Pour Sage, j'avais eu l'idée d'un pass lui permettant de faire un saut en parachute ; le *Journal Doré* en avait fait la publicité et je m'étais dit que ça lui plairait. Les deux filles eurent l'air surpris que je leur offre un cadeau. À mon grand étonnement, Rose et Sage me tendirent des cadeaux similaires aux miens : je reçus un DVD des groupes de rock alternatif favoris de Rose, et Sage me donna un bon pour un soin au centre d'esthétique de l'Hôtel des Flots.

Ce fut le tour de Laurel. Que peut-on offrir à une femme qui a déjà tout ? Je savais bien que le choix était plutôt restreint. Sur un site de petites annonces, j'avais trouvé une première édition dédicacée du *Sang des autres*, de Simone de Beauvoir, son roman existentialiste sur la Résistance française. Il me valut un impénétrable : « Merci, c'est adorable. » Laurel n'était pas la personne la plus chaleureuse que j'avais rencontrée, mais à moins de me tromper, elle parut véritablement touchée par mon geste.

Noël aux *Anges* : pas de chants joyeux, pas de marrons chauds à faire griller sur le feu. La seule chose à croquer était les fossettes en haut des fesses des jumelles au moment où elles enlevèrent leurs vêtements pour aller faire trempette. Je réussis à leur faire promettre de se tenir prêtes à 5 heures pour étudier, ce qui me valut un regard approbateur de la part de Laurel.

J'avais promis à James d'être chez lui vers 11 heures, mais je fus légèrement en retard à cause du pont levant qui avait bloqué la circulation sur la route entre l'île et le continent. Cette fois-ci, il ne vint pas à ma rencontre devant la maison. Je dus sonner à la porte non sans inquiétude, car je me doutais bien que Sa Majesté Heather serait probablement encore là. Au contraire, la chance était de mon côté. James m'expliqua qu'Heather et ses parents venaient tout juste de partir pour South Beach où ils allaient rendre visite à d'autres amis, et séjourner à l'hôtel Abbey, avant de s'envoler pour les îles Turques-et-Caïques.

C'était le plus beau cadeau de Noël dont je puisse rêver.

Les parents de James se trouvaient dans le salon et lisaient le *New York Times*. Conformément à leur intérieur tout droit sorti d'*Orange mécanique*, leur sapin était artificiel; il ressemblait davantage à une sculpture arboricole abstraite. Il n'était pas du tout décoré. Je ne m'attendais pas non plus à ce qu'ils y aient suspendu des guirlandes de popcorn, mais tout de même…

Le repas de Noël fut servi dans le patio. Au menu : saumon fumé sur des petits toasts ronds, champignons farcis de chair de crabe, concombres à la grecque et salade de fruits frais. Mme Ladeen, qui se revendiquait anticonformiste, appela ce repas un déjeuner « anti-Noël ». Cette fois-ci au moins, je pus m'adresser à notre serveuse en disant : « Merci, Marisol. »

— Dites-nous, Megan, commença Mme Ladeen en s'asseyant en bout de table. Hier soir, James nous a raconté la vraie raison pour laquelle vous séjournez chez les jumelles Baker. Pourquoi ne pas nous avoir dit que vous faisiez une enquête sur elles ? Nous comprenons mieux maintenant.

Mon regard se dirigea rapidement vers James.

— J'ai dû leur expliquer pourquoi tu étais là-bas, me dit-il calmement.

— Comme nous détestons Palm Beach et tout ce qui s'y rapporte, nous sommes absolument enchantés à l'idée que vous prépariez un tel article ! ajouta sa mère.

— Je suis de cet avis, ajouta le Dr Ladeen tout en se servant un autre champignon portobella farci de crabe.

Je m'apprêtais à leur faire remarquer que, la veille au soir, ils avaient assisté à l'un des tout premiers galas de La Saison quand Mme Ladeen me coupa dans mon élan, son verre de chardonnay à la main :

— Marisol, servez-moi. Qu'est-ce que je disais… Nous avons rencontré les jumelles au gala. Est-ce que James vous l'a dit ?

Ça alors! Il s'était bien gardé de m'en parler.

— Elles étaient habillées comme des poupées. Ces filles n'ont aucune éducation et sont bêtes comme leurs pieds, conclut-elle avant de siroter son vin.

— Elles sont un peu plus que cela, lui dis-je.

— Vraiment? Il est vrai que je n'ai pas vérifié le contenu de leur sac Prada!

Mme Ladeen sourit, manifestement satisfaite de sa plaisanterie.

— Pour vous dire la vérité, elles ne sont pas idiotes. Elles ont simplement grandi avec l'idée qu'elles devaient être riches, belles et stupides et elles ont donc fait ce qu'on attendait d'elles.

Ceci me fit penser à l'une de mes citations préférées :

— *Si les situations sont définies comme réelles, elles sont réelles dans leurs conséquences.*

— W.I. Thomas, *The Unadjusted Girl,* aux éditions Little, Brown, il me semble, répliqua Mme Ladeen avec un sourire de dédain. Ses idées étaient déjà considérées comme surfaites à mon époque. On les enseigne encore à Yale?

James s'éclaircit la voix, mais je poursuivis :

— En effet. On les enseigne également à Duke où les jumelles vont poursuivre leurs études l'année prochaine.

Que voulez-vous? Je ne suis pas du genre à laisser tomber.

Mme Ladeen se mit à rire.

— Voyons, Megan. Les cours particuliers, ce n'est qu'un stratagème, n'est-ce pas? Vous ne baissez pas dans mon estime pour autant, ma chère. Bien au contraire, j'admire votre tactique. Elle est d'une finesse diabolique. Et si cela marche, votre article n'en sera que meilleur. Mais évidemment, vous ne comptez pas dessus, n'est-ce pas?

James me connaissait suffisamment pour savoir que c'était le moment idéal de me proposer une promenade : il me demanda si je voulais aller faire un tour sur la plage.

Croyez-moi, nous n'aurions pas manqué de sujets de conversation, mais je ne pouvais pas rester. Je devais retourner aux *Anges* pour les filles.

Plus tard, sur l'autoroute qui menait à Palm Beach, je ne pus m'empêcher de repenser à ce que Mme Ladeen avait dit sur les jumelles. Un mois plus tôt, j'aurais certainement ri avec elle de tout cela. Mais aujourd'hui, je les avais défendues. J'avais même affirmé qu'elles entreraient à Duke.

Bien entendu, je désirais obtenir le bonus de soixante-quinze mille dollars si elles réussissaient. Mais je ressentais quelque chose de plus profond que cela. Au fil du temps, j'étais véritablement devenue leur professeur... et certainement plus encore.

*chapitre 26*

— Tourne-toi légèrement sur la gauche, Megan, fit
Daniel Dennison avec son accent chantant venu tout droit
d'Australie.

Je me tenais debout sur une estrade en bois pas plus large
que le dossier d'une chaise; je réussis à faire glisser mes
pieds vers la gauche. Cela me paraissait bizarre que l'homme
qui avait posé pour la couverture de *Time Magazine* avec
comme gros titre « Le Sauveur de la Mode? », se trouve en
ce moment même en train de regarder sous ma robe. Ou,
devrais-je dire, *sa* robe, celle qu'il avait créée, ainsi qu'une
autre, pour le défilé de bienfaisance du gala Céleste du
Nouvel An organisé aux *Anges*.

Le défilé était l'événement principal de la soirée. Une
myriade de grands couturiers, qui se trouvaient être des
amis de Laurel (Vera Wang, Donatella Versace, Anna Sui,
et d'autres encore), étaient ravis d'y participer, ainsi que
des actrices célèbres, des mannequins et des princesses

de Palm Beach. Après le spectacle, il y aurait une enchère secrète pour acquérir ces robes uniques, et tous les profits consécutifs seraient versés à la Fondation Céleste. En règle générale, les recettes de la vente dépassaient les deux millions de dollars.

Deux jours s'étaient écoulés depuis Noël et je me trouvais en compagnie des jumelles sur l'île de Grand Bahama, dans la maison de vacances de ce grand styliste australien, Daniel Dennison, autrefois le plus jeune créateur de l'histoire de Chanel et le chouchou actuel du monde de la mode. Laurel avait tout fait pour louer ses services cette année. Elle avait réussi, c'est pourquoi nous faisions des essayages de robes dans son studio qui n'était pas moins grand qu'un terrain de basket-ball et dont le mur en verre donnait sur la mer. Il y avait six petites estrades destinées aux retouches des robes portées par les mannequins, des rouleaux de tissus éparpillés partout, une immense table qui servait à la coupe, et un mur rempli de croquis épinglés sur un gigantesque tableau de liège.

Les jumelles et moi-même avions fait le trajet en avion depuis le continent, dans le jet de Laurel ; un saut de puce qui ne prit que vingt minutes. Après avoir passé les douanes, une des employés de Daniel était venue à notre rencontre ; c'était une femme du nom de Nance qui se montra excessivement dévouée. Elle s'était mise au volant de la Range Rover de Daniel, et nous avait conduites dans la « petite maison » de ce dernier (c'était le terme qu'elle avait utilisé) pour nos essayages.

En ce qui concerne les jumelles, elles avaient passé toute la matinée à faire des révisions en maths et en sciences. Leur bulletin du premier semestre était arrivé du lycée par le courrier ce matin-là. Sage avait obtenu plusieurs C+ et un B−, ce qui n'était pas fabuleux, mais représentait un véritable progrès par rapport aux semestres précédents. Rose s'était surpassée : elle avait obtenu des B partout, sauf en biologie où elle avait écopé d'un C. Il est vrai que ces notes ne méritaient pas un *Nous sommes heureux de vous accueillir en première année à l'université de Duke*, mais elles démontraient une amélioration indéniable. Le plus encourageant était que, depuis quelques jours, il n'y avait eu ni chicaneries, ni remarques blessantes, ni méchanceté pendant nos séances, même de la part de Sage. Je les tenais dans le creux de ma main. Tout ce qu'il me restait à faire à présent était d'écouter attentivement et de continuer à prendre des notes pour mon enquête. J'essayais de refouler le sentiment de trahison que mes recherches suscitaient en moi, mais la culpabilité refaisait surface de temps en temps.

— Juste ici, Marie, indiqua Daniel à une jeune femme qui tenait des aiguilles entre ses lèvres.

Sage se tenait à ma droite et Rose à ma gauche, prises en charge par d'autres assistants. Daniel papillonnait de l'une à l'autre pour donner des conseils et des ordres, réconforter et réprimander ; de temps en temps, il ajustait lui-même le tissu pour obtenir un résultat parfait. Les jumelles commençaient à s'impatienter. Contrairement à moi, elles n'en étaient pas à leur premier défilé. Ma réaction, quand on m'avait proposé d'y participer, avait été un véritable cri d'horreur :

— Il n'en est pas question !

Je m'étais représenté toutes les gazelles élégantes à la taille de guêpe qui défileraient ce soir-là, suivies par votre humble narratrice, la reine du banc de touche et non pas du terrain, qui ferait grincer les planches en trémoussant ses grosses fesses taille 40. Il n'y avait qu'une seule personne dans ma famille qui était venue au monde avec la grâce requise pour défiler sur un podium, et ce n'était certainement pas moi. Lily était toujours au premier plan sur les photos, adressant un large sourire en direction de l'appareil. J'étais celle qui dissimulait ses hanches derrière un autre membre de la famille ou un coussin judicieusement placé.

Et pourtant c'était bien moi qui me trouvais sur une estrade haute de trente centimètres, sous le regard d'un des plus grands couturiers du monde.

— Ne bouge pas, Meg, m'avertit Daniel alors que Marie passait une aiguille afin de maintenir le tissu juste sous ma poitrine. Tu ne voudrais pas te faire embrocher.

Il venait d'épingler une étoffe de tulle blanc, et le tissu qui couvrait mon décolleté était si fin qu'il donnait l'impression que je ne portais qu'un voile jusqu'à l'endroit où débute le téton. Le bustier était copieusement décoré de perles blanches et argentées et se fondait dans la jupe qui descendait jusqu'au sol avec de grands plis majestueux.

— Tourne-toi encore, me dit Daniel. Vers moi. Penche-toi en avant maintenant. Ne bouge plus.

Je m'exécutai; j'avais l'impression de me trouver dans une mauvaise vidéo amateur. Il fixait mon décolleté en faisant la grimace. Soit cela ne lui faisait ni chaud ni froid, soit il jouait dans la même équipe que Marco. Certainement les deux.

Il épingla quelques aiguilles de plus.

— Ça va, on a terminé avec celle-ci. Rose, on dirait que la tienne est prête aussi. Sage, je vais m'occuper de toi personnellement. Je n'aime pas la façon dont tombe la fermeture, et je sais exactement comment y remédier. Marie, apporte des peignoirs pour Megan et Rose. Vous pouvez aller dehors sur la terrasse, les filles, il y a des rafraîchissements qui vous attendent. Sage, ne bouge pas sous peine de mort.

— Pas de soucis, lui répondit-elle. Rose, Megan, j'arrive dans deux minutes. Ne buvez pas tout le champagne.

Rose enfila un peignoir et se dirigea vers la terrasse de derrière; je la suivis. Comme l'avait deviné Sage, Daniel avait mis une bouteille de Taittinger au frais, leur champagne

211

préféré. Une Bahamienne à la beauté sculpturale vint nous apporter un plateau de crudités et des fruits tropicaux.

Je la remerciai, bus une gorgée de champagne et levai le visage vers le soleil.

— Est-ce que tu as vu Thom hier soir?

Rose secoua la tête.

— Il servait encore à un repas. Je ne l'ai pas revu depuis le gala de Noël. C'était vraiment bizarre ce soir-là. On ne s'est pratiquement pas parlé de la soirée. Tu vois, il était là, moi aussi, mais on ne pouvait pas être ensemble. C'est tragique!

Pour l'amoureuse des grandes tragédies romantiques que j'étais, son commentaire me sembla un peu exagéré, on était loin de *Roméo et Juliette* tout de même.

— Je ne vois pas pourquoi. Je suis sûre qu'il aurait apprécié un peu de compagnie.

— Tous mes amis étaient là! protesta Rose. Ce n'est pas si simple.

Je bus une autre gorgée de champagne et regardai la manière dont le soleil brillait dans ses cheveux, ses yeux étincelants, sur ses pommettes saillantes et la petite fossette de son menton finement sculpté. Elle était d'une beauté lumineuse.

— Que pourrait-il arriver si Thom et toi disiez à tout le monde que vous sortez ensemble? lui demandai-je. Vous n'auriez même pas besoin de le dire. Vous n'avez qu'à agir naturellement.

— Non, mais tu rigoles!

— Non, je suis tout à fait sérieuse, lui répondis-je sèchement.

Elle dirigea le regard vers l'atelier de Daniel pour s'assurer que Sage n'allait pas apparaître sur la terrasse.

— Eh bien, pour commencer, Sage gâcherait tout.

— Voyons, Rose. Qu'est-ce qu'elle ferait, d'après toi? Elle

te casserait les pieds pendant quelque temps. Tu t'en fous pas mal de ça !

Elle vida sa flûte de champagne et la posa sur la table. Puis son regard se perdit au loin, dans les vagues ; elle resta silencieuse. Cet instant me fit penser à la première fois où nous avions eu une vraie conversation après le départ de Zenith, quand les projets de Sage pour atteindre la prospérité et l'indépendance s'étaient effondrés. Elle resta ainsi pendant un certain temps, sans parler. Le seul bruit qui nous parvenait était le clapotis de l'eau juste au-dessous. Finalement, les yeux toujours rivés droit devant elle, elle se mit à parler. Sa voix était si douce que j'avais du mal à l'entendre.

— Je me souviens du vol de Boston à Palm Beach, après la mort de nos parents. On était dans l'ancien avion de grand-mère. L'hôtesse nous avait apporté des coupes de glaces, comme si ça allait nous remonter le moral. Je me rappelle avoir regardé la glace fondre.

Elle passa les bras autour de son torse svelte.

— Je me souviens de m'être dit que je devais sûrement ressentir quelque chose, mais je ne ressentais rien. Ni peur. Ni tristesse. Juste... rien. Quand le pilote a fait démarrer le moteur, j'ai réalisé que tout ça, c'était la réalité. Alors Sage... m'a prise par la main et m'a dit : « Tant qu'on est ensemble, on n'est pas des orphelines. »

Rose se tourna vers moi, ses yeux brillaient, elle était au bord des larmes.

Je m'en voulais de lui avoir fait évoquer tous ces mauvais souvenirs. Je n'avais jamais été confrontée à ce genre de tragédie, et il n'y avait pas que ma sœur sur qui je pouvais compter. Je tendis la main et serrai la sienne.

— Je comprends, Rose.

— Voyez-vous ça ! On sympathise avec l'ennemi ?

Sage se tenait derrière nous, les mains sur les hanches. Elle s'était adressée à nous sur un ton désagréable.

Rose retira brusquement sa main de la mienne comme si nous venions de nous faire prendre en train de tricher.

— Daniel a terminé ta robe ? demanda-t-elle à sa sœur.

— Non, je suis sortie pour partager votre moment de bonheur digne de *Sept à la maison*.

Sage resserra la ceinture de son peignoir et avala une grande gorgée de champagne directement au goulot de la bouteille.

— Alors, c'est quoi ce tripotage ?

Rose n'était pas censée m'avoir confié autant de choses sur sa sœur.

— C'est personnel, lui répondis-je.

— Voyez-vous ça ! On se fait des confidences ?

Le visage de Sage n'affichait que du dédain. Où était passée la fille qui s'était montrée si attentionnée envers moi avant le gala de Noël ? Sage se tourna vers sa sœur.

— Tu ne crois tout de même pas qu'elle s'intéresse à toi, quand même ?

— Eh bien… si ! lui lança Rose en redressant ses épaules toutes bronzées et pleines de taches de rousseur.

— T'es aveugle ou quoi, Rose ? fit Sage d'un ton méprisant. Tout ce qui l'intéresse, c'est l'argent que grand-mère lui a promis si on est admises à Duke.

Rose eut l'air de ne rien y comprendre.

— Qu'est-ce que tu racontes ? Megan est déjà riche.

— Elle m'a raconté que ses parents lui avaient sucré son argent de poche parce qu'elle avait fait un coup à la Précieuse, et elle ne touchera pas l'argent de son héritage avant ses trente ans ou quelque chose comme ça.

En réalité, je n'avais rien dit de tout cela à Sage. Mais je n'avais rien fait non plus pour la dissuader de cette explication qu'elle « avait devinée » toute seule.

Rose continua sans se laisser démonter, Dieu merci.

— Ça, c'est son problème, pas le nôtre. Si tu fais tout foirer, c'est nous qui serons dans la merde!

Sage se leva si brusquement qu'elle faillit renverser sa chaise.

— Tu sais quoi, Rose? Si je foire mon SAT mais que toi, tu obtiens 2 400 points, tu ne toucheras pas l'argent pour autant. Alors je te donne un petit conseil : c'est plutôt à moi qu'il faut que tu cires les bottes, pas à elle. Parce que maintenant, tu peux aller te faire foutre!

Elle partit, furieuse, et descendit l'escalier quatre à quatre vers la plage.

Je me retournai vers Rose qui affichait plus que de la tristesse.

— Ça va aller, ma puce, la réconfortai-je en lui tapotant doucement la main. Elle flippe à cause de cette histoire d'argent, c'est tout.

Je me penchai en avant pour attraper le plateau de fruits et le lui tendis.

— Tu devrais manger...

— Tu ne comprends rien du tout, Megan, dit Rose en se levant. Elle est tout ce que j'ai au monde.

Puis elle descendit l'escalier, elle aussi, pour rejoindre sa sœur.

La fin tragique de deux relations amoureuses dans la même journée est une chose qui :

*a.* n'arrive que dans les films.
*b.* n'arrive qu'à Palm Beach.
*c.* n'arrive qu'aux garces.
*d.* n'arrive qu'à cause de malentendus.
*e.* ne peut être surmontée qu'à l'aide d'une bonne cuite.

## *chapitre 27*

La rébellion de Sage contre sa sœur était une sacrée aubaine pour nourrir ma saga sur Palm Beach. Une motivation qui aurait dû me propulser vers mon ordinateur afin que je tape cette histoire mot pour mot. Au contraire, je ne ressentais que de la tristesse. Non seulement pour Sage, mais aussi personnelle.

Je n'aimais pas la fille que j'étais devenue, une fille prête à profiter du chagrin de deux jumelles marquées par la mort de leurs parents. J'avais obtenu toutes ces histoires en ne pensant qu'à moi et en racontant des mensonges à tout le monde. Sage, au moins, avait une excuse : sa croissance émotionnelle s'était arrêtée au moment même où cet avion avait plongé droit dans l'océan. Contrairement à elles, j'avais eu une enfance normale, mis à part le fait que mes parents étaient des mordus de compost. Quelle était donc mon excuse ? J'avais parfois l'impression qu'elles se comportaient avec moi comme si j'étais une mère adoptive.

C'est avec cette pensée que je m'étais endormie le soir, après les essayages, et avec laquelle, je me réveillai le lendemain quand James m'appela. Les choses allaient mal à *East Coast*. Il devait retourner à New York dans l'après-midi et voulait que l'on se voie pour prendre un verre ensemble avant qu'il ne rejoigne l'aéroport.

Nous devions nous retrouver sur la terrasse du Palais d'Or sur Worth Avenue, un restaurant qui était chargé d'autant de dorures que j'étais chargée de culpabilité. Je portais enfin une tenue dans laquelle je pouvais respirer : un pantalon Chloé assez large au niveau de la taille avec des rayures grises, et un gilet par-dessus un T-shirt gris clair de chez Imitation of Christ, tout droit sortis de la valise de Marco. Ce travesti avait du goût. Un mec génial, un ami en or. Et une personne de plus que j'utiliserais dans mon article.

James était déjà arrivé. Il se leva pour m'embrasser, mais je ressentis une drôle d'impression. Je m'assis en face de lui. Il commanda deux bloody mary puis tendit le bras pour prendre mes mains.

— Qu'est-ce qui se passe à *East Coast* ? demandai-je.

Il s'adossa contre son siège et se passa la main dans les cheveux.

— Explique-moi pourquoi tout le monde se lance dans l'écriture ! Un autre manuscrit de compositeur de chansons vient d'arriver. Mais celui-là est pire que tout. Irrécupérable. Alors, je suis censé en trouver un autre qui puisse écrire une histoire en une semaine.

— Jimmy Buffet pourrait faire l'affaire, lui suggérai-je.

— Il faut que ce soit un inconnu, et un jeune ! soupira-t-il.

La serveuse, une poupée blonde comme on en trouve partout à Palm Beach, nous apporta nos boissons ainsi qu'une corbeille de pain frais. James se mit à siroter son verre. Je fis de même, histoire de m'occuper.

— Alors, comment ça se passe pour toi? demanda-t-il enfin.

Quoi? Est-ce qu'il sentait aussi qu'il y avait du changement dans l'air?

— Pour ton article, précisa-t-il. Tu dois déjà avoir pris pas mal de notes. Tu devrais peut-être commencer à réfléchir à la forme et à rédiger un premier jet. Tu incorporeras le reste plus tard, quand tu seras de retour, et...

— Non, laissai-je échapper.

Il sourit.

— Tu veux l'écrire à l'arraché? Tu prends des risques. Tu sais, c'est quand même mieux si tu exposes les grandes lignes au fur et à mesure et...

— Ce n'est pas ce que j'ai voulu dire, James. Non, je ne vais pas écrire cet article.

Je faillis me retourner pour voir qui avait parlé. Pourtant, une fois les mots sortis de ma bouche, je savais que j'avais pris la bonne décision.

Il éclata de rire.

— Non, tu rigoles, Megan...

— Je suis sérieuse.

— Bon, je peux te poser une question?

Il croisa les mains et les posa sur la table.

— Bien sûr, répondis-je en me penchant en avant.

— Tu as perdu la tête ou quoi?

— Je les aime bien, murmurai-je. Les jumelles.

— Tu les aimes bien?

Il me regarda comme si un troisième œil venait d'apparaître sur ma joue.

— Si j'ai bien compris, tu ne vas pas écrire sur elles parce que tu les *aimes bien*?

— On peut dire ça comme ça.

Il secoua la tête, croisa les bras et m'observa comme si j'étais une étrangère.

— Je suis une vraie journaliste, dis-je pour me défendre. Tu devrais jeter un coup d'œil à mes notes. Si tu savais tout ce par quoi je suis passée pour les obtenir ! Quand je suis arrivée et que j'ai fait parler le cuisinier sur les jumelles, il m'a dit texto : « Elles ont souffert. » Je ne te mens pas !

— Du bon travail, en effet, reconnut James.

— Non ! Tu ne comprends rien ! Je ne me vois pas profiter du malheur de deux adolescentes qui ont perdu leurs parents et ne s'en sont jamais remises ! Ça ferait de moi un monstre !

La serveuse s'approcha de notre table pour demander si nous désirions autre chose. Je lui fis signe que non. James se prit la tête dans les mains.

— Si tu t'es aperçue que les jumelles Baker étaient marquées par la mort de leurs parents, ce qui, soit dit en passant, n'est pas une grande découverte, trouve un moyen d'écrire un article intéressant là-dessus. Mais ne fous pas en l'air la plus grande opportunité de ta vie simplement parce que tu as pitié de deux pauvres petites filles riches.

Je le regardai droit dans les yeux.

— Je ne peux pas leur enseigner certaines choses et écrire un article sur elles en même temps, James. Ce serait de la pure hypocrisie de ma part.

Il tapota nerveusement sur la table.

— Je vois clair dans ton jeu.

— Explique-toi.

— Regarde-toi, me dit-il en faisant un geste dans ma direction.

Je baissai les yeux puis le regardai de nouveau.

— Ta coiffure, ton maquillage, tes vêtements, énumérat-il. Megan, tu es devenue leur clone.

— C'est complètement ridicule.

— Non, c'est clair quand on y réfléchit bien, dit-il, sûr de lui. C'est le syndrome de Stockholm : la victime sympathise avec ses geôliers. Dans ton cas, on parlerait du syndrome de Palm Beach : l'écrivain s'identifie à ses personnages.

— Simplement parce que j'ai changé de look...

— Tu as changé.

James agrippa le bord de la table et se pencha vers moi, le regard perçant.

— La Megan que je connaissais avait l'étoffe d'un vrai écrivain. Elle se foutait pas mal des grands couturiers et de tout ce tralala. Et elle n'aurait jamais laissé ses sentiments l'empêcher d'écrire un article.

— Je n'ai pas...

Je ne pus jamais finir cette phrase car c'est à ce moment-là que je vis Will descendre Worth Avenue sur le trottoir d'en face. Sans croire vraiment au pouvoir de la prière, je priai quand même de toutes mes forces pour qu'il ne nous voie pas.

Mais Will s'arrêta, se protégea les yeux du soleil pour discerner l'autre côté de la rue. Ce fut ensuite au tour de James de vouloir distinguer la personne que je fixai du regard.

Les choses s'enchaînèrent rapidement pour l'un comme pour l'autre. Will continua son chemin sans demander son reste, l'air déterminé et furieux. James se tourna vers moi :

— Tu couches avec lui ? me hurla-t-il à la figure.

Est-ce que ça compte si ce n'est qu'en rêve ?

— Non.

C'était la vérité. Je ne l'avais même pas embrassé.

— J'arrive pas à le croire !

— Il ne s'est rien passé, James, insistai-je. Rien.

Il se leva.

— Je te conseille de bien réfléchir à ce que tu es en train de faire Megan. Tu rentres bientôt. Tu vas redescendre de ton petit nuage. Et après ? Tu crois que les *Cours pour la préparation au SAT* ça va te mener loin dans le monde de l'édition ?

Nous connaissions tous les deux la réponse à cette question.

Je tendis le bras pour lui prendre la main.

— Je sais que tu es en colère. Et c'est peut-être de la folie mais...

— Tu ne vas pas changer d'avis, continua-t-il.

— Je ne pense pas, non.

— Franchement, Megan, je crois sérieusement que tu ne t'es pas posé les bonnes questions. Sur le boulot. Sur nous.

Il jeta quelques billets sur la table et reprit :

— On devrait faire un break jusqu'à ce que tu reviennes à New York. C'est assez bizarre d'avoir un otage comme petite amie.

Je voulus m'excuser, lui dire qu'il avait raison, que j'avais tort, et que j'écrirais cet article, bien sûr. Mais je n'en fis rien, j'en étais incapable.

Je regardai James monter dans sa Volvo et s'éloigner.

Je restai assise pendant quelques minutes à fixer le coin de la rue où la voiture de James avait disparu. J'aurais aimé avoir quelqu'un à qui parler. Un ami. Puis je me mis à marcher vers la galerie Phillips sans me rendre compte de ce que je faisais.

À l'intérieur, Giselle s'entretenait avec une jeune femme vêtue d'une minijupe écossaise orange et un homme qui devait avoir le double de son âge et dont les implants capillaires n'avaient pas encore bien pris.

— Bonjour, Megan, fit-elle après que le couple mal assorti fut sorti. Will est dans son bureau. Vous n'avez qu'à frapper.

Je fis comme elle me l'avait dit. Il répondit « Entrez ! » sans même demander qui était là.

— Salut.

Son bureau était petit, sans fenêtre et il y avait des livres d'art ouverts dans tous les coins de la pièce. Je regardai brièvement le document Excel qui s'affichait sur son écran mais je ne m'y intéressai pas longtemps. Le rapide coup d'œil qu'il me lança avant de se remettre au travail voulait clairement dire que je ne l'intéressais pas non plus.

— Salut, répétai-je. Est-ce que je peux te parler?

Il m'adressa un regard froid.

— Je suis occupé.

— Tu es la seule personne que je puisse considérer comme un ami, lui dis-je en le pensant vraiment. S'il te plaît, accorde-moi juste cinq minutes...

Il ferma son ordinateur portable et me fit signe de m'asseoir sur une des chaises pliantes. Puis il croisa les bras.

— Je t'écoute.

— Eh bien... je t'ai vu tout à l'heure, admis-je. Enfin, je sais que tu m'as vue tout à l'heure.

— Avec ce mec de Yale que tu connaissais à peine. C'est le début d'une grande amitié?

— C'est... compliqué.

Une partie de moi voulait lui dire toute la vérité, mais ensuite? Il me haïrait. Les jumelles me haïraient. Tout le monde me détesterait. Je serais foutue jusqu'à la moelle.

Il fronça les sourcils et secoua la tête.

— C'est quoi, ton problème, Megan? J'aimerais bien comprendre. Je veux dire : chaque fois que j'arrive à percevoir qui tu es réellement...

— Et toi, alors? répliquai-je.

D'accord, j'étais manifestement sur la défensive et plutôt abattue et meurtrie.

— Un jour tu te la joues playboy du monde moderne, et l'autre tu es monsieur le passionné d'art au grand cœur.

Je vis un muscle s'animer sur sa joue. J'avais dû toucher un point sensible.

— Tu as terminé? demanda-t-il.

Je discernai de l'exaspération dans sa voix.

— Je ne veux pas me fâcher avec toi, Will. Ça n'en vaut pas la peine.

— Tu as raison. Ça n'en vaut pas la peine.

Il se leva et ouvrit la porte de son bureau d'un geste vif.

— Au revoir, Megan.

Lors d'un gala de charité, une salle de réception accueille 0,6 personne par mètre carré. Combien d'hommes et de femmes célèbres pourraient assister à une soirée organisée dans une villa de 1 300 mètres carrés ?

a. 200
b. 300
c. 400
d. 800

## chapitre 28

Nul besoin d'avoir fait ses études à Yale pour connaître la citation la plus célèbre de Francis Scott Fitzgerald, extraite de *Gatsby le Magnifique* : « Les gens riches sont très différents de vous et moi. »

À quoi Ernest Hemingway avait répondu : « Oui, ils ont plus d'argent. »

Voici ce qu'il aurait dû dire : « Oui, ils organisent des soirées plus grandes et plus prestigieuses. »

Je pensais avoir vu le summum de l'extravagance au gala Rouge et Blanc ainsi qu'au gala de Noël au Norton Museum of Art. Mais comparés à ce qui se préparait à la propriété des *Anges*, ces deux galas n'étaient que de la roupie de sansonnet. Je me rendis rapidement compte que personne ne pouvait rivaliser avec Laurel Limoges.

Le premier indice qui me conduisit à cette conclusion fut l'arrivée d'agents des services secrets deux jours auparavant : ils avaient installé un poste de commande et un périmètre de sécurité autour de la propriété. Ce jour-là, je déjeunai avec Marco et Keith qui venaient juste de rentrer du New Jersey. Marco nous cuisina un risotto à la truffe blanche râpée. Il n'existe pas de mots pour vous décrire le bonheur que ce fut pour mes papilles mais également le malheur pour mes hanches.

— Ils attendent qui? Le président? plaisantai-je.

— L'ancien, ma chère, me répondit-il en remplissant de nouveau mon verre. Deux d'entre eux.

Il me confia que les P-DG des entreprises les plus fortunées, ainsi qu'une poignée d'hommes d'États et un nombre incalculable de stars du cinéma, de la mode et du sport seraient également présents.

— Alors, prête pour faire ton coming-out? me demanda Marco.

— Mon quoi?

— Il parle du défilé de mode, expliqua Keith. Toutes les belles femmes devraient avoir la chance, au moins une fois dans leur vie, de défiler au cours d'un magnifique spectacle de mode.

Je visualisai tout à coup le risotto en train de s'entasser sur mes hanches flasques.

— Je suis tellement plus grosse que les autres filles qui vont défiler.

— Les tendances évoluent, chérie, m'assura Keith. Il y a quelques années, c'était « héroïne chic », tu te souviens?

Il eut un frisson en ajoutant :

— Toutes ces matrones de Palm Beach qui faisaient l'impossible pour ressembler à des adolescentes en manque? Une vision d'horreur!

Marco trinqua avec moi.

— Tchin-tchin, chérie. Tu es belle, fabuleuse et parfaite. Il n'y a rien à ajouter et rien à jeter.

— Mais je ne sais pas défiler, protestai-je.

— Les épaules en arrière, tu dégages ton cou et tu lèves la tête bien haut, me conseilla Keith.

— Sans oublier le déhanché, ajouta Marco. Mais tout le monde sait faire ça.

Je blêmis.

— Je... ne sais pas me déhancher.

— *Top Model?* suggéra Marco. Je connais une dizaine de drag-queens qui s'habillent et savent défiler mille fois mieux que les mannequins de cette émission.

Il se leva, posa une main sur sa hanche et se mit en place pour nous faire une parfaite imitation de la démarche des mannequins.

— Tu avances comme si tu suivais une ligne droite, chérie, m'expliqua-t-il tout en parcourant la cuisine de long en large.

Une fois arrivé au bout de la pièce, il se tourna vers nous et ajouta :

— C'est plus ou moins comme si tu marchais sur une corde.

Il nous rejoignit enfin puis tendit les bras vers moi pour m'encourager à défiler à mon tour.

Je fis un essai, me sentis ridicule et perdis l'équilibre.

— Quelle élégance ! maugréai-je.

— Bon, pour commencer, ne regarde pas tes pieds. Redresse la tête. Sors la poitrine. Le monde t'appartient ! Essaie encore.

Je redressai la tête, je sortis la poitrine. Le monde m'appartenait. Je parcourus la cuisine dans sa longueur. Ma prestation ne fut que légèrement meilleure que la précédente.

— Chérie, ce que tu as de plus sexy se trouve ici même, dit-il en pointant le doigt vers sa tête. Garde ça à l'esprit et le reste suivra.

Pendant les quelques jours qui suivirent, alors que décorateurs et techniciens s'agitaient en tous sens, je m'entraînais à marcher de long en large dans ma chambre à la manière d'un mannequin. Mais chaque fois, j'avais l'air d'un âne.

Le deuxième indice qui me fit comprendre que personne ne pouvait rivaliser avec Laurel Limoges fut de voir la gigantesque armée d'employés en tout genre qui envahirent la propriété quelques jours avant le gala. Plusieurs chapiteaux furent érigés : un premier pour le service traiteur, un deuxième qui serait utilisé comme vestiaire, un troisième avec air conditionné et moustiquaire au cas où l'air serait étouffant ce soir-là, et un dernier pour la vente aux enchères secrètes.

Peu après son installation, je fis un tour sous la tente qui allait abriter la vente. L'étalage de marchandises aurait pu remplir les stocks d'un grand magasin : il y avait des caisses de bouteilles de vin, des manteaux de fourrure, des billets de croisières autour du monde, des boucles d'oreilles en diamant de chez Tiffany, un bon pour un rôle de figurant dans *Grey's Anatomy*... Et tout ça n'occupait qu'une aile de la tente. Pour la vente des robes de haute couture que nous allions porter pour le défilé, des photos des robes avaient été disposées près de mannequins grandeur nature. L'enchère minimum pour chaque robe était fixée à cinq mille dollars.

Tout avait été prévu pour que la soirée se déroule à merveille. Des coffres d'amarrage avaient été mouillés en rade pour que les invités puissent venir en bateau. Afin d'éviter les embouteillages, un nombre limité de pass avaient été attribués au gratin de Palm Beach seulement, ainsi qu'aux actionnaires d'une entreprise que Laurel avait l'intention d'acquérir. Des minivans seraient mis à la disposition des autres invités depuis l'Hôtel des Flots, Mar-a-Lago, l'hôtel Colony et le Ritz-Carlton. Il y avait une hélistation équipée d'un hélicoptère de secours au cas où le cœur d'un riche octogénaire viendrait à s'emballer à la vue de corps trop dénudés qui flâneraient du côté de la piscine des jumelles.

Enfin, c'est en la voyant de mes propres yeux que je compris que la fête du Nouvel An de Laurel était le plus grand événement de La Saison.

Je descendis vers neuf heures et quart et la soirée était déjà très animée. La propriété regorgeait de joyeux convives beaux et célèbres et d'autres tout aussi beaux quoique moins célèbres. Je suivis les allées bondées d'invités tout en cherchant Will des yeux. Nous ne nous étions pas revus depuis notre dernière conversation à la galerie. Peut-être n'allait-il pas venir. Je fus arrêtée dans mon élan par une personne qui m'indiqua de me ranger sur le côté : l'homme que je considérais comme le meilleur Président que j'ai jamais connu passa à côté de moi, accompagné de sa fille ; ils étaient entourés de deux agents des services secrets.

Qui disait que l'on ne voyait pas la queue d'un démocrate à Palm Beach ?

Il y avait déjà beaucoup de monde sous le chapiteau-vestiaire bien qu'il reste encore quarante-cinq minutes avant l'arrivée des mannequins pour le maquillage et la coiffure. À New York, *Scoop* avait couvert la scène de la mode en long, en large et en travers, si bien qu'une partie de ce qui se déroulait sous mes yeux me paraissait familier. Des marches menaient au podium, et l'entrée était masquée par des rideaux de velours roses. Les robes étaient pendues sur la gauche, où une femme relativement trapue assurait la sécurité. Seize filles allaient défiler ce soir ; les jumelles et moi faisions partie du groupe numéro trois. J'aperçus Faith Hill en train de se faire poser des faux cils, Kate Bosworth sous un casque de coiffure, et Julie Delpy qui murmurait quelque chose en français dans son portable.

J'étais sur le point de défiler avec elles. Moi, Megan Smith. Oh, mon Dieu !

Je me faufilai entre les rangées de vêtements, adressai un sourire à la femme chargée de la sécurité, qui resta stoïque, et trouvai mes robes. Même si elles étaient encore sur leurs cintres de velours rose, je voyais bien qu'elles étaient plus larges que les autres.

Avais-je perdu la tête ? Pourquoi avoir englouti tant de risotto ? Et si je ne rentrais plus dans mes tenues ? J'attrapai une des deux robes et la plaquai contre moi.

— Si c'est ce que tu vas porter pour le défilé, tu vas être magnifique.

Je sursautai en entendant le son de cette voix. Je la connaissais…

C'était Lily. Elle était vêtue d'une robe droite en soie gris anthracite, découverte au niveau des épaules. Ses cheveux étaient attachés en queue-de-cheval de manière simple mais élégante.

— Anna Sui, dit-elle en tournant sur elle-même. Elle est mortelle, non ?

Je me jetai dans ses bras. J'étais si heureuse de la voir !

— Je n'arrive pas à y croire ! Pourquoi tu ne m'as pas dit que tu venais ?

— L'une des filles qui devait défiler a appelé ce matin pour dire qu'elle avait la grippe. Il fallait la remplacer par quelqu'un qui avait exactement les mêmes mensurations qu'elle. Et c'est moi qu'ils ont choisie ! Je voulais te faire la surprise.

Elle se dégagea de mon étreinte et me regarda des pieds à la tête.

— Waouh, Megan ! Tu es canon !

Je me mis à rougir, de plaisir, pour une fois.

— Tu le penses vraiment ?

— Tes cheveux, ton visage, cette robe… tu es superbe.

— J'ai un peu changé, admis-je. Et… ça me plaît.

Elle m'adressa un grand sourire et me prit par la main.

— À moi aussi. Viens, je veux présenter ma petite sœur à mes amies…

Je m'immobilisai tout à coup.

— Attends.

— Quoi? Il faut absolument que tu rencontres Drew; elle est trop marrante et…

— Il faut que je te dise quelque chose, Lily, dis-je tout bas en réalisant que les choses pourraient mal tourner si l'on apprenait que ma sœur se trouvait à Palm Beach.

— Je t'écoute.

Je me mis à chuchoter :

— Les filles à qui je donne des cours particuliers ne savent pas que tu es ma sœur.

— Pourquoi? C'est nul.

Tout à fait d'accord. Même si je n'avais pas menti outrageusement sur mon identité et d'où je venais, j'avais tiré avantage de chaque mauvaise interprétation. En outre, je ne me rappelais absolument plus si j'avais mentionné que j'avais une sœur et, le cas échéant, je n'avais aucun souvenir de ce que j'avais pu dire à ce sujet. Cela m'aurait pris trop de temps pour tout expliquer à Lily, et je n'étais pas sûre qu'elle aurait été d'accord pour jouer le jeu. Lily était célèbre. C'était pour cette raison qu'elle se trouvait là ce soir. Si je disais qu'elle était ma sœur, la partie serait terminée.

J'essayai de lui expliquer les choses de manière qu'elle ne se mette pas en colère contre moi, ce qui est tout à fait égoïste. Mais il était trop tard pour faire machine arrière.

— Les jumelles se querellent beaucoup entre elles, lui expliquai-je. Je n'ai pas voulu compliquer les choses.

Lily se frotta le menton et finit par hocher la tête :

— Ah, je crois que je comprends, Megan.

— Ce n'est pas tout. Elles sont persuadées que je suis riche.

Ça m'était sorti tout d'un coup. Je n'avais pas l'habitude de mentir à ma sœur.

J'aimerais profiter de cet instant pour vous rappeler que ma sœur est, et a toujours été, gentille. Quoique légèrement condescendante.

J'opinai de la tête pour lui confirmer qu'elle avait bien entendu.

— D'accord, pas de problème. Ce soir, je suis Lily Langley. Qu'est-ce qu'on va dire aux autres, alors?

C'est à ce moment-là que Sage et Suzanne firent leur entrée sous la tente.

Oh non! Je n'arrivais même plus à réfléchir.

Lily dut remarquer l'expression de panique qui se figea sur mon visage car elle se pencha vers moi en me tirant par le bras et me dit :

— On s'est rencontrées en Suisse lors d'un stage d'été pour améliorer notre français.

— On a quoi?

— Bonsoir Megan! me lança Suzanne avant de se précipiter vers ma sœur. Tu es Lily Langley, c'est bien ça? J'ai passé Thanksgiving à New York avec mes parents et nous sommes allés voir ta pièce. Tu étais merveilleuse.

— Merci, lui dit Lily. Quel couturier a créé ta robe pour ce soir?

— Versace. Elle sait mettre tous mes atouts en avant. J'ai déjà déposé une enchère de dix mille dollars pour ma première robe, comme ça, personne d'autre ne pourra l'acheter.

Sage se tapota la bouche comme pour réfléchir puis regarda Lily et tourna ensuite son regard vers moi.

— C'est dingue, non? Vous vous ressemblez étrangement. Et tu as le même prénom que sa sœur.

Un rire exagéré m'échappa tout d'un coup. J'avais apparemment bel et bien parlé d'une sœur nommée...

— Ah oui, je l'ai vue une fois cette Lily. Megan a dû déjà vous le dire, mais..., dit Lily en se penchant vers elles comme pour leur faire une confidence... c'est une véritable emmerdeuse.

## chapitre 29

Je ne sentais plus ni mes mains ni mes pieds. Soit je venais d'attraper une terrible maladie qui affectait la circulation du sang, soit j'étais tellement nerveuse à l'idée de défiler que le sang avait cessé d'irriguer mes extrémités.

Je me trouvais en coulisse avec les jumelles Baker ; plusieurs téléviseurs grand écran avaient été installés pour que les filles et les assistantes puissent voir ce qui se déroulait de l'autre côté du rideau. En ce moment même, les employés retiraient la dernière protection de plastique qui recouvrait le podium.

Il y avait deux rangs de chaises le long de la scène en forme de T pour les invités qui en avaient besoin. Tous les autres se tenaient debout : vedettes du grand écran, athlètes, présentateurs du petit écran et jeunes héritiers. Un fauteuil se démarquait des autres : large, majestueux et rose, il était spécialement réservé pour Laurel. Tous les invités l'applaudirent quand elle vint s'y asseoir. Elle était vêtue d'un chemisier de satin blanc avec un décolleté en V et d'une longue jupe noire en mousseline. Quand je la vis apparaître sur l'écran, les épaules et la tête bien droites telle une reine, je me demandai si elle repensait parfois à la pauvre petite Parisienne qu'elle avait été autrefois.

Puis, toutes les lumières qui avaient été installées autour de la propriété s'éteignirent soudainement, et des spots vinrent éclairer le podium. Une musique céleste ruissela doucement à travers les immenses enceintes posées de chaque côté de la scène. Deux assistantes ouvrirent le rideau de velours rose pour révéler le premier mannequin. La foule se mit à applaudir en poussant des oh! et des ah! lorsqu'elle vit de qui il s'agissait : Kate Bosworth s'avança sur le podium avec un élégant déhanché.

— Notre première robe est portée par l'actrice Kate Bosworth et a été dessinée par Vera Wang, annonça le commentateur. Elle est en mousseline de soie très fine avec des surpiqûres horizontales sur le bustier aux manches volantées et sur la jupe.

Kate s'arrêta en bout de scène, une main sur la hanche, fit un tour complet sur elle-même puis retourna à son point de départ en se balançant comme si elle avait fait ça toute sa vie.

L'engourdissement gagna mes poignets et mes chevilles. C'était de la folie! J'étais écrivain, mon métier était d'observer, bon sang! Qu'est-ce que je foutais dans un défilé de mode? S'il y avait une profession dans laquelle on se faisait examiner sous toutes les coutures, c'était bien celle de mannequin.

— Notre prochaine robe a été créée par Anna Sui et elle vous est présentée par celle qui a conquis les planches de New York : Mlle Lily Langley!

Ma sœur se mit en place au moment où le rideau se levait et la foule s'efforça de l'acclamer encore plus fort que Kate pour montrer qu'ils suivaient l'actualité théâtrale de New York. Lily avança sur le podium avec grâce et légèreté. Simple comme bonjour.

Le commentateur appela les filles une à une ; elles défilèrent toutes comme des professionnelles. Dès qu'elles revenaient en coulisse, une équipe d'assistantes les aidaient à enfiler rapidement leur deuxième robe. La coordinatrice leva trois doigts en l'air pour indiquer aux filles du groupe trois de se tenir prêtes, c'est-à-dire les jumelles, Suzanne de Gonzo, Précieuse et moi.

J'avais vraiment, vraiment, vraiment envie de faire pipi.

— Place aux adorables jeunes femmes de Palm Beach..., commença le présentateur.

Rose se pencha vers moi.

— Megan ?

— Oui ?

Elle me glissa quelque chose dans la main droite aussi discrètement que possible. Je baissai les yeux... et sentis cette vague de chaleur si familière m'envahir le visage. Elle m'avait donné une culotte toute simple et de couleur chair, le contraire du string La Perla en tulle rose que je portais.

— Cette robe est plutôt transparente. Sage et moi pensons qu'il serait judicieux que tu portes cette culotte. Tu ne voudrais pas que tout le monde voie ta...

J'avais compris. Je voulais bien évidemment éviter de révéler au public cette partie indomptée de mon corps. J'enfilai la culotte en un record de vitesse et la remerciai infiniment.

Les rideaux roses s'ouvrirent. Sage s'avança, visiblement sûre d'elle. Une fois le rideau franchi, elle jeta une hanche en avant et agita la main au-dessus de sa tête comme pour dire : « Bonjour tout le monde ! Me voilà ! »

— La ravissante Sage Baker arbore une robe de Daniel Dennison pour Chanel. Cette robe de soie bleu océan est doublée d'un ruban de tulle citron froncé à la taille. Le bas de la jupe et le bustier sont découpés pour donner un aspect fluide à la robe.

Sage revint sous les applaudissements de la foule. C'était ensuite au tour de Rose, puis de Suzanne, et enfin au mien. Je vis Suzanne ajuster le décolleté de sa robe rose électrique dessinée par Betsy Johnson.

— J'ai le trac, lui dis-je tout bas. Tu n'as pas un conseil de dernière minute à me donner ?

Elle me sourit.

— Quand tu arrives au bout du podium et que tu poses, ne te cambre pas trop et place une main au-dessus de ta hanche, paume ouverte. Ça t'enlève cinq kilos.

Elle n'avait rien trouvé de mieux pour me rassurer.

Rose avait terminé et Suzanne s'avança vers la scène ; j'étais la prochaine. Oh, mon Dieu. Je sentis une main se poser doucement sur mon avant-bras. C'était Lily ; elle avait déjà revêtu sa deuxième robe couverte de paillettes dorées.

— Tu vas tout déchirer, me dit-elle à l'oreille.

Je sais que c'est une façon d'encourager une personne qui s'apprête à entrer sur scène, mais dans l'état actuel des choses, j'aurais pu largement me passer de son commentaire.

Suzanne réapparut à travers le rideau et posa la main, paume ouverte, sur sa hanche pour me remettre en mémoire le truc des cinq kilos en moins, histoire de détruire la moindre trace d'assurance qui pouvait me rester.

— Et maintenant, veuillez applaudir une ravissante jeune femme récemment arrivée parmi nous, Megan Smith, qui porte une robe de Daniel Dennison !

Le rideau s'ouvrit. Je fus aveuglée par les projecteurs. Je n'avais même pas pensé à cela. Il me fut difficile de distinguer les gens dans la salle au début, ce qui n'était peut-être pas plus mal après tout. Je n'essayai même pas de suivre une ligne droite en balançant mes hanches comme l'avaient fait les autres filles si naturellement. Au contraire, je me concentrai au maximum afin de garder l'équilibre sur mes Manolo hautes de sept centimètres.

Je n'aperçus les spectateurs qu'une fois arrivée au bout de la scène. Laurel était assise à côté de mon ex-président préféré et de sa femme. Ils me souriaient tous les trois. Certes, les mannequins sont censés défiler comme si elles nageaient dans une mer d'ennui, mais il m'était absolument impossible de ne pas leur sourire.

Je fis demi-tour. Trente mètres me séparaient des coulisses, c'est-à-dire de mon refuge. Mais, en levant légèrement les yeux, j'aperçus Will qui se tenait debout à gauche, juste derrière les dignitaires. Contrairement aux autres invités qui m'adressaient des sourires d'encouragement, il me lança un regard glacial.

Il ne m'en fallut pas plus pour me déconcentrer. Je sentis ma cheville se dérober et la foule retint son souffle. La seule force de la volonté me permit de ne pas tomber. C'est surprenant la motivation que peut engendrer la peur de l'humiliation en public.

— Tout va bien? demanda Rose en me voyant toute tremblante.

Sage se tenait à côté de sa sœur et, sans mentir, j'étais persuadée qu'elle aussi était inquiète pour moi. Elles avaient déjà enfilé leur seconde tenue : une robe turquoise en mousseline de soie avec un bustier ajusté et une jupe bouffante à volants. Celle de Sage était parsemée de paillettes en forme de crâne tandis que celle de Rose était ornée de petits cœurs et de papillons.

— Oui, ça va.

Ce qui était vrai puisque j'arrivais encore à bouger.

Une habilleuse ouvrit délicatement la fermeture Éclair de ma robe pendant qu'une autre déposait à mes pieds des escarpins ouverts en velours noir signés Laboutin.

Sage me donna un coup de coude.

— Alors, c'était cool, hein ?

— Plutôt terrifiant.

Elle poussa un long soupir.

— Tu ne peux pas rester sur le banc de touche toute ta vie, Megan. Enfin, réfléchis. Tu viens de défiler avec les femmes les plus belles et les plus célèbres du monde entier, moi incluse.

Cette dernière remarque me fit rire. Une petite habilleuse rondouillarde me tint la main pour m'aider à enfiler mes chaussures à hauts talons.

— Tu connais ce bar à New York... Comment il s'appelle ? Tu sais, ce bar où les filles doivent enlever leur soutien-gorge pour danser sur le comptoir ? demanda Sage.

— Hogs and Heifers, intervint l'habilleuse. J'y ai laissé mon soutien-gorge une fois.

Puis elle s'éloigna pour aller aider une autre fille.

— C'est ça, acquiesça Sage. Tu vois, même les filles comme elle oublient leur timidité dans ce bar.

— Et tu veux en venir où ? demandai-je en lissant le bas de ma robe.

Sage me prit par les épaules.

— Pendant les dix prochaines minutes, tu vas arrêter de penser à ce truc qui a toujours l'air de te préoccuper et tu vas avancer sur le podium en te dandinant des fesses comme tu ne l'as jamais fait ! T'es une putain de star maintenant !

L'assistante du régisseur nous faisait de grands signes afin que nous nous tenions prêtes pour notre deuxième passage. Comme Sage et Rose portaient des robes très similaires, Daniel leur avait demandé de défiler ensemble. Juste avant qu'elles avancent sur scène, la musique douce fit place à une chanson de Justin Timberlake.

Rose et Sage firent leur entrée. Je pus les regarder sur l'écran des coulisses se déhancher au son de la musique et envoyer des baisers au public en folie, une fois arrivées au bout du podium.

C'est alors que les paroles de Sage firent tilt : soit j'y allais pour faire comme d'habitude, à savoir me concentrer pour ne pas faire de gaffe au lieu de vivre l'aventure pleinement ; soit j'en profitais au maximum.

J'eus à peine le temps de réfléchir, c'était déjà à mon tour d'entrer en scène. Le rythme de la musique était entraînant. Je rejetai les épaules en arrière et sortis la poitrine. J'avançai sur le podium comme on marche sur une corde, un pied devant l'autre, la tête haute. Je fis virevolter mes cheveux au moment de faire demi-tour en bout de scène, laissant une mèche retomber sur mon œil de manière sexy avant de dégager mon visage en rejetant la tête en arrière.

Pendant les trente secondes qui suivirent, j'étais vraiment devenue une putain de star. Je ne cherchai même pas Will du regard. J'étais bien trop occupée à séduire tout le public et à leur montrer à quel point j'étais fabuleuse. Sage avait raison : c'était du bonheur à l'état pur.

Quand je revins en coulisse, je me sentis euphorique. Rose me prit dans ses bras.

— Oh là là, tu étais fantastique !

Je la serrai dans mes bras.

— Oui, je sais ! criai-je joyeusement.

— Toutes sur scène ! lança le régisseur en agitant les bras avec frénésie.

Les mannequins se dépêchèrent de rejoindre la scène, et furent suivies par les créateurs. Le public se leva et applaudit. Je me tenais entre Sage et Rose qui passèrent leurs bras autour de ma taille pour se lancer dans un french cancan improvisé, sous les encouragements de la foule.

— Mesdames et messieurs, n'oubliez pas que toutes ces robes seront exposées dans vingt minutes sous la tente réservée à la vente aux enchères. Bonne année à tous !

En coulisse, je tendis ma robe avec précaution à une habilleuse qui allait l'emporter sous le chapiteau. Je me changeai de nouveau pour revêtir la robe rose pâle que je portais en début de soirée. L'euphorie était toujours présente. Moi, Megan Smith, j'avais défilé parmi les riches, les célébrités et les infâmes, et j'avais survécu. Lily se précipita vers moi.

— Alors, c'était génial, non?

— J'ai adoré! lui dis-je en la serrant dans mes bras. Viens, la soirée ne fait que commencer!

En sortant de la tente, mon regard se posa directement sur les jumelles qui riaient avec Will. Il me lança un rapide coup d'œil, puis se retourna vers Sage et Rose. Je n'allais certainement pas le laisser me gâcher ce moment de joie.

— C'est qui, le mec avec les jumelles Baker? demanda Lily en me prenant le bras.

— C'est Will Phillips, le voisin.

— Canon, hein? commenta-t-elle.

Ah, quelle ironie!

— Oui, il est pas mal.

— Tu sais s'il a une copine?

Et l'ironie chargeait de plus belle.

— Pas à ma connaissance.

— Génial, me dit-elle en me tirant par la main. Tu me le présentes?

Je rejoignis le trio et présentai Will à Lily Langley que j'avais rencontrée lors d'un séjour linguistique en Suisse.

— Tu joues à New York en ce moment? lui demanda Will. Ma mère y habite. La prochaine fois que j'irai la voir, j'en profiterai pour voir ta pièce.

— Si on la joue encore, plaisanta Lily.

Zut! Lily et Will, qui atteignaient la note de onze sur une échelle de beauté allant de un à dix, avaient tout de suite sympathisé.

— J'ai vu ton interview dans une émission à la télé, intervint Rose. Tu as dû passer une audition pour jouer dans la version cinéma de ta pièce, c'est ça ?

Lily sourit.

— Je n'ai pas vraiment « auditionné », mais je suis sur la liste des filles qu'ils ont retenues pour le rôle. Il ne me reste plus qu'à éliminer Natalie Portman.

Puis elle leva les yeux au ciel en ajoutant :

— Comme si ça pouvait arriver.

— Portman ? Elle en fait trop, lança Sage.

— Ça fait un bail que vous vous connaissez alors, vous deux, remarqua Will en dirigeant son regard sur Lily puis sur moi.

Il se raidit soudainement.

— Le monde est petit, ajouta-t-il.

Lily lui lança un sourire ravageur.

— Tu as l'air d'en savoir plus à mon sujet que je n'en sais sur toi. Megan m'a dit que tu habitais juste à côté.

— C'est tout ce qu'elle a dit ? demanda Rose en me regardant comme si j'avais perdu la tête.

— Je lui ai aussi dit que nous étions amis, ajoutai-je.

Je me rendis compte que ma voix était tout aussi tendue que celle de Will.

— J'espère qu'on va devenir amis nous aussi, déclara Lily à Will. On se voit plus tard ?

— Avec plaisir, fit-il en m'adressant un rapide coup d'œil.

— Il est trop canon, me répéta Lily une fois que Will et les jumelles s'étaient éloignés vers le bar pour prendre un autre verre.

Je ne pus sortir qu'un seul mot :

— Ouais.

## *chapitre 30*

Je me dirigeai avec Lily vers le chapiteau-restaurant qui avait été divisé en trois sections : cuisine française pour les gourmets, cuisine végétarienne et bio pour les vedettes d'Hollywood, et enfin, Churrasco pour les adeptes du régime Atkins qui préconise la viande grillée au barbecue. Les arômes me taquinaient comme pour me dire « approche, approche ». Je me sentis tout à coup affamée.

Juste au moment où nous entrions sous la tente, une femme d'une soixantaine d'années qui paraissait maigre comme un clou dans sa robe de soie rayée, un vrai sucre d'orge, attrapa Lily par la main et lui demanda :

— Vous êtes Lily Langley, n'est-ce pas ? Vous êtes un don du ciel pour le théâtre américain, très chère !

— Je vous remercie. Je vous présente ma s... meilleure amie, Megan Smi...

— Ravie de vous avoir rencontrée, dit-elle en roulant les *r*.

241

Elle s'éloigna rapidement et se mit à la recherche de gens encore plus célèbres.

— C'est toi qui choisis le menu, me dit Lily.

Je montrai du doigt la viande grillée et commençai à avancer vers le stand quand une des amies de Lily, une actrice de New York, se précipita vers elle et la prit par le bras pour lui annoncer :

— Lily, Dominick Dunne est dehors avec ses groupies, juste à côté du chapiteau de la vente aux enchères. Il veut te rencontrer !

Lily se tourna vers moi, le regard hésitant.

— Vas-y, insistai-je. Tu mangeras plus tard.

Elle me serra dans ses bras et me dit à voix basse :

— Je t'appelle juste après minuit et on se retrouvera sur la plage.

Honnêtement, c'était plus simple comme ça. Faire croire que Lily n'était pas ma sœur ? J'étais tombée bien bas. Je me servis en viande ; le steak avait vraiment l'air succulent et j'en pris deux morceaux. Je me mis dans un coin de la tente pour manger et regardai la foule passer. Je vis un des mannequins avec qui j'avais défilé ; elle était en compagnie de son petit ami. Il était vraiment canon, mais elle le dépassait d'une tête, même en portant des ballerines sans talons. Il y avait un nombre incalculable de couples en train de danser au son de la musique qui nous parvenait des haut-parleurs. La seule personne avec laquelle j'aurais voulu être ce soir c'était Will, mais lui ne voulait pas me voir.

Je croisai des dizaines d'inconnus dans l'allée qui menait des courts de tennis jusqu'à l'océan. Les gens me firent des compliments du style « superbe robe » et « vous étiez magnifique sur scène », mais celle qui avait voulu séduire le public en se déhanchant dans sa robe à dix mille dollars s'était de nouveau enfermée dans sa coquille.

Je m'approchai de la terrasse qui bordait la piscine des

jumelles pour aller m'installer derrière le mur de pierre, et j'aperçus Sage descendre rapidement les marches pour se rendre à la plage. Elle allait rejoindre ses amis au bar à côté de la scène. Tout à coup, Thom, en tenue de skipper, surgit en haut de l'escalier, descendit les marches quatre à quatre, enlaça Sage par-derrière et l'embrassa tendrement dans le cou.

Sage poussa un hurlement et se retourna brusquement.

— Non, mais t'es complètement malade?

Thom faillit perdre l'équilibre. Ce baiser avait bien sûr été destiné à sa sœur.

— Sage? Merde! Je suis désolé, s'excusa Thom en essayant de reprendre ses esprits.

Les cris de Sage avaient ameuté Rose qui accourut avec la bande habituelle : Suzanne, Précieuse et Dionne.

— Je suis vraiment, vraiment désolé, Sage, répéta-t-il. Je t'ai prise pour Rose.

— Rose? Tu m'as prise pour Rose? T'as pas d'autres conneries à…

En l'espace de quelques secondes, la connexion se fit dans son cerveau, et cela grâce à l'entraînement intensif qu'elle avait reçu pour le SAT. Elle en resta bouche bée.

— Oh mon Dieu! Rose, tu te tapes le matelot?

Elle rejeta la tête en arrière et éclata de rire dans la noirceur de la nuit, puis ajouta :

— Tu me fais pitié!

Je me tournai vers Rose dont le visage s'était coloré d'une teinte qui m'était habituellement réservée.

— Écoute, ne le prends pas mal, Sage, dit Thom. Mais Rose est assez grande pour faire ce qu'elle veut et avec qui elle veut.

— C'est toi qui vas m'écouter, espèce de sangsue! Tout ce que fait Rose, ça me regarde. Tu t'es tapé ma sœur pendant que tu étais censé travailler?

— Je ne vais certainement pas m'abaisser à répondre à cette question, répondit-il.

Il avait vraiment l'air offensé.

Sage lui adressa un sourire diabolique.

— Je vais t'arracher les yeux.

— Vas-y, Sage ! l'encouragea Thom.

Puis il tendit la main vers Rose.

— Viens Rose. On se tire d'ici.

Même si mon cas personnel était plus que désespéré, une partie de moi croyait encore à l'amour, et je priai pour que Rose lui prenne la main. *Allez*, pensai-je. *Allez ! Prends-lui la main et pars avec lui. Je t'en prie, Rose. Prends-lui la main.*

Contrairement à toutes mes attentes, elle fit un pas en arrière.

— Je ne vois pas de quoi tu parles, lui lança-t-elle.

Il n'en fallut pas plus. Thom secoua la tête sans la quitter du regard.

— Je n'arrive pas à… commença-t-il.

Mais il ne finit pas sa phrase. Je ne pus qu'imaginer l'immense déception qu'il ressentit en s'éloignant, seul.

— C'est quoi, ce délire, Rose ? Il t'a vue toute nue et il est tombé amoureux de toi ou quoi ? demanda Précieuse. C'est pathétique !

Rose sourit et se retira. J'essayai de la suivre, espérant que les autres ne me verraient pas, mais il me fut difficile de la retrouver parmi la foule d'invités qui s'amusaient sur la plage. Ce ne fut qu'une fois arrivée à la fine corde qui délimitait la plage entre *Les Anges* et la propriété des Phillips, *La Barbade*, que j'aperçus Rose assise sur le sable au bord de l'eau.

Je vins m'asseoir à côté d'elle sans dire un mot. Elle lança quelques galets dans les vagues. J'en fis autant. Puis elle jeta de petits cailloux dans l'océan.

— Tu me détestes, dit-elle enfin.

— Non.

— Je me déteste. Je n'arrive pas à croire que j'ai tout gâché avec Thom.

— Peut-être qu'il n'est pas trop tard, tentai-je. Tu pourrais aller t'excuser, tu sais?

— Comment tu veux que je m'y prenne? demanda-t-elle en lançant une grosse pierre dans l'eau.

— Jette-toi dans ses bras, dis-lui que tu avais perdu la tête et demande-lui s'il veut que tu installes une grande affiche sur Worth Avenue pour annoncer à tous que vous sortez ensemble, lui conseillai-je.

Elle me regarda en faisant une grimace.

— On n'a pas le droit d'afficher sur Worth Avenue.

Je lui souris et lui caressai les cheveux. Elle posa sa tête contre moi comme un enfant avec sa mère.

— Tu vas bien trouver, lui dis-je pour l'encourager. Et pourquoi pas un message dans le ciel?

— C'est une idée.

Rose se leva, tenant ses escarpins à la main, pour retourner vers la villa. J'en fis autant et la suivis, les pieds dans l'eau. En arrivant au bas des marches, je pus constater que les invités s'étaient rassemblés sur la plage pour lancer le compte à rebours avant la nouvelle année.

— Dix, neuf, huit...

Les gens continuaient à affluer.

— Cinq, quatre, trois, deux, un. Bonne année!

Un feu d'artifice éclata bruyamment dans le ciel. Les couleurs se succédaient en une pluie de paillettes : rubis, émeraude, argent et or. La plage était tout éclairée. Autour de moi les gens avaient les yeux rivés vers le ciel et les couples s'enlaçaient pour se souhaiter une bonne année.

C'est à cet instant que je vis Lily dans les bras de Will. Il l'embrassait comme j'avais rêvé qu'il m'embrasse. Je sentis un pincement au cœur. Une nouvelle année venait de démarrer, et elle était déjà gâchée pour moi.

*chapitre 31*

*Oh, quelle toile enchevêtrée nous tissons lorsque pour la pre-mière fois nous pratiquons la tromperie !*

Sans déconner !

La plupart des gens attribuent cette citation, qui ne révèle que la triste réalité, à William Shakespeare mais, à vrai dire, c'est un aphorisme de Sir Walter Scott. C'est la moindre des choses de connaître l'auteur de cette pensée quand on en est soi-même l'incarnation vivante.

C'était un simple cas d'anesthésie façon Palm Beach. Après avoir vu Lily entortiller sa langue autour de celle de Will, j'avais réussi tant bien que mal à aller jusqu'au bar le plus proche pour m'emparer d'une bouteille de Cristal et j'avais passé la première demi-heure du nouvel an à l'abri, dans ma chambre, à m'enivrer.

Lily m'appela vers minuit et demi, heure à laquelle j'avais déjà sérieusement entamé le champagne. Je lui dis que je ne me sentais pas bien (ce qui était la vérité) et que j'allais me coucher. Elle voulait monter pour me dire au revoir puisqu'elle repartait pour New York aux aurores. Je lui répondis que ce n'était pas la peine, que j'étais déjà dans mon lit et qu'elle devait profiter de la soirée, s'amuser et continuer à embrasser Will.

Évidemment, je gardai cette dernière remarque pour moi.

Personnellement, je n'ai jamais vraiment cru au karma. Aux informations, quand je vois une femme éperdue qui remercie Dieu de l'avoir sauvée d'une terrible tornade ainsi que sa famille et sa maison, je ne peux m'empêcher de penser à ses voisins qui, eux, ont tout perdu. Dieu était-il en rogne contre eux? Cette idée de devoir subir les conséquences de ce que l'on a fait dans une vie antérieure n'est qu'une tentative de notre part de vouloir expliquer l'inexplicable. De merveilleuses choses arrivent aux méchants. De vraies galères arrivent aux gentils. C'est comme ça.

Mais si je croyais effectivement au karma, je dirais que voir ma sœur embrasser Will était tout ce que je méritais. Je ne pouvais pas en vouloir à Lily car elle n'avait aucun moyen de savoir ce que je ressentais pour Will. Et je n'avais rien à reprocher à Will non plus car je lui avais caché un léger détail : j'avais un petit ami. Je ne pouvais m'en prendre qu'à moi-même.

Je vidai la bouteille et dormis pendant plusieurs heures. Le réveil fut difficile : je plissai les yeux afin de distinguer les aiguilles lumineuses de ma montre. Il était plus de 5 heures. Je m'assis; j'avais l'impression que des joueurs de football s'entraînaient au tir au but dans ma tête. J'allumai la lumière. Ma taie d'oreiller en pur coton égyptien ressemblait étrangement à une minuscule toile réalisée par Jackson Pollock à l'aide de mascara, rouge à lèvres et bave.

Il y a peu de choses aussi terribles que de se réveiller avec la gueule de bois à cinq heures et demie du matin. Parmi ces choses, on compte la fameuse gueule de bois doublée du douloureux souvenir qui a provoqué l'envie de boire. Je courus aux toilettes pour vomir mes tripes à la pensée de Will faisant certaines choses avec Lily alors que je me les étais réservées. Aussi surprenant que cela puisse paraître, dégobiller dans une somptueuse villa après s'être sifflé une bouteille de Cristal est tout aussi désagréable que de dégobiller dans un immeuble sans ascenseur à East Village après avoir ingurgité trop de Long Island Ice Tea. J'en avais fait l'expérience lors de la fête d'anniversaire de Charma organisée sur notre plage de goudron, qui n'était autre que notre toit. C'était le seul tête-à-tête avec le trône de porcelaine que j'avais connu.

Je pris une douche, me brossai les dents et, me sentant légèrement plus fraîche, décidai de sortir sur mon balcon pour prendre l'air. Les lanternes de la piscine brûlaient encore, bien que la fête soit terminée depuis longtemps. Ce ne fut pas ce détail qui attira mon attention, mais celui de Sage et Rose se disputant. Grave.

— Pourquoi est-ce que tu gâches toujours tout, Sage ?
— Je ne vois pas de quoi tu parles.

Elle se débarrassa de ses vêtements tout en parlant.

— De Thom !
— Thom qui ? demanda-t-elle.

Elle ôta son T-shirt dans un geste brusque puis partit d'un rire moqueur.

— Tu parles du matelot ?
— Il est bien plus que ça, dit Rose à sa sœur.
— Oh mon Dieu ! Mais tu l'aimes vraiment !

Sage fit un pas en avant et descendit les marches de la piscine en ajoutant :

— Je ne vois pas pourquoi tu t'en prends à moi, c'est toi qui l'as laissé partir. Oh là là. Que ça fait du bien. Tu veux bien aller me chercher du champagne ?

Rose ne fit pas un geste.

— Ça fait quelle impression, Sage ?

Elle parlait si bas que je devais tendre l'oreille pour entendre.

Sage s'élança dans l'eau, saisit un flotteur et le passa sous ses bras.

— De quoi ?

— D'être comme toi. De ne jamais douter de rien ?

— C'est le pied, Rose.

Sage grimpa hors de la piscine à l'autre extrémité et s'assit. Elle incarnait la perfection humaine dotée de la jeunesse éternelle, de gènes extraordinaires et de piercings aux tétons.

— Peut-être que tu as simplement des goûts de chiottes en ce qui concerne les mecs, Rose. Tu ne t'es jamais posé la question ?

— Oh, ce serait tellement mieux de faire comme toi ! De baiser n'importe qui et de se foutre de tout et de tout le monde !

— Totalement d'accord.

Sage se leva et marcha à pas de loup vers une pile de serviettes de bain roses et turquoise qui paraissaient immenses et agréablement moelleuses.

— Va chercher le champagne, Rose. Je ne rigole pas.

— Tu dépasses les bornes, des fois.

Je distinguai une véritable tension dans la voix de Rose. Elle était au bord des larmes.

— Ouin ! Ouin ! Pauvre Rose, chantonna Sage.

— Je te déteste !

Rose avait puisé cette exclamation au plus profond d'elle-même.

— J'en ai rien à foutre, dit Sage en rigolant.

— Les filles, les filles, arrêtez ! criai-je avant même de me demander si je devais intervenir.

Elles levèrent les yeux vers le balcon, visiblement choquées de voir que j'avais été témoin de la scène. J'enfilai
une robe de chambre et descendis l'escalier. Quand je les
rejoignis, Rose était assise toute seule à une table, et Sage,
enroulée dans une grande serviette, était allongée sur une
chaise longue en train de boire au goulot d'une bouteille de
champagne.

— Va-t'en, me dit Sage.

J'ignorai sa remarque et m'assis au bord de son transat.

— On dit des choses qu'on ne pense pas quand on est en
colère.

Sage posa la bouteille en équilibre sur son ventre et me
regarda à travers.

— C'est ça qu'on t'apprend à Yale?

— Non, répondis-je. Ce sont mes parents qui m'ont
appris ça. Dieu sait que j'en ai fait, des erreurs...

Je m'interrompis. La conversation ne devait pas tourner
autour de moi. Je repris :

— Rose aurait certainement dû te mettre au courant
pour Thom, mais il faut que tu comprennes pourquoi elle
ne l'a pas fait. Ton avis compte beaucoup pour elle.

— Mais bien sûr, murmura Sage.

Je levai les yeux vers Rose qui ne disait pas un mot. Elle
s'était entièrement recroquevillée sur elle-même et avait mis
ses bras autour de son corps comme pour s'enfermer dans
sa douleur.

Je me retournai vers Sage.

— Rose m'a raconté une histoire, qui s'est passée le jour
où vous avez quitté Boston, après la mort de vos parents.
Elle avait très peur dans l'avion. Tu sais comment elle a
surmonté cette peur, Sage? Grâce à toi.

Sage afficha un air mécontent.

— Je sais. Je vous ai entendues quand vous étiez toutes
les deux dehors sur la terrasse aux Bahamas.

Sage dirigea son regard vers Rose et continua :

— Tu n'avais pas le droit de lui raconter ça, tu m'entends ?

Rose acquiesça sans dire un mot.

— T'es vraiment qu'une garce.

Sage n'avait jamais été si véhémente envers sa sœur. Elle resta ensuite silencieuse.

Je regardai au loin vers l'océan et essayai de faire le vide dans ma tête pour trouver quelque chose à dire quand j'entendis quelqu'un pleurer.

— Et moi, Rose, tu crois que je m'en suis sortie comment ? demanda Sage à sa sœur, des sanglots dans la voix.

Elle posa la bouteille de champagne par terre et s'assit face à Rose.

— Tu crois que je t'ai tenu la main juste pour te réconforter ?

Je vis le visage de Rose changer au moment où elle réalisa à quel point elle s'était trompée.

— Mais tu avais l'air si confiante.

— Il ne faut pas se fier aux apparences.

Sage avança la main pour saisir celle de sa sœur comme elle l'avait fait des années auparavant et reprit :

— C'est juste que... je ne veux pas te perdre, tu comprends ?

Rose éclata en pleurs et fit oui de la tête. Je me levai.

— Je vais sur la plage pour voir le lever du soleil, dis-je. Je vous laisse.

Je descendis les marches en pierre et parcourus l'allée en bois qui s'avançait dans la mer pour accueillir les bateaux des invités. Une minute plus tard, j'entendis des pas derrière moi : les jumelles venaient me rejoindre. Nous attendîmes en silence la naissance des premiers rayons du soleil.

— Sage ? demanda Rose.

— Oui ?

— Tant qu'on est ensemble, on n'est pas des orphelines.

251

Elles éclatèrent en sanglots. Je versai quelques larmes également. Le soleil se levait et nous étions toutes en pleurs.

Une fois de retour à l'intérieur, je les pris toutes les deux dans mes bras avant de me diriger vers ma chambre. Il ne me restait qu'une chose à faire. Mon iBook était allumé. Je cliquai sur le dossier intitulé JUMELLES, celui qui contenait toutes les notes que j'avais prises pour mon article. Il y avait tellement de choses que j'aurais pu le rédiger maintenant. Tout était clair.

Sage paniquait chaque fois que Rose semblait se rapprocher de moi. J'avais pu le remarquer quand nous nous étions rendues aux Bahamas, mais également quand Sage avait lancé son crayon à la figure de sa sœur lors d'une de nos sessions de travail, et enfin lorsque Sage s'était rendu compte que Rose en savait plus qu'elle sur ma virée à Clewiston avec Will. Rose m'avait confié que Sage avait toujours détesté ses petits amis. Même si Rose était sortie avec le sosie d'Orlando Bloom doté du compte en banque de Bill Gates, Sage aurait réagi tout pareil. L'équation était très simple : Rose + autrui = la possibilité pour Sage de perdre Rose.

Tant d'histoires pour masquer tant d'insécurité, me dis-je en rêvassant. Mais peut-être est-ce ce qui nous arrive quand nous perdons nos parents à un très jeune âge et qu'il ne nous reste qu'une sœur et notre courage pour surmonter les dures épreuves de la vie.

Je cliquai sur le dossier JUMELLES, plaçai un doigt au-dessus du clavier, puis appuyai sur la touche *supprimer*.

*chapitre 32*

— Numéro huit, annonçai-je aux jumelles. Qui veut tenter le numéro huit?

Afin de remettre en route leurs petites cellules grises, nous avions changé de paysage pour nos sessions de travail de la matinée, et nous nous étions installées dans mon salon plutôt qu'au bord de la piscine. J'étais vautrée dans le canapé, et les jumelles étaient allongées par terre au milieu d'un fouillis de papiers, de livres, de calculatrices, de cahiers, de paquets de pop-corn à moitié entamés et de bouteilles d'eau minérale à moitié bues.

Une semaine s'était écoulée depuis le long voyage à travers la nuit infinie de la Saint-Sylvestre. Les jumelles ne m'avaient pas reparlé de ce qui s'était passé cette nuit-là, et n'y avaient pas non plus fait la moindre allusion. Peut-être en avaient-elles parlé entre elles, mais je n'avais pas été mise au courant. Une chose était sûre, elles étaient à présent beaucoup plus agréables l'une envers l'autre : Sage avait cessé d'envoyer des piques à tort et à travers, et Rose arrivait de plus en plus à prendre ses décisions toute seule.

J'étais fière d'elles et de moi-même par la même occasion : mon intervention avait été d'une grande aide. Je suis sûre que vous vous dites que, étant donné ma sensibilité, ma maturité et tout le reste, c'était tout ce dont j'avais besoin pour me décider à décrocher le téléphone et appeler ma sœur. Mais je n'en fis rien.

C'est tellement plus simple de se montrer mûre et réfléchie lorsqu'il s'agit de résoudre les problèmes des autres.

Rose appela Thom pour s'excuser. Comme il ne répondit pas, elle laissa un message qui venait du fond du cœur sur son répondeur. Voyant qu'il ne la rappelait pas, elle lui écrivit une lettre. Nous parlons ici d'une vraie lettre cachetée dans une enveloppe avec timbre ! C'était certainement une première pour Rose. Elle me demanda de la lire afin d'éliminer toutes les fautes d'orthographe qui auraient pu s'y glisser. Elle avait mal écrit « psychologique » et avait fait un contresens sur le mot « avilir », mais à part cela, sa lettre était émouvante et honnête.

J'aurais tellement aimé que ses efforts soient récompensés, mais Thom ne voulait plus entendre parler d'elle. Rose savait pertinemment qu'elle aurait pu se rendre sur le *Paradis* pour lui parler face à face, mais faire des efforts personnels était une chose, se transformer radicalement en était une autre. Je ne pouvais pas le lui reprocher. Regardez-moi ! Vous m'imaginez aller frapper à la porte de *La Barbade* pour un petit tête-à-tête avec Will. Enfin !

— Je vais la lire, dit Rose.

Elle s'était portée volontaire pour la question numéro huit. Elle s'empara du manuel à partir duquel nous révisions les points de grammaire.

— Beaucoup d'Italiens considèrent que les Américains

sont obèses, gaspilleurs et ils ne comprennent rien à la politique étrangère.

— Qui veut corriger l'erreur de grammaire qui se trouve à la fin de la phrase ? demandai-je. *Que les Américains sont obèses, gaspilleurs et ils ne comprennent rien.*

Rose posa le doigt sur une réponse de la liste :

— Je dirais E : « obèses, gaspilleurs, et qu'ils ne comprennent rien à… » C'est le truc de la structure parallèle dont Megan a parlé la semaine dernière.

— Je me fais baiser à chaque fois, dit Sage.

— Dommage que l'examen ne comporte pas de question là-dessus, tu aurais tout bon, plaisanta Rose.

À ma grande surprise, au lieu de s'énerver, Sage esquissa un petit sourire en guise de réponse.

— Il faudra que tu revoies ça plus tard pour donner la bonne solution la prochaine fois, encourageai-je Sage.

J'espérais que ma voix ne trahissait pas mon inquiétude. Il ne nous restait que sept jours avant le SAT, et nous n'aurions sûrement pas le temps de revenir sur ce point une « prochaine fois ». Leurs progrès avaient atteint le niveau le plus rageant : quelques points au-dessous de ce dont elles auraient besoin pour entrer à Duke. Elles s'étaient beaucoup améliorées, mais cela n'était pas encore assez, et je ne savais plus quoi faire.

Rose avoua être stressée par l'approche de l'examen ; Sage affirmait être plutôt détendue, mais j'avais remarqué qu'elle s'était rongé les ongles jusqu'à la peau, alors que d'habitude, ils étaient parfaitement manucurés. Elle les cachait à l'intérieur de ses paumes afin que personne ne puisse les voir.

— Bon. Passons au premier problème de maths dans la section suivante. Rose, tu te lances ?

— Je ne suis pas une matheuse, maugréa Rose en essayant de résoudre l'équation.

— Tu peux y arriver, je sais que tu en es capable, lui dit Sage pour l'encourager.

Au moins, il y en avait une qui y croyait. C'était vraiment agréable de les voir s'entraider, mais entre Sage qui répondait à côté la plupart du temps et Rose qui baissait rapidement les bras devant les difficultés, mon optimisme se dissipait aussi vite que de la brume sous une chaleur de plomb.

Rose se frappa le front de son poing fermé.

— Je n'arrive pas à me concentrer, se lamenta-t-elle. Je n'arrête pas de penser à Thom.

— L'amour ne rend pas aveugle, mon cœur, affirma Sage. C'est toi qui me répétais de ne pas tout faire foirer et de ne pas passer à côté des quatre-vingt-quatre millions de dollars. Suis ton propre conseil.

— Je sais, admit Rose. Mais c'est trop dur. J'ai besoin de faire une pause.

Elle sortit le dernier numéro de *Scoop* de sa pile de livres. Je m'attendais plus ou moins à y voir une photo de Lily Langley avec son « mystérieux jeune étalon » comme ma remplaçante aurait pu surnommer Will.

— Pose ce magazine, Rose, lui dis-je gentiment. Il ne nous reste plus que sept jours. Si vous vous levez chaque matin à 7 heures et que vous travaillez jusqu'à 23 h 30, ça nous fait plus de seize heures de révisions par jour. On multiplie le tout par sept, et on soustraie les pauses-pipi et les pauses-repas. On pourra alors mettre le paquet sur les maths, les sciences humaines et la rédaction.

Les deux filles gémirent à l'unisson. Sage se mit à penser à voix haute :

— Bon, on sait très bien que tu ne voudras jamais passer l'examen à notre place. Mais Ari? Sans rire, ce mec, c'est un cerveau ambulant.

— Même Keith serait incapable de faire passer Ari pour

l'une d'entre vous, leur dis-je. Et si tu décidais de te mettre un bon coup de pied au derrière pour une fois et de faire exactement ce que je te dis pendant la semaine la plus importante de ta vie? Et toi aussi? ajoutai-je en me tournant vers Rose.

Quand j'étais petite, mon père nous avait emmenées, Lily et moi, au mont Washington, en plein mois de juin. Il pratiquait le ski traditionnel alors que nous étions toutes les deux adeptes de snowboard. La montagne était encore couverte de neige et il voulait nous faire monter tout en haut du ravin Tuckerman avec lui pour qu'on descende ensuite en surf pendant qu'il nous suivrait à ski. Il n'y a pas de remontée mécanique à Tuckerman. Pour arriver au sommet, on doit grimper. Il ne restait que cent cinquante mètres avant d'arriver et Lily et moi étions à bout de forces. Je n'avais que dix ans à l'époque.

Lily avait laissé tomber. Elle s'était effondrée dans la neige après avoir jeté son snow. Mais j'avais fait tout ce que mon père m'avait dit de faire, j'avais écouté tous ses conseils et réussi à grimper tout en haut de la pente raide. Une fois arrivée au sommet, j'avais attaché mon snowboard et m'étais élancée d'un bond, sans hésiter.

C'était comme si je volais. Cela ne nous prit que trente secondes pour rejoindre l'endroit où Lily nous attendait.

— Tu as réussi, m'avait-elle dit, pleine d'admiration.

— Je n'ai fait qu'écouter les conseils de papa, lui avais-je répondu.

Pourquoi est-ce que je ne m'étais souvenu de cela que maintenant? Je pensais que Lily faisait toujours tout mieux que moi. Mais cette fois-là, à Tuckerman, elle avait abandonné alors que j'avais tenu la distance. Notre mémoire nous joue parfois de mauvais tours.

Sage afficha tout à coup un air malicieux.

— Écoute, Megan. Si tu fais quelque chose pour nous, on est prêtes à...

— Ah non! Certainement pas! Vous m'avez déjà eue une fois, vous vous rappelez? Le bain de minuit?

— En fait, ce qu'on aimerait que tu fasses est un peu lié à ça...

Sage se pencha et chuchota à l'oreille de sa sœur. Un grand sourire se dessina sur le visage de Rose et elle opina de la tête.

— Sage a raison. Il faut que tu fasses quelque chose pour ta touffe.

Je ne m'attendais pas du tout à cela.

— Mais, Keith les a coupés, mes cheveux, protestai-je. Le Keith!

Les deux sœurs échangèrent un regard et Sage croisa les bras.

— Je vais t'expliquer les choses d'une autre façon, Megan. Tu te rappelles du défilé? Quand Rose t'a prêté une culotte?

— Tu as, en quelque sorte, le système capillaire développé, expliqua Rose fièrement.

Je partis d'un fou rire. Le mot *capillaire* avait fait l'objet de nos révisions peu de temps auparavant.

— Si j'étais toi, je ne rigolerais pas, poursuivit Rose. Avoir le système capillaire développé est un avantage pour ce qui concerne les cheveux uniquement.

Je me mis à rougir, bien évidemment.

— Ce n'est pas si horrible que ça.

— Pardon? s'indigna Rose. Tu te rappelles du bain de minuit? Nous étions à dix mètres de toi.

Sage mit un bras en travers de son corps pour séparer le haut et le bas :

— Taille.

Puis elle posa son bras cinq centimètres plus bas :

— Forêt vierge.

— Effet loupe de l'eau. C'est un phénomène physique! affirmai-je.

— Tu te rappelles le bon que je t'ai offert pour le centre d'esthétique de l'Hôtel des Flots ? me demanda Sage d'une manière étonnamment douce. J'avais une idée derrière la tête. Il est temps d'en faire bon usage.

Elle fixait mon entrejambe avec insistance.

— Il ne s'agit ni d'épilation du maillot ni d'épilation en ticket de métro, ajouta Rose.

Ce qui nous laissait avec… J'étais effarée.

— Non. Non, pas ça…

— Oh si, fit Sage joyeusement.

— Si tu le fais, on fera ce que tu nous demandes, renchérit Rose.

Sage acquiesça.

— On sera entièrement dévouées à l'étude pendant les sept prochains jours.

Sept semaines auparavant, elles avaient fait un marché avec moi dans le but de m'humilier. Maintenant, elles m'en proposaient un nouveau. Mais cette fois-ci, les choses étaient différentes. Elles étaient différentes. Peut-être avais-je changé également.

Je ne sais pas ce que mon regard indiquait, mais elles prirent cela pour un oui.

Le rendez-vous fut pris en l'espace de trois minutes. Une heure plus tard, je me trouvai sur la table de Jinessa à l'Hôtel des Flots. Munie d'une paire de ciseaux, Jinessa se mit aussitôt à l'œuvre ; quant à moi, je fermai les yeux et priai de toutes mes forces. Dix minutes après, elle dirigea dangereusement une spatule enduite de cire liquide vers un endroit où peu de gens s'étaient aventurés.

J'ai entendu dire que l'accouchement peut se révéler extrêmement douloureux, mais je doute que cela fasse plus mal que ce qu'affichait la vitrine du salon avec tant de justesse : « Dévoiler la rose qui se cache en vous. »

## *chapitre 33*

— Vous êtes attendue pour 7 heures, Megan, avait annoncé Crâne-d'œuf.

Laurel m'avait invitée à partager le dîner avec elle. Le ton de M. Anderson était resté monocorde pendant les huit semaines que j'avais passées aux *Anges*; cependant, il y avait eu du progrès puisqu'il m'avait enfin appelée par mon prénom. Cela me fit sourire.

Le fait que les jumelles aient tenu leur promesse mot pour mot me rendit très heureuse également. Pendant les sept jours qui venaient de s'écouler, elles s'étaient montrées aussi assidues que des étudiantes de Yale, bien que leurs prouesses restent loin des attentes de cette grande université. J'essayai de rendre les sessions de travail vivantes, mais s'entraîner pour le SAT peut s'avérer abrutissant. Malgré tout, il y avait eu très peu de jérémiades et de plaintes. Nous avions passé un accord et elles en avaient respecté les termes.

Quant à moi, je me rappelais du marché que nous avions conclu chaque fois que j'ôtai ma culotte. Pendant que Jenissa était aux petits soins pour moi, les jumelles avaient déposé dans ma chambre un string La Perla qui était si fin et si beau que tout ce qui s'y glissait pouvait être considéré comme une œuvre d'art. Malheureusement, il n'y avait personne pour apprécier mon œuvre d'art. Je n'avais eu de nouvelles ni de James ni de Will. Cela me rappela l'éternelle question philosophique : « L'art est-il de l'art même si personne ne le voit ? » Ou quelque chose dans ce genre-là.

Bref, retour aux jumelles. Tous les jours, nous travaillions trois heures le matin, quatre heures l'après-midi et trois heures le soir. Lorsque je leur faisais passer des examens blancs, leurs résultats dépassaient tout juste la limite fixée par Duke. Mais ils la dépassaient quand même et rien ne pouvait me rendre plus heureuse.

Ce matin-là, à la veille du SAT, je les fis réviser un peu, puis leur annonçai qu'elles étaient fin prêtes pour l'examen. Je leur conseillai de décompresser pendant l'après-midi, et d'en profiter pour se lancer dans leur passe-temps favori : le shopping. Il y a peu de choses au monde qu'une jumelle Baker apprécie davantage que le lèche-vitrines sur Worth Avenue munie d'une carte American Express sans limites de paiement.

Et moi, qu'est-ce que j'allais porter pour le dîner de ce soir avec Laurel ? Je contemplai l'assortiment de vêtements que Marco m'avait prêtés. Je savais à présent que c'était la couleur pêche qui me seyait le mieux, car elle faisait ressortir le vert de mes yeux noisette ; en revanche, le beige me rendait fade. Je choisis une robe de coton taille Empire couleur pêche signée Vera Wang. La robe n'était ni trop habillée ni trop courte ; aucune des robes de Vera Wang ne l'était de toute façon. J'avais aussi appris tout cela. Je pris un long bain chaud, me lavai les cheveux, les lissai, puis me maquillai de manière subtile et flatteuse.

Je franchis le seuil de la résidence à 7 heures précises et fus accueillie par Crâne-d'œuf.

— Bonsoir, Megan. Vous êtes ravissante. Veuillez me suivre s'il vous plaît.

Dans le langage Crâne-d'œuf, « Vous êtes ravissante » signifie en réalité : « Salut, beauté! T'es carrément canon! »

Je croyais qu'il allait me conduire à la salle à manger principale, mais il se dirigea vers le sous-sol où se trouvait la cave à vin.

— Euh… Madame ne m'a pas invitée à dîner?

— Si. Par ici, s'il vous plaît.

Tout au fond de la cave, il ouvrit une porte qui menait à une pièce dont j'avais ignoré l'existence jusqu'ici. Elle ne contenait qu'une table sculptée dans un bloc de granite et huit chaises en bois dégrossi. Les murs étaient ornés de fresques représentant des paysages de la campagne française.

Laurel était assise en bout de table et sirotait un verre de vin. La table avait été dressée pour deux personnes. Elle paraissait si jeune pour une femme de son âge, cela devait certainement susciter de la jalousie dans son entourage. Elle portait un bustier satiné noir et or et avait tressé ses cheveux tout en laissant quelques mèches retomber joliment de chaque côté de son visage. Ses yeux bleus bordés de longs cils noirs paraissaient encore plus grands que d'habitude. Laurel était une fois de plus l'incarnation de ses propres produits de beauté.

Après le départ de M. Anderson, Laurel fit un geste pour indiquer le siège vide devant lequel un second couvert avait été disposé.

— Asseyez-vous.

Je m'assis.

— Vous prendrez bien un verre avec moi? me demanda-t-elle en levant la carafe de vin.

Elle prit mon verre à eau et le remplit de vin. C'était bizarre. Elle détenait le monopole du marché du cristal. Pourquoi buvions-nous dans des verres à eau? Je remarquai également que la vaisselle en faïence disposée devant nous était tout ce qu'il y avait de plus simple.

Laurel joignit les mains.

— J'ai passé en revue les derniers examens blancs des jumelles aujourd'hui. Elles ont beaucoup progressé.

— Oui, en effet, dis-je en souriant.

Elle but une gorgée de vin.

— Je dois avouer qu'il y a eu des moments où j'ai douté de vos capacités. Mais j'ai eu tort.

Des compliments de la part de Crâne-d'œuf et de Laurel! Cela annonçait soit une très agréable soirée, soit une apocalypse assez proche.

— Merci, je suis très touchée.

— Je ne sais pas si mes petites-filles vont réussir demain, continua-t-elle. Mais une chose est sûre, Debra Wurtzel m'a donné de très bons conseils quand elle m'a dit de faire appel à vous. Je lève mon verre à Megan Smith. Vous avez accompli de nombreuses choses en deux mois. Félicitations. À ta santé[1].

Je trinquai avec Laurel, surprise qu'elle se soit mise à me tutoyer d'un coup, et bus une gorgée de vin; il était âpre et astringent : rien à voir avec le bordeaux qu'elle préférait d'habitude.

— Pour vous dire la vérité, madame Limoges, j'ai également appris beaucoup de choses depuis mon arrivée ici.

J'aperçus comme un pétillement dans les yeux de Laurel.

1. En français dans le texte. *(N.d.T.)*

— Je pense que tu as dû découvrir ta propre beauté, non ?

Je n'avais aucune idée de ce que je pouvais répondre à cela. Elle me tapota doucement la main.

— La beauté est un don du ciel qui est fait pour être apprécié, dit Laurel en secouant sa serviette pour la placer sur ses genoux. Et maintenant, Megan, voyons si tu vas savoir apprécier le meilleur repas que Marco puisse cuisiner.

— Et servir, entonna Marco au moment où il ouvrait la porte. Je serai votre garçon[1] ce soir, ma chère. Permets-moi d'ajouter que je n'aime guère que l'on claque des doigts pour m'appeler.

— Loin de moi cette idée, lui répondis-je avec un clin d'œil.

Il était l'une des personnes qui me manqueraient le plus une fois que j'aurais quitté Palm Beach.

— Quel est le menu de ce soir, Marco ? s'enquit Laurel.

— Très rustique : vous commencerez par du foie gras. En plat principal, je vous propose un cassoulet suivi d'une salade paysanne composée de salade verte, fleurs sauvages, fromage de chèvre et pignons, tout cela accompagné d'un vin rouge que les gens de la campagne appellent pinard[2]. Et en dessert, je vous ai préparé des petits beignets.

Laurel se pencha vers moi comme pour me faire une confidence.

— Je lui interdis d'en faire trop souvent. Ils sont si délicieux que je ne peux absolument pas leur résister.

— Chaque beignet a un parfum différent : crème de marron, chocolat noir et orange, Grand Marnier, et cetera…, énuméra Marco avant d'embrasser le bout de ses doigts et de s'éclipser pour nous apporter l'entrée.

1. En français dans le texte. *(N.d.T.)*
2. *Idem.* *(N.d.T.)*

— Les jumelles vont se joindre à nous pour le dessert, dit Laurel en rompant un morceau de baguette.

— Elles ne me l'avaient pas dit.

— M. Anderson va se charger de les appeler. Mais je voulais m'entretenir avec toi auparavant.

Elle marqua une pause comme pour chercher les mots exacts.

— Il y a huit semaines, j'ai enclenché une sorte de mise à l'épreuve pour mes petites filles. Maintenant que ton travail ici est terminé, tu dois certainement te poser beaucoup de questions.

Même si l'on n'exerce plus le métier, on garde une âme de journaliste tout au long de sa vie. Je sentais qu'elle s'apprêtait à me révéler le véritable scoop. J'avais certes fait une croix sur mon article, mais ma curiosité, elle, allait au moins être satisfaite.

Marco apporta le foie gras. Laurel en étala un morceau sur du pain, puis attendit qu'il reparte pour continuer à parler.

— Voir ses enfants mourir sous ses yeux est la pire des choses qui puisse arriver, reprit Laurel. Personne ne peut s'imaginer ce que l'on ressent, et j'espère que tu ne connaîtras jamais cela. Deux ans avant la mort de ma fille, mon mari est décédé après une crise cardiaque.

Elle poussa un grand soupir avant de reprendre :

— La perte d'un être cher nous transforme. Nul ne peut le savoir tant qu'il n'a pas été confronté à cette tragédie.

Je hochai la tête et attendis qu'elle continue. Elle haussa légèrement les épaules.

— Quand la garde des jumelles m'a été confiée, je n'étais malheureusement pas prête à m'occuper d'elles. Mon chagrin était trop profond. Il y a tellement de choses que je regrette, mais il est impossible de revenir en arrière. On ne peut qu'aller de l'avant.

Elle leva son verre et but une grande gorgée de vin.

— Quand je me suis enfin sentie prête à les élever, elles s'étaient réfugiées derrière un mur que je ne pouvais escalader. Ensuite, j'ai lu cet article infâme dans *Vanity Fair* et c'était comme si toute la vérité m'éclatait au visage : voilà ce qu'elles étaient devenues et tout cela par ma faute.

Elle se mit à fixer son verre comme s'il était une boule de cristal.

— C'est pour cette raison que je leur ai lancé ce défi. Afin de le surmonter, elles ne pouvaient pas compter sur leur beauté mais l'une sur l'autre. Je priais et espérais de tout mon cœur que cela leur permettrait d'évoluer et de se rapprocher de la vie qu'elles auraient eue si la tragédie les avait épargnées. Et c'est pourquoi j'ai fait appel à toi, ma chère.

Il y avait tant de questions que l'écrivain qui sommeillait en moi mourait d'envie de poser. Pour commencer, cela ne lui avait jamais traversé l'esprit que les jumelles et elle étaient les patientes idéales pour une thérapie familiale ? Pourquoi se servir de son chagrin comme d'une excuse pour avoir négligé ses petites-filles ? Ou encore : Une fois qu'elle s'était rendu compte de son erreur, pourquoi ne leur avait-elle pas simplement dit la vérité ?

C'est moi qui me permettais de reprocher à quelqu'un de ne pas avoir dit la vérité ?

Tout ce que je pus lui demander fut :

— Est-ce que vous vouliez que... Sage et Rose vous détestent ?

— Non, mais s'il fallait en passer par là pour qu'elles apprennent à s'aimer elles-mêmes et l'une l'autre, alors tant pis.

Marco réapparut pour débarrasser les assiettes dans lesquelles nous avions dégusté notre foie gras et les remplacer par d'autres, remplies de cassoulet odorant. Tout en mangeant, Laurel me raconta des histoires de son enfance :

un de ses oncles avait vécu dans le Morvan entre Autun et Nevers, et s'occupait des vaches charolaises d'un riche propriétaire. Son patron lui avait offert une maisonnette en pierre pour le récompenser, et la cuisine de cette maison ressemblait fort à la pièce dans laquelle nous dînions.

— Je l'ai recréée ici. C'est pour cette raison que nous buvons ce vieux vin et que nous mangeons du cassoulet. C'est sa recette. J'invite très peu de gens dans cette pièce.

Je lui souris, et ne sachant pas vraiment quoi lui dire, je répondis simplement :

— Merci, Madame.

— Dis-moi, Megan. Que vas-tu faire une fois rentrée à New York ?

Il n'y avait rien de mieux pour me couper l'appétit. Je posai ma fourchette et m'essuyai la bouche avec l'épaisse serviette. J'espérais que les jumelles seraient acceptées à Duke et que mes emprunts ne seraient qu'un mauvais souvenir. Mais je n'en saurais rien avant de connaître les résultats du SAT qui seraient diffusés sur Internet deux semaines plus tard. À part cela, je n'en avais aucune idée.

— Je vais certainement chercher du travail.

— Un travail semblable à celui que tu faisais pour le magazine de Debra ?

Elle sourit et je me rendis compte que Debra avait dû lui parler de l'alchimie entre *Scoop* et moi. Ou plutôt, de l'absence totale d'alchimie.

— J'espère trouver quelque chose de plus… glorieux, avouai-je.

— Je peux peut-être t'aider à concrétiser tes nobles ambitions. Je connais pas mal de gens dans le monde de la presse. Certains d'entre eux travaillent pour des magazines… *glorieux*. Il me suffit de passer deux ou trois coups de téléphone pour toi. Mais en attendant…

Elle mit la main dans une poche de sa robe, en retira une enveloppe et déclara :

— C'est pour toi.

Je l'ouvris ; l'enveloppe contenait un chèque de soixante-quinze mille dollars.

— C'est ton bonus, expliqua Laurel. Tu as travaillé dur, Megan. Tu as tout fait pour que les filles soient prêtes. Tu n'aurais pas pu faire mieux.

Mes yeux étaient rivés sur l'argent. La meilleure chose à faire aurait été de refuser, de dire que je ne les méritais pas tant que les filles n'étaient pas acceptées à Duke.

Voyons ! Bien sûr que j'ai accepté le chèque. Pour qui me prenez-vous ? Je ne suis pas une sainte, non plus !

— Je voudrais te dire une dernière chose qui sonne mieux dans ma langue natale : *Tu es une jeune femme très débrouillarde*[1].

Je rougis. En français, le mot *débrouillard* est un véritable compliment. Il combine à la fois l'idée qu'une personne est intelligente, réfléchie, pragmatique... et par-dessus tout, pleine de ressources.

— Je vous remercie, vraiment.

— Mes débuts à Paris n'ont pas été faciles : très peu de salons étaient prêts à essayer les produits de beauté d'une fille qui habitait dans le 18e arrondissement. À chaque étage de mon immeuble, il y avait une salle de bains commune, et c'est dans le lavabo de celle qui se trouvait sur mon palier que je préparais et mélangeais mes produits ; je me gardais bien évidemment de dévoiler ce genre de détail lors de mes démarches auprès des professionnels. Pour acheter mes produits, il a fallu que je fasse la manche, que j'emprunte et même que je vole de l'argent.

Elle serra ses mains élégantes l'une contre l'autre.

---

1. En français dans le texte. *(N.d.T.)*

— Alors, de temps en temps, il m'était indispensable de... comment dire? D'embellir la vérité juste un peu. Un ami généreux m'avait acheté une robe magnifique que je portais pour aller présenter mes produits; les professionnels pensaient alors que je faisais partie de la bourgeoisie parisienne. La fin justifie les moyens.

Elle me regarda avec des yeux pétillants. À cet instant-là, je sus qu'elle connaissait mon secret.

— Je suis désolée, bredouillai-je.

Elle leva la main pour m'interrompre.

— L'histoire des quartiers riches de Philadelphie t'a permis d'atteindre ton but, dit-elle en esquissant un sourire. Tu as fait comme moi en quelque sorte, sans le savoir.

— Quand les filles auront passé leur examen, je leur dirai toute la vérité, promis-je.

— Ce sera le moment idéal, fit Laurel en opinant de la tête.

Je baissai de nouveau la tête pour regarder le chèque que je tenais dans mes mains.

— C'est tellement généreux de votre part...

— Qu'est-ce qui est généreux? demanda Sage.

Rose et elle se tenaient sur le seuil de la porte.

— Mon Dieu! s'écria Laurel. Rose, qu'as-tu fait à tes cheveux?

Rose afficha un large sourire puis tourna sur elle-même.

— Vous aimez?

Elle avait coupé ses magnifiques cheveux à la garçonne et sa frange attirait le regard vers ses grands yeux.

— J'adore! m'exclamai-je.

Non seulement je le pensais, mais l'étincelle dans les yeux de Rose indiquait également qu'elle en était très contente. Elle n'était plus le double de Sage, elle était unique à présent.

— C'est... un nouveau départ, affirma Sage.

— Tu ressembles à Jean Seberg dans *À Bout de Souffle*,

avec Belmondo. Vous devriez voir ce film. Oui, Rose, j'aime beaucoup. Asseyez-vous, les filles. C'est l'heure du dessert, observa Laurel au moment où Marco apportait une cafetière et un plateau de minuscules beignets. Il est également temps pour moi de vous féliciter d'avoir si bien travaillé.

Sage fixa sa grand-mère, ébahie.

— Ai-je bien entendu? Tu veux nous faire des compliments?

— Oui, Sage, confirma Laurel. Je pense en effet que vous avez travaillé très dur. Mais le plus important est que vous voyiez maintenant que vous en êtes capables. Les efforts sont toujours récompensés. C'est pourquoi, que vous réussissiez ou non demain...

— Tu nous donnes notre argent quoi qu'il arrive! s'écria Sage.

Elle sauta en l'air et commença une danse de la victoire en chantant :

— C'est mon anniversaire, c'est mon anniversaire! C'est pas vrai mais on lève quand même les bras en l'air...

Laurel leva la main.

— Non. Rien n'est aussi motivant que la motivation elle-même. Assieds-toi.

Sage se laissa tomber sur sa chaise.

— Rien n'a changé : vous devrez faire de votre mieux demain, décréta Laurel. Cependant, j'ai effacé la dette de Megan dans son intégralité. Je pense que nous sommes toutes les trois d'accord pour dire qu'elle le mérite, n'est-ce pas?

— Oui, acquiesça Rose.

— Carrément, concéda Sage.

— Très bien, approuva Laurel. Les filles, votre grand-mère est fière de vous. Megan, je crois que vous avez fait tout ce que vous pouviez.

— Je ne suis pas d'accord, dit Rose doucement. Il y a autre chose qu'elle pourrait faire si elle le voulait vraiment.

— Quoi donc? demanda Laurel en fronçant les sourcils.

Les yeux maquillés de Rose s'emplirent de larmes.

— Elle pourrait rester ici au lieu de repartir pour New York.

— Tout le monde doit aller de l'avant, ma chérie. Megan, vous les filles et même moi, expliqua Laurel.

J'eus un pincement au cœur. Elle tourna son regard vers moi.

— Et si nous portions un toast? Je voudrais vous faire goûter quelque chose de spécial.

— Un petit verre, lui dis-je. Un tout petit.

— Juste une goutte. J'ai une bouteille de cognac Camus dans mon bureau, elle me vient de mon grand-oncle. Je ne la sors que pour les grandes occasions. Je vais aller la chercher.

Elle sortit et me laissa seule avec les jumelles. Je la connaissais assez bien maintenant pour savoir qu'elle aurait pu appeler n'importe lequel de ses employés pour aller chercher la bouteille. Elle avait décidé de s'en charger elle-même pour me permettre de discuter avec Sage et Rose.

— Je veux vous dire que..., commençai-je.

— J'espère que tu ne vas pas employer de grands mots parce que j'en ai marre des leçons de vocabulaire! m'avertit Sage.

— Ne t'inquiète pas. Vous êtes prêtes. C'est fini le travail, promis.

— Tu aimes vraiment ma nouvelle coiffure? me demanda Rose.

— Oui, sincèrement, affirmai-je.

Sage sortit son nouveau téléphone portable de la poche de son jean.

— Pendant que j'y pense, donne-moi le numéro de tes parents à Gladwyne.

Je bus une rasade de vin afin de gagner du temps. Le

numéro de mes parents à Philadelphie? Je ne connaissais même pas l'indicatif téléphonique pour Philadelphie.

— Pourquoi? lui demandai-je, en essayant d'avoir l'air détendue. Tu as déjà mon numéro de portable.

— Si jamais tu déménages ou que tu pars t'installer en Europe, tes parents pourront toujours me dire où te joindre, expliqua Sage. Alors c'est quoi?

Ce fut un de ces moments au cours desquels votre vie défile devant vos yeux. Mais je fus sauvée par un coup du destin.

— Ah, merde, je n'ai plus de batterie, maugréa Sage. Ce n'est pas grave, tu m'y feras penser plus tard.

— Aucun problème, répondis-je rapidement. *Demain*, me dis-je en moi-même, *demain après l'examen tu leur diras toute la vérité.*

Laurel réapparut avec la bouteille de cognac. Elle servit tout le monde et leva son verre :

— À demain, déclara-t-elle.

J'étais aux anges à l'idée d'avoir soixante-quinze mille dollars en poche, mais je ressentais également autre chose au plus profond de moi-même. Huit semaines auparavant, je détestais ces filles et mon sentiment avait été plus que justifié. Mais la haine s'était évaporée. Elles ne ressemblaient en rien à celles qu'elles avaient été au tout début. Cependant, j'étais aussi différente de la personne qu'elles croyaient connaître. Comment était-il possible qu'elles se soient montrées assez courageuses pour être franches l'une envers l'autre et avec moi également, alors que j'étais à des années-lumière d'être honnête avec elles?

— À demain, répétai-je après Laurel.

Ces deux mots signifiaient tellement de choses maintenant. Le lendemain, juste après leur examen, je dirais tout aux jumelles.

— Tchin-tchin!

## chapitre 34

Dernière nuit au paradis. Dernière promenade sur la plage.

J'enfonçai mes pieds nus dans le sable frais tout en fixant l'océan qui s'étendait à perte de vue et que le fin croissant de lune colorait en violet foncé. Après qu'on se fut régalées avec les petits beignets de Marco (croyez-moi, pas un seul être humain, même les jumelles Baker, ne pouvait leur résister), il était l'heure pour les jumelles et moi de retourner à la villa. Je vérifiai deux fois si leur réveil était correctement réglé et plaisantai en leur faisant remarquer que je les bordais comme des petites filles. Puis je les serrai très fort dans mes bras. Nous avions prévu de prendre le petit déjeuner ensemble le lendemain avant que je les conduise au centre d'examen de West Palm. J'essayai de ne pas penser à la haine qu'elles éprouveraient envers moi au moment où je leur dirais la vérité. Je me rassurais en me disant qu'elles comprendraient.

La nuit était fraîche et le vent s'était légèrement levé. Je boutonnai ma veste True Religion et regardai les vagues lécher le sable. Quand je serais de retour à New York, dans le monde réel, arriverais-je à me souvenir des couleurs, de l'air vivifiant de la mer, des arômes enivrants des fleurs des *Anges*? Serais-je capable, les yeux fermés, de me représenter un bateau de croisière éclairé de mille feux au cœur de l'océan? Pourrais-je me rappeler la douce musique de l'orchestre sur la plage dont les notes s'échappent jusqu'au large?

Tout cela ne serait bientôt qu'un lointain souvenir. Je n'étais pas chez moi à Palm Beach, rien de ce que j'avais découvert ici ne ressemblait à ce que j'avais connu auparavant, et pourtant j'étais triste de quitter tout cela. Chaque fois que l'on gagne quelque part, pourquoi perd-on quelque chose ailleurs?

Je marchais vers le sud, en direction de *La Barbade*. Je ne pouvais pas dire que j'avais véritablement perdu Will puisque je n'avais pas gagné son cœur. J'avais peut-être éprouvé des sentiments pour lui ce jour-là au lac Okeechobee, mais tout cela me paraissait tellement loin à présent, comme un rêve.

J'enjambai la corde qui séparait *Les Anges* de la propriété familiale de Will. À une trentaine de mètres devant moi se tenait une sorte de cabane éclairée par des lanternes à pétrole, que je n'avais jamais vue auparavant. Je m'approchai et vis qu'il s'agissait d'une case au toit de chaume; à l'intérieur, il y avait un bar et des tables disposées çà et là sur un plancher qui ressemblait à celui d'un pont de bateau. Je trouvais ironique de voir ce que certains habitants de Palm Beach étaient prêts à faire pour recréer le genre d'endroit où le niveau de vie était largement au-dessous du leur.

Je me mis à fredonner la chanson *One Love, One Heart* de Bob Marley.

— Tu te trompes d'île.

Je me retournai : Will s'avançait sur le sable vêtu d'un smoking noir. Il avait ôté sa cravate et ouvert le col de sa

274

chemise blanche, ce qui lui donnait l'air d'un crooner du style de Sinatra ou Dean Martin, ces chanteurs que mes parents détestaient plus que tout.

Ses yeux couleur saphir brillaient sous l'éclairage des lanternes.

— On se croirait dans les Caraïbes, n'est-ce pas ?

Il me faisait la conversation comme si nous étions des amis qui venaient de se rencontrer par hasard. Il poursuivit :

— C'est ma belle-mère qui a eu cette idée. Tu l'auras certainement deviné, elle et mon père sont allés à La Barbade pour leur lune de miel. Je suis sûr qu'ils n'ont pas quitté leur hôtel pendant tout le séjour, mais c'est la pensée qui compte.

Il s'assit sur l'un des tabourets du bar et plongea les mains dans ses poches.

— Bonsoir.

— Bonsoir, répondis-je. Ça fait un bail.

Je fis la grimace. Avais-je bien entendu : je venais de dire *ça fait un bail* ? Moi, Miss Intello ?

— J'adore les mecs qui se baladent en costard sur la plage, ajoutai-je.

Voilà qui était mieux.

— Mon père a organisé une petite soirée pour des acheteurs. Tenue correcte exigée. Des gens très bon chic bon genre.

Il esquissa un sourire qui n'avait rien de joyeux.

— Rien à voir avec la clientèle d'Hanan, lui dis-je.

Will éclata de rire.

— Mon père préférerait mourir plutôt que d'exposer les œuvres d'Hanan.

Je donnai un léger coup de pied dans le sable.

— Mais tu lui as promis que tu mettrais ses peintures dans ta galerie. Elle compte sur toi.

Will fronça les sourcils.

— Il ne faut jamais me faire confiance, dit-il en passant derrière le bar. Une Despé, ça te dit?

— On n'est pas censés être à La Barbade? Il y a quelqu'un dans les parages qui ne doit pas être très fort en géographie.

— Ça ne peut être que ma belle-mère. Elle n'est pas douée pour grand-chose.

Il prit deux bières dans le petit réfrigérateur, m'en tendit une, et trinqua avec moi. Après avoir avalé une grande gorgée, Will s'accouda au bar.

— J'allais justement me rendre aux *Anges*.

Bon, d'accord, je l'avoue : un frisson me parcourut tout le corps.

— C'est gentil.

— Pour souhaiter bonne chance aux jumelles, précisa-t-il.

Aïe.

— Nous venons tout juste de rentrer de Londres, expliqua-t-il. Nous avons participé aux ventes aux enchères de Sotheby's et Christie's, et nous sommes ensuite allés à Paris pour celle de Tajan.

— La belle vie.

— Il faut bien en profiter, répondit-il avant de prendre une autre gorgée de bière. Je me demandais si elles allaient bien et si elles étaient prêtes pour leur examen.

Je passai mon pouce sur le goulot de la bouteille.

— Franchement, je ne sais pas. En tout cas, elles ont étudié comme des folles.

— C'est bien la première fois que ça leur arrive.

— Je vais te dire quelque chose d'encore plus amusant : Laurel m'a payée.

— Waouh! Ça va faire la une du *Journal doré*.

Will fit le tour du bar pour me rejoindre.

— Ça te dit de marcher un peu?

— Oui.

Il m'emmena jusqu'au bord de l'eau sans prononcer un mot. J'étais intriguée par les propos qu'il avait tenus quelques instants plus tôt et lui demandai :

— Tout à l'heure tu as dit qu'il ne fallait jamais te faire confiance. Pourquoi?

— Il m'arrive parfois de croire que je peux faire ce que je veux : voler de mes propres ailes, ouvrir une galerie, exposer le style d'art que j'adore…, fit-il en haussant les épaules. Mais il faut voir la réalité en face, Megan : je suis un gosse de riche qui n'a jamais eu besoin de travailler pour obtenir ce qu'il voulait. Pourquoi s'embêter?

— Pour prouver que tu n'es pas comme ton père.

Il me dévisagea.

— Te le prouver à toi?

— Non, à toi-même.

— Ah.

Il continua à avancer en silence. Les vagues se brisaient sur le rivage.

— J'ai une question à te poser, Megan Smith, me dit enfin Will. Le mec que j'ai vu avec toi ce matin-là, au café sur Worth Avenue et lors du gala de Noël. C'était qui?

Petite confidence : c'est très fatigant de mentir.

Je ne me sentis pas bien tout à coup. J'aurais aimé être engloutie tout entière dans des sables mouvants, ce qui m'aurait évité d'avoir à lui dire la vérité.

Mais le sable était on ne peut plus ferme. Il fallait que je raconte tout à Will maintenant et aux jumelles le lendemain. Par où commencer?

— J'ai rencontré James à Yale, dis-je prudemment.

— Oui, j'avais plus ou moins compris. Et alors?

Je remarquai une certaine tension dans la voix de Will.

— Alors, lui et moi, nous sommes… sortis ensemble.

— J'avais bien compris ça aussi. Mais pourquoi ne me l'as-tu pas simplement dit?

— J'aurais dû, acquiesçai-je. Le jour où je suis arrivée ici, les jumelles m'ont fait ce sale coup et je les détestais vraiment, ainsi que tous leurs amis. Et tu en faisais partie.

— Je ne vois pas le rapport avec le mec de Yale.

— C'est juste que... dis-je en poussant un long soupir.

Je fis craquer mes doigts, chose que je ne fais jamais habituellement.

— C'est une longue histoire. Tu es prêt?

— Oui, me répondit Will en fronçant les sourcils.

Il avançait en donnant des coups de pied dans le sable.

— Je me fichais bien de toi ou de ce que tu pensais au début. Et ensuite, chez Hanan, tout a changé.

Il s'arrêta et se tourna vers moi pour entendre la suite. Je cessai de marcher également.

— Parce que j'ai pu voir qui tu étais vraiment, et ça... ça... alors... j'ai pensé que si tu savais...

Dans les films, c'est le moment où la fille s'arrête brusquement en plein milieu de son explication et où le mec l'attire vers lui pour l'embrasser avec fougue.

Mesdames et messieurs, bienvenue dans mon grand moment de cinéma.

Il avait posé ses lèvres sur les miennes, passé une main dans mes cheveux et me serrait contre lui avec l'autre. Tout ce que j'avais pu m'imaginer, même mes fantasmes les plus fous, n'était rien, comparé à ce qui était en train de m'arriver. Mon cerveau zappa tout à coup sur l'image de Lily en pleine séance de bouche-à-bouche avec Will, mais il déboutonna mon blouson, le retira, ôta mon T-shirt; je ne pensais plus à rien ni à personne. Il étendit sa veste sur le sable et m'allongea dessus. Quelques secondes plus tard, nous étions nus tous les deux, et je compris alors pourquoi dans les films la caméra s'éloigne toujours pour ne montrer que les vagues qui se brisent.

Je suis sûre d'avoir poussé quelques petits gémissements

pour montrer à quel point j'adorais ce qui était en train de se passer. J'étais même plutôt contente d'avoir dévoilé ma rose et que ce soit Will qui profite de mon... œuvre d'art.

C'est torride de faire l'amour sur la plage. Je ne conteste pas que le sable ajoute une certaine... touche dont on pourrait se passer, mais cela ne nous gêna pas plus que ça, car nous étions insatiables. Que voulez-vous? J'avais accumulé une certaine tension sexuelle.

Le sommeil nous gagna rapidement; le grand air et nos acrobaties nous avaient bien épuisés. Je me réveillai peu de temps après dans les bras de Will. Il m'embrassa sur le front. Puis il commença à m'embrasser plus bas, beaucoup plus bas. Je le fis rapidement remonter à la surface.

— Viens, je t'emmène dans ma chambre, lui chuchotai-je. Je vais te faire entrer en cachette.

— On se croirait au lycée, me taquina Will.

Il se leva et m'aida à me redresser. J'enfilai mon T-shirt et mon jean et mis mon ensemble La Perla dans la poche de ma veste. Je le guidai vers *Les Anges* en le tenant par la main. Il s'arrêtait tous les deux mètres pour m'embrasser ou me susurrer mon prénom à l'oreille d'une voix sensuelle.

Après avoir gravi les marches en pierre et traversé la terrasse, je marchai à pas de loup jusqu'à la porte d'entrée de la villa des jumelles. Will me suivait de près. Il me pinça les fesses en bas de l'escalier en colimaçon. Je lui pris la main et mis un doigt sur mes lèvres pour lui indiquer de ne pas faire de bruit. Puis, une fois en haut, il me serra encore contre lui pour m'embrasser tendrement.

Un son à mi-chemin entre le soupir et le gémissement s'échappa de ma bouche. Si mon QI n'était pas descendu plus bas que mon nombril, je me serais certainement sentie gênée.

Je m'apprêtai à l'entraîner dans le couloir qui menait à ma suite quand la lumière s'alluma soudainement. Sage et Rose bloquaient le chemin. Toutes deux portaient des pantalons de survêtement Juicy Couture. Elles affichaient un regard noir qui voulait dire que quelque chose clochait.

— Qu'est-ce qui se passe? demandai-je. Pourquoi n'êtes-vous pas...

— Comment as-tu pu nous faire ça? cria Rose.

Son teint mat était maintenant devenu pâle.

— On sait tout, me dit Sage en m'adressant un regard de pure haine.

*chapitre 35*

Rose vit le sable dans mes cheveux et dans ceux de Will, ainsi que le string La Perla qui dépassait de ma veste en jean et ne put qu'en conclure :

— Vous l'avez fait sur la plage !

Il aurait été difficile de la contredire ; les preuves étaient accablantes.

— Est-ce que tu aimerais connaître l'identité de celle que tu viens de baiser ? demanda Sage à Will sur un ton véhément. Ou plutôt, celle qui vient de te baiser ?

C'est alors que j'aperçus ce qui dansait au bout de la corde que Sage tenait dans sa main gauche.

Ma clé USB. Oh, bon sang ! Ma clé USB ! Quelle idiote, je l'avais complètement oubliée ! J'avais effacé toutes mes notes sur Palm Beach de mon iBook le matin du jour de l'an après avoir vu le lever du soleil avec les jumelles. J'avais même vidé la corbeille de mon ordinateur. Mais je n'avais pas pensé à ce que j'avais sauvegardé sur ma clé. Elles

281

avaient dû lire tout ce que j'avais écrit sur Palm Beach pendant ces six semaines.

— De quoi est-ce qu'elle parle ? me demanda Will.

Sage sourit froidement et fit tournoyer la corde de la clé USB autour de son doigt.

— Tu veux lui dire toi-même, Megan, ou tu préfères qu'on s'en charge ?

J'avais envie de vomir, de m'enfuir ou de me mettre à genoux pour implorer leur clémence, mais tout cela ne m'aurait pas servi à grand-chose Les jumelles commencèrent alors à raconter comment elles avaient découvert la vérité sur moi pendant que je restais plantée là sans rien dire.

Je les avais quittées après leur avoir dit bonne nuit, mais elles étaient bien trop nerveuses pour arriver à dormir. Elles étaient donc allées dans ma suite pour discuter avec moi, et voyant que je n'y étais pas, elles avaient décidé de faire quelques révisions pour le SAT.

— On a allumé ton ordinateur pour trouver des exercices, me dit Rose. Mais on n'arrivait pas à trouver de fichiers. Ensuite, on est tombées là-dessus.

Sage souleva ma clé USB et continua :

— Alors on l'a branchée, et devine sur quoi on est tombées, Will ? lui demanda-t-elle. Des fichiers avec notre nom dessus.

— Et ton nom à toi aussi, Will, ajouta Rose.

Je parvins enfin à diriger mon regard vers lui. Toutes sortes d'émotions se lisaient sur son visage : la suspicion, le doute, l'espoir que tout cela ne soit qu'un mensonge, et la peur que ce ne soit la vérité.

— Demande-lui ce qu'il y a dans ces fichiers, lui ordonna Sage.

— Tu n'as pas besoin de me le demander, Will. Je vais te le dire, déclarai-je.

Je sentis mes jambes trembler, mais poursuivis :

— Ce sont des notes pour un article que j'avais l'intention d'écrire sur Palm Beach. Mais j'avais changé d'avis et décidé d'y renoncer alors j'ai tout effacé de mon disque dur. J'imagine que j'ai oublié de supprimer ce que j'avais sauvegardé sur ma clé.

Je vis l'expression de confusion sur le visage de Will se transformer en colère.

— Tu crois qu'on va avaler ça, Megan ? Une fille aussi intelligente qui aurait « oublié » de supprimer le fichier de sauvegarde ?

— C'est la vérité, insistai-je.

— La vérité ? Arrête, Megan ! dit Sage en riant amèrement. Tu as fait semblant d'être notre prof, tu nous as fait croire que tu étais notre amie alors que pendant tout ce temps tu ne pensais qu'à nous entuber !

— Tu veux savoir ce qu'elle a écrit sur toi, Will ? lui demanda Rose, furieuse. Que tu n'es qu'un gros fêtard immature qui traîne avec des lycéennes. Que ce que d'autres appellent détournement de mineur, toi tu appelles ça : avoir de la chance.

— Tu as écrit ça ? s'indigna-t-il.

— Je vais tout t'expliquer, lui dis-je.

Une expression pathétique, mais qui vient tout de suite à l'esprit quand on est pris en flagrant délit.

— J'ai pris ces notes avant de savoir qui tu étais réellement. Comme je te l'ai dit sur la plage, j'étais en colère.

Je me retournai vers les jumelles :

— Je suis venue ici pour vous donner des cours particuliers. Je n'avais aucune autre idée derrière la tête au début.

— Je t'en prie, se moqua Sage. Qui es-tu alors ? Comment tu t'appelles ? Et ne nous dis pas que c'est Megan Smith !

— Si, je m'appelle Megan Smith, dis-je tristement.

— C'est ça, répondit Sage sur un ton ironique. Bien sûr. D'où viens-tu alors, Megan Smith?

J'avalai péniblement ma salive.

— J'ai grandi à Concord, dans le New Hampshire. Je n'ai fréquenté que des écoles publiques. Mon père est professeur à l'université du New Hampshire et ma mère est infirmière praticienne.

— Tu n'es pas de Philadelphie, alors? s'étonna Will.

Il étouffa un juron puis reprit :

— Je savais bien qu'il y avait quelque chose qui clochait.

— En fait, je n'ai jamais dit à personne que je venais de Philadelphie, leur fis-je remarquer.

Je me tournai de nouveau vers les jumelles.

— C'est vous, les filles, qui avez fait une recherche sur Google et qui m'avez prise pour une fille riche qui habite là-bas. C'est vrai que je ne vous ai pas contredites, mais si je l'avais fait, vous n'auriez jamais voulu étudier avec moi.

— Et quand on s'est mises à travailler, tu n'as pas essayé de rectifier les choses, n'est-ce pas? lança Sage.

— Non, répondis-je simplement.

— Même pas après avoir soi-disant effacé tes notes!

Je secouai la tête. Les faits parlaient d'eux-mêmes. Je parvins à lever les yeux vers les jumelles. Rose semblait au bord des larmes. Sage, au contraire, était prête à commettre un meurtre.

— Il y a quelque chose que je ne comprends pas, Megan, murmura Rose.

— Oui?

— Si tu n'es pas la Megan de Philadelphie et que tu n'es pas riche, où est-ce que tu as trouvé tous ces vêtements?

— C'est Marco. Il m'a aidée.

— On va raconter tout ça à Grand-mère! lança Sage avec un regard froid.

Ce n'était pas la peine de préciser que sa grand-mère était déjà au courant. Elle le découvrirait bien assez vite.

— Pourquoi as-tu fait ça? me demanda Will, complètement abasourdi. Pourquoi as-tu menti sur tout?

— Je voulais te raconter la vérité tout à l'heure... sur la plage. J'ai essayé de tout te dire avant que nous... tu sais.

Je secouai la tête afin de m'ôter de l'esprit l'image d'extase qui m'était soudainement réapparue. Je poursuivis :

— Quand je suis arrivée ici, je ne savais même pas ce qui m'attendait. La première soirée, quand elles m'ont fait cette sale blague et que...

— Attends, m'interrompit Will. Tu mets tout ça sur le dos des jumelles?

— Non. Enfin... C'est bien moi qui ai fait les recherches et c'est bien moi qui ai écrit toutes ces notes, mais...

— Tu as changé d'avis, tu ne voulais plus écrire ton article.

Rose avait terminé la phrase à ma place en m'imitant de manière grotesque.

— C'est la vérité, Rose, insistai-je. J'aimerais tellement que tu écoutes ton cœur pour me croire.

Ma voix tremblait.

Sage fit une grimace.

— Pourquoi veux-tu qu'on te croie? Tu n'as fait que mentir.

— Cherchez dans mon ordinateur, il n'y a plus aucun fichier. Les dernières notes que j'ai prises remontent à deux semaines!

— Cette garce s'est servie de nous, Rose, conclut Sage. Et elle a voulu se faire de l'argent sur notre dos.

— Mais regardez tout le travail que l'on a réalisé ensemble, leur fis-je remarquer. Je n'ai pas fait semblant.

— N'importe qui aurait pu agir ainsi, dit Rose d'un ton neutre.

Elle prit la clé USB des mains de sa sœur et me la lança en ajoutant :

— J'avais confiance en toi!

Qu'est-ce que je pouvais répondre à cela?

— Je suis tellement, tellement désolée.

Je lui saisis la main, mais elle la repoussa d'un geste brusque.

— Va dire ça à quelqu'un d'autre, me cracha-t-elle à la figure.

Will se mordait nerveusement les lèvres et me demanda :

— Megan? Ce mec, James? Il était de mèche avec toi?

La réponse se lisait dans mes yeux.

— Putain il l'était! J'y crois pas! dit-il tout bas mais assez fort pour que je l'entende.

— C'est qui, James? s'enquit Sage.

— Demande à ta prof, lui répondit Will.

Il n'y avait rien que je puisse dire ou expliquer pour leur faire comprendre. C'était peine perdue. Mais je ne voulais pas que les jumelles se torturent davantage l'esprit à cause de moi.

— Je suis vraiment, vraiment désolée, leur dis-je. Ne laissez pas cette histoire compromettre votre examen de demain.

— Comme si tu t'en préoccupais! lança Rose. On verra bien ce que tu racontes sur nous dans *Scoop*.

Qu'avaient-elles exactement découvert sur moi? Avaient-elles fait le lien avec *Scoop*?

— Je sais que tu ne me crois pas, Rose, mais j'ai pris notre amitié au sérieux. Je le pense vraiment. Will...

Il secoua la tête.

— Megan... si c'est bien ça ton prénom... ne dis rien. Peu importe ce que tu voulais dire, s'il te plaît... ne dis rien.

Il fit demi-tour et descendit l'escalier. Je n'essayai même pas de le retenir.

— On va retourner dans notre chambre maintenant, dit Rose. Je te conseille fortement de lever le camp avant qu'on se réveille demain matin.

Tout était fini. Je rejoignis ma suite et fermai la porte derrière moi. En tremblant, j'appelai un taxi pour l'aéroport, me rinçai sous la douche et enfilai l'ensemble numéro deux que j'avais déniché à Century 21 avant de plier bagages. Cela ne me prit que quelques minutes puisque je ne rapportais que mes affaires achetées à New York. J'entassai le reste soigneusement sur le lit, c'est-à-dire les vêtements que Marco et les filles m'avaient offerts ou prêtés, le maquillage, les accessoires, les bijoux et même le fer à lisser. Je posai le chèque de Laurel sur le dessus ainsi que la carte de retrait qui correspondait au compte en banque qu'elle avait ouvert à mon nom et, enfin, ma clé USB.

J'écrivis également un mot à l'attention de Marco. Il s'était comporté en véritable ami au moment où j'en avais eu le plus besoin. Qu'avais-je fait en retour? Je l'avais utilisé. La formule *Je suis désolée* me parut simpliste, mais je l'écrivis quand même.

Puis, vêtue comme je l'étais le jour de mon arrivée, avec le même sac à dos sur les épaules, je me dirigeai vers le portail pour prendre mon taxi. Je ne fis qu'un arrêt pour glisser mon message sous la porte de Marco. Je laissais derrière moi tout ce que j'avais connu à Palm Beach, tout... même l'amour.

## *chapitre 36*

J'enfouis mes mains dans mes poches pour les protéger du froid mordant qui s'engouffrait dans les escaliers de l'arrêt *Astor Place* sur la ligne 6 du métro new-yorkais.

La nuit précédente avait été la pire de ma vie. Exhiber ses parties les plus intimes à la moitié de la ville et échapper à un incendie n'étaient rien en comparaison. Je m'étais blottie dans un coin de l'aéroport de Palm Beach jusqu'à 6 h 10 du matin, heure à laquelle j'avais enfin pu prendre un vol pour La Guardia. Le voyage avait été un véritable enfer : j'étais assise en classe économique entre un bébé qui hurlait et un homme à l'hygiène douteuse. Cette scène m'avait fait penser à l'une des leçons de vocabulaire que j'avais donnée aux filles ; j'avais souri puis senti mon menton trembler.

Mon siège était muni d'une mini-télévision, mais je n'avais pas le cœur à la regarder. Je n'arrêtais pas de penser à tout ce que j'avais gâché et à tous ceux que j'avais déçus. Je priai pour que Sage et Rose se soient rendues au centre d'examens, et j'espérais de tout mon cœur qu'elles mettraient de côté les événements de la veille et feraient de leur mieux pour réussir leur SAT.

À New York, le temps était maussade et il faisait vingt degrés de moins qu'à Palm Beach. Je m'avançai à travers la foule de voyageurs à la tête enfarinée qui se rendaient sur leur lieu de travail. Arrivée tout en haut des marches d'*Astor Place*, je fus pétrifiée par la tempête qui s'était levée dès l'atterrissage, et qui s'abattait sur moi comme une rafale de reproches. Le vent glacial me gelait le visage et les flocons de neige se déposaient sur mes cils. Je n'avais ni gants, ni bottes, ni écharpe, ni bonnet, ni manteau. Quand j'étais partie si précipitamment de New York deux mois plus tôt, je n'avais pas pensé au fait que je reviendrais en plein hiver.

Un homme d'une cinquantaine d'années vêtu d'une gabardine s'engouffra à toute allure dans l'escalier du métro et me bouscula violemment; je perdis l'équilibre et glissai sur le trottoir verglacé, tombant de tout mon long dans une flaque de neige fondue mêlée à de la pisse de chien signé : *l'hiver à New York!*

Bienvenue à la maison!

Trempée jusqu'aux os, claquant des dents, je longeais péniblement les vitrines des magasins de décoration et les restaurants de la place St Mark. Les cloches de l'église Saint-Stanislaus retentirent au moment où je tournais dans la 7ᵉ Rue Est pour pénétrer dans mon vieil immeuble. L'odeur de fumée avait laissé place aux senteurs exotiques de cuisine : au rez-de-chaussée, chou farci préparé par ma voisine polonaise; au deuxième, kimchi élaboré par le couple de Coréens; au troisième, la famille russe faisait un bortsch maison, et le rasta du quatrième se fumait un gros joint.

J'étais soulagée d'arriver enfin à ma porte car mes fesses avaient entièrement gelé.

J'avais essayé d'appeler Charma de La Guardia afin de la prévenir de mon retour prématuré. Comme elle ne répondait pas, j'en conclus qu'elle devait être en déplacement pour accompagner les enfants dont elle s'occupait au théâtre. Mais après avoir ouvert les trois serrures de la porte, je trouvai Charma... entièrement nue et en pleine partie de jambes en l'air avec le mec au T-shirt Wolfmother ; c'était le gars qu'elle avait rencontré dans le parc, quand on m'avait volé mon sac à dos. Je fis un grand pas en arrière dans le couloir puis claquai la porte.

— Pardon ! Je suis désolée, criai-je à travers la porte. Je repasserai plus tard !

— Non, attends, ne t'en va pas ! On s'habille ! cria Charma à son tour.

Trempée, malheureuse, il fallait en plus que j'attende ! Quelques instants plus tard, Charma ouvrit la porte, vêtue d'une robe de chambre. Derrière elle, j'aperçus Wolfmother qui remontait la braguette de son jean avec difficulté ; apparemment, mon entrée surprise ne lui avait pas fait perdre son enthousiasme.

— Je suis vraiment désolée ! répétai-je en avançant dans l'appartement.

Charma se mit à rire.

— Pourquoi n'as-tu pas de manteau ? Va te changer et je vais préparer du thé.

Elle s'éloigna pour aller mettre en marche la bouilloire. Je me dirigeai vers la salle de bains et sortis mon deuxième ensemble Century 21 de mon sac, contente de voir qu'il était sec. J'étendis mes vêtements sur la barre du rideau de douche puis sortis de la salle de bains.

— C'est mieux comme ça, approuva Charma en me prenant dans ses bras. Bienvenue à la maison ! Megan, je te présente Gary Carner. Gary, voici ma colocataire, Megan.

Il m'adressa un grand sourire en pointant son doigt vers moi !

— C'est toi qui me surnommes Wolfmother, hein ? À

cause du T-shirt que je portais le jour où j'ai rencontré Charma.

— Je suis démasquée !

Puis, me tournant vers Charma, je poursuivis :

— J'ai appelé pour dire que je serais en avance. J'aurais certainement dû...

— T'inquiète, m'interrompit Wolfmother. On laissait libre cours à nos envies, c'est tout.

Charma adressa un regard amoureux à Wolfmother en apportant la théière. Je fis un tour dans l'appartement ; je reconnaissais bien les quatre murs, mais rien de ce que contenait l'appartement ne m'était familier. Adieu bric-à-brac trouvé dans la rue. Tout avait été remplacé par les meubles qui avaient autrefois appartenu à la grand-mère de Charma. Elle m'avait réservé une surprise : la chambre qu'elle avait occupée avant l'incendie était maintenant séparée en deux par un mur amovible. Il y avait un lit sans cadre dans chacune des chambres. Facile de deviner laquelle était la mienne : c'était celle qui n'était pas jonchée de vêtements et de bouteilles d'huile de massage.

— Ça te plaît ? demanda Charma en me tendant une tasse.

Comparées à la suite que j'occupais dans la villa des jumelles, ces chambres ressemblaient à des cellules de prison. Pire, à des cercueils.

— C'est génial, répondis-je, essayant de cacher ma consternation.

— Je ne crois pas que ce mur couvre les cris de Charma quand on baise, me dit Wolfmother. Mais tu peux toujours brancher ton iPod.

— Vous n'allez jamais chez toi ? demandai-je en buvant une gorgée de thé et en essayant de garder un ton neutre.

— J'ai plus ou moins fait des trucs avec mon coloc, expliqua Wolfmother. Alors on crèche ici la plupart du temps.

De retour dans la cuisine, je m'assis à la nouvelle (enfin, nouvelle pour moi) table en Formica vert salade.

— Comment ça se fait que tu sois rentrée plus tôt? m'interrogea Charma. Je croyais que tu n'arrivais que demain.

— Moi aussi je le croyais, lui confiai-je.

— Alors?

J'aurais certainement tout raconté à Charma si je n'avais pas vu Wolfmother alias Gary alias Monsieur-Grandes-Confidences se gratter l'entrejambe avec lequel j'avais déjà fait connaissance.

— Il y a eu un problème, alors je suis rentrée, c'est tout.

Charma me fixa.

— Comment ça « un problème »? Tu vas toujours empocher l'argent si les jumelles sont admises à Duke, n'est-ce pas?

— Charma m'a parlé de ton job, et j'ai lu l'article dans *Vanity Fair*. Ça m'a trop fait rire, s'exclama Wolfmother en gloussant.

— Il est tout à fait possible qu'elles y arrivent, répondis-je en me réchauffant les mains sur ma tasse.

— Je te rappelle qu'il faut un cerveau pour obtenir son SAT, lança Wolfmother.

— Tu n'as pas répondu à ma question, Meg, dit Charma. Est-ce que tu vas être payée oui ou non?

Je secouai la tête.

— Attends! s'indigna Charma. Tu as bossé comme une folle avec ces filles! Elles t'ont vraiment baisée en beauté.

— Moi, c'est toi que j'ai baisée, lança Wolfmother à Charma.

Il se pencha vers elle pour l'embrasser puis me sourit en ajoutant :

— Charma a trouvé son point G hier. C'est trop de la balle, hein?

C'est moi qui allais lui loger une balle dans la tête bientôt.

— Waouh ! répondis-je.

— Alors pour elles, c'est comme ça : les promesses, ça va, ça vient, dit Charma.

Puis, se tournant vers Wolfmother elle ajouta en riant :

— Ne me chante pas *Tu vas et tu viens...*

J'avalai une gorgée de mon thé.

— Je ne sais pas. Enfin... c'était horrible au début. Elles étaient plus que méprisantes avec moi. J'ai changé physiquement pour pouvoir faire partie de leur monde. À Palm Beach, soit tu es la diva de la coiffure, du maquillage et de la mode, soit tu es la femme de chambre. Ç'a été un vrai choc culturel pour moi.

— Je kiffe trop ces histoires de bourges, s'exclama Wolfmother. Continue !

— Les jeunes de Palm Beach ne connaissent que la débauche, poursuivis-je.

— Tu as fait la fête avec ces filles ? m'interrogea Wolfmother.

— J'ai participé à trois galas de charité en six semaines et j'en ai manqué deux fois plus.

Je secouai la tête en repensant à tout cela.

— Et tu es devenue proches d'elles ? demanda-t-il.

— Plus que je ne l'aurais imaginé.

Wolfmother se gratta le peu de barbe qu'il avait sur le menton et me regarda avec insistance.

— Charma m'a raconté que tu travaillais pour *Scoop* avant de partir pour la Floride.

— Ouais.

— Tu as déjà écrit des articles consistants ?

— Oui, quand j'étais à Yale, répondis-je en bâillant.

Je tombais de fatigue.

— Est-ce que Charma t'a dit ce que je faisais dans la vie ?

Je vidai d'un trait le reste de mon thé puis me levai pour aller porter la tasse dans l'évier.

— Non, lui dis-je.

— Je suis rédacteur pour le magazine *Rockit*. C'est marrant qu'on ne se soit jamais croisés dans les couloirs.

Ma fatigue se dissipa aussitôt. Avais-je bien entendu ? Wolfmother travaillait au magazine pour lequel je voulais écrire ! Charma et lui pourraient s'envoyer en l'air autant qu'ils le voudraient, je me réjouirais pour eux, de l'autre côté du mur, du moment qu'il accepte de jeter un œil sur mon travail.

J'essayai de rester décontractée. Du moins en apparence.

— C'est un très bon magazine, remarquai-je.

— Si ça te dit, j'aimerais bien savoir ce que tu raconterais de ton expérience là-bas, suggéra-t-il.

Oh, mon Dieu ! *Si ça me dit ?* J'avais de quoi écrire cinq articles.

— Avec plaisir.

— Tu connais la devise du magazine, n'est-ce pas ? Ne cache rien. Dis-nous tout. Plus l'histoire est juteuse, mieux c'est. Sexe, drogue et rock'n'roll. Si ça me convient, j'en ferai un article de fond. Disons dix à douze mille mots ?

Dix à douze mille mots ? Ce serait l'article principal ! L'article qui lancerait ma carrière !

— Ça me va, dis-je d'un air détaché comme si ce qui arrivait en ce moment même était tout à fait banal et que chaque jour on me proposait d'écrire un article pour *Rockit*.

— Fonce, Megan ! s'écria Charma. C'est ce que tu as toujours voulu faire !

Wolfmother et Charma décidèrent d'aller prendre le petit déjeuner à Tver, un restaurant qui se trouvait sur la 10ᵉ Rue Est. Je déclinai leur invitation car tout ce dont je rêvais était un bon bain chaud. Zut, il n'y avait pas d'eau chaude. J'essayai alors de dormir, mais je n'y arrivai pas, malgré l'épuisement, habituée que j'étais à me faire bercer par le doux bruit des vagues et des oiseaux perchés dans les palmiers, et non plus par le vrombissement des camions-poubelles et des ambulances qui roulaient à fond sur la Première Avenue toutes les cinq minutes.

C'était plus particulièrement le refrain que je me répétai sans cesse qui m'empêchait de dormir : je n'avais ni boulot ni argent. Et Wolfmother venait de me lancer une bouée de sauvetage. Quelle idiote ne se serait pas ruée dessus ?

Je sortis mon iBook, l'allumai et m'installai confortablement sur deux coussins. Certes je n'avais plus ma clé USB, mais ce dont j'avais besoin se trouvait dans ma tête. Je créai un nouveau fichier et commençai à taper :

*COURS PARTICULIERS*
*POUR JEUNES FILLES RICHES*
*Par Megan Smith*

*chapitre 37*

— Désirez-vous de la sauce sur vos kasha varnishkes ? demandai-je au garçon coiffé d'une crête bleue façon Mohawk.

Il portait un pull noir en laine troué sur un T-shirt résille. J'aperçus un tatouage en forme de tête de mort sur sa pomme d'Adam. Il était accompagné d'une fille au crâne rasé ; elle avait les lobes des oreilles percés de plugs qui les agrandissaient de la taille d'une assiette à dessert.

— Ouais, répondit le Mohawk après avoir bu quelques gorgées du café que je leur avais apporté.

— Et deux shots de vodka chacun, ajouta Plug Girl.

Ils étaient assis à l'une des huit tables pour deux qui faisaient partie de ma section. Deux jours après mon retour de Floride, j'avais commencé à travailler en tant que serveuse à Tver, le bar-restaurant pas cher, au coin de la 10ᵉ Rue Est et de l'Avenue B. C'était mon troisième jour et j'espérais que Vadim, le propriétaire, allait rapidement me proposer de m'occuper de tables plus grandes. Les serveuses comptent surtout sur les pourboires. Plus il y a de monde, plus il y a d'argent à la clé, et, sans la carte de retrait de Laurel, j'en avais terriblement besoin.

Le mot *fauché* était un doux euphémisme pour décrire l'état actuel des choses. J'étais rentrée avec trois cents dollars qui me restaient de mon argent de poche. J'avais utilisé une bonne partie de cet argent pour m'acheter un peu de maquillage et quelques vêtements bon marché dénichés au magasin qui se trouvait au bout de ma rue et qui vendait des habits déjà portés. Vous seriez surpris de voir les magnifiques ensembles dont se débarrassent les gens.

J'avais su convaincre Vadim que je n'étais pas comme toutes ces jeunettes d'East Village qui se dégonflent et ne se pointent pas à l'heure pour travailler; il m'embaucha le jour même où je m'étais présentée. Malheureusement, la tenue réglementaire pour travailler dans son établissement n'avait pas évolué depuis la période soviétique. Nous étions obligées de porter l'uniforme le plus laid du monde : un ensemble noir doté d'un petit tablier blanc à paillettes. Si vous aviez des hanches (Dieu sait que, à cause des petits plats de Marco, les miennes étaient larges), le tissu brillant du tablier les grossissait davantage.

— De la vodka Stoli? demandai-je à Plug Girl.

J'attendis sa réponse, stylo à la main. Vadim avait recommandé à ses serveuses de toujours proposer aux clients la marque d'alcool la plus chère. Mais leur réponse était toujours négative.

Mohawk me regarda comme si j'étais folle et me répondit :

— Vous croyez qu'on mangerait dans ce genre d'endroit si on avait les moyens de se payer de la vodka Stoli?

— C'est parti pour la Smirnoff, dis-je en écrivant sur

mon carnet de commandes. Je vous apporte vos boissons dans une minute.

— Apportez-nous des cornichons aussi, ajouta Mohawk avant de partir à la poursuite du diamant vert dans sa narine gauche.

— Je n'y manquerai pas, lui répondis-je en me retenant de vomir.

Je savais que j'avais eu de la chance d'être embauchée étant donné que je n'avais pas d'expérience. Je travaillais de 16 heures à minuit. Comme Tver était un des seuls restaurants d'East Village où l'on pouvait manger et boire pour moins de vingt dollars, l'endroit était presque toujours complet. Il y régnait un brouhaha permanent et, ce soir-là, la sono faisait entendre Blondie à tue-tête, je dus donc crier ma commande de boissons à Vitaly, le fils aîné de Vadim. Je me dirigeai ensuite vers la cuisine pour passer ma commande de plats à Boris, le cousin du propriétaire. Tver était bel et bien une affaire de famille.

Je plaçai un verre sous la fontaine de Coca Light, le remplis à moitié et le vidai d'un trait avant de me remettre au travail. Mes pieds étaient enflés et me faisaient mal, et je sentais une douleur dans le bas du dos comme si quelqu'un me piquait avec un tisonnier brûlant. Qui aurait cru que servir dans un restaurant était si dur ? Je m'en voulais à présent de ne pas avoir fait de sport quand j'étais à Palm Beach ; j'avais indéniablement pris cinq kilos à cause de la cuisine de Marco.

Je posai mes mains à plat sur mes reins, poussai en avant puis me penchai et touchai le sol avec le bout des doigts. Boris me regarda de travers. Seules les serveuses russes qui travaillaient trois fois plus et étaient quatre fois plus efficaces que moi méritaient son estime.

J'y retourne ! C'était probablement la dernière table que je servirais avant l'arrivée de James. Je l'avais appelé un peu plus tôt dans la journée pour lui demander de me rejoindre au bar à minuit et demi. Je finissais mon service à minuit, mais avant de partir, il fallait également que je remplisse les bocaux de cornichons, les salières, les poivrières, les bouteilles de Ketchup et de moutarde ; je devais aussi couper des tranches de citrons jaunes et verts, et garnir les coupelles d'olives pour le bar. D'habitude, j'accomplissais cette tâche en quatrième vitesse pour pouvoir rentrer chez moi le plus vite possible et m'écrouler sur mon lit.

Ce soir-là, j'avais rendez-vous avec James que je n'avais ni revu ni eu au téléphone depuis mon retour à New York quatre jours auparavant. J'avais téléphoné à son bureau, et il n'avait pas eu l'air enchanté d'avoir de mes nouvelles. James et Megan ne formaient plus un duo, et je n'étais pas la seule à le penser. Je n'éprouvais pas de regrets. Il m'avait procuré beaucoup de bonheur et j'espérais bien l'avoir rendu heureux également.

J'apportai leur commande de vodka, cornichons et autre nourriture à Mohawk et Plug Girl. Je pris ensuite une part de gâteau aux graines de pavot et un café pour le vieux couple d'homosexuels vêtus de cuir, qui s'étaient apparemment égarés en remontant West Street. Tous deux affichaient en permanence une expression de surprise, ce qui, comme me l'avait dit Marco, était le résultat d'un lifting facial raté.

Je guettais l'arrivée de James tout en remplissant bocaux et bouteilles. La vie est drôle. Un an auparavant, j'étais tout excitée et plus que contente à l'idée de savoir qu'il allait bientôt arriver, aujourd'hui, c'était plutôt de l'appréhension que je ressentais.

Je finissais de garnir les coupelles d'olives pour le bar quand James entra dans le restaurant. Il était chaudement habillé : bonnet, gants, long manteau de cachemire. L'espace d'un instant, je crus ressentir quelque chose pour lui, mais c'était comme une douleur dans un membre amputé, un souvenir, rien de plus.

— Il fait un froid de canard dehors !

— Salut, lui dis-je. Je dois encore rentrer la commande de mes derniers clients et leur apporter l'addition. Je n'en ai pas pour longtemps.

Il se dirigea vers le bar, demanda un whisky avec des glaçons et me regarda finir mon travail. Même si je n'éprouvais plus de sentiments à son égard, je ne supportais pas qu'il me voie dans cette horrible tenue. J'ai ma dignité tout de même. J'aurais aimé qu'il se dise une dernière fois : « Waouh, elle est vraiment canon ! » et non pas : « La vache, elle a vraiment un gros derrière ! »

J'avais enfin terminé et me hissai sur un tabouret à côté de James. Vitaly me regarda et me demanda :

— Comme d'habitude, Megan ?

Je lui fis « oui » de la tête. À la fin de mon service, le tout premier soir, j'avais commandé un flirtini et Vitaly m'avait regardée avec de grands yeux. Non seulement son vocabulaire était encore limité après deux courtes années passées en Amérique, mais, depuis l'ouverture du restaurant, personne à part moi n'avait dû réclamer un flirtini. Je lui avais énuméré les ingrédients et il avait préparé un cocktail extra large. Il avait versé le surplus dans un deuxième verre, en avait bu une gorgée et déclaré quelque chose qui ressemblait à « taxi-bien ». J'appris dès le lendemain que cela signifiait « couci-couça ». En russe, « couci-couça » tend vers le compliment.

— Eh bien, tu es passée de Yale à serveuse, lança James.

Comme si je ne l'avais pas remarqué !

— J'ai un mal de dos terrible. Qui aurait cru que la régression professionnelle pouvait être si douloureuse ?

Cela ne le fit pas rire, il afficha au contraire un air triste.

Je bus la moitié de mon flirtini d'un trait. Cela me

rappela le gala Rouge et Blanc car c'était lors de cette soirée que j'en avais bu un pour la première fois.

— Je sais qu'on ne s'est pas quittés correctement à Palm Beach, commençai-je. J'ai beaucoup pensé à...

— Attends..., m'interrompit-il avant de terminer son whisky. Je ne sais pas comment te dire ça, alors je vais être direct : il y a quelqu'un d'autre.

Comment ça, quelqu'un d'autre ? Faisait-il allusion à Heather ?

— Heather ? demandai-je sans même essayer de cacher mon dégoût. Je savais qu'elle te courait encore après...

— Non, ce n'est pas Heather, dit-il avec un sourire. Mais tu as raison : quand elle est rentrée des îles Turques-et-Caïques, elle m'a dit qu'elle pensait qu'il s'était passé quelque chose entre toi et ce mec, Will... et qu'elle se devait de me le dire car elle était mon amie.

Je m'enfonçai dans mon siège. Cela aurait été bien plus facile si j'avais pu ressentir de l'indignation.

— Et ensuite, elle a essayé de m'embrasser, ajouta-t-il.

Je sentis soudainement monter l'indignation en moi. Comment osait-elle embrasser mon petit ami (enfin, plus ou moins) !

— Mais j'avais déjà rencontré quelqu'un d'autre à la soirée du nouvel an organisée par *East Coast*, expliqua James.

— Elle écrit pour le magazine, dis-je.

Je me ratatinai davantage sur moi-même. J'imaginais un clone d'Heather doublée d'un don pour l'écriture bien supérieur au mien : une grande blonde aux formes généreuses brandissant le Prix Faulkner. Le genre d'écrivain dont l'éditeur n'hésite pas à embaucher Annie Leibowitz pour la photo destinée à la quatrième de couverture. Le genre de fille qui ferait pleurer de joie les parents de James.

— En fait, c'est elle qui servait les boissons à la soirée du nouvel an.

Vitaly nous versa une nouvelle tournée. J'avalai une grande gorgée de mon deuxième flirtini.

— Et elle écrit un grand roman littéraire en même temps?

— Chouchou n'est pas écrivain. Elle vient juste d'obtenir son certificat de masseuse professionnelle.

— Elle est peintre? Actrice? Musicienne? hasardai-je.

— Non.

James avait craqué pour une masseuse.

— Tu as dit qu'elle s'appelait comment?

Il but une gorgée de son deuxième whisky.

— Chouchou, mais ça s'écrit x-i-u x-i-u. Son vrai prénom, c'est Emily, mais elle a adopté ce surnom l'année dernière après un voyage à Taïwan qui a changé sa vie. Elle en rêvait. Elle est si naturelle, Megan.

Et moi qui pensais le connaître. Je fus transportée de joie à l'idée que James allait un jour présenter Xiu-Xiu, sa petite amie si naturelle qui excellait dans les arts du service en salle et du massage, à sa snobinarde de mère.

Il m'est arrivé d'avoir des discussions à cœur ouvert avec ma propre mère, qui elle aussi est très brillante : une fois, elle m'a dit que beaucoup d'hommes intelligents, et peut-être même la majorité d'entre eux, laissent croire qu'ils désirent se marier avec une femme tout aussi intelligente qu'eux. Mais au final, ils préfèrent passer la bague au doigt d'une femme avec laquelle ils n'ont pas besoin de rivaliser. Selon elle, mon père était l'un des rares hommes brillants qui voulait réellement épouser une femme aussi brillante que lui.

James devait certainement faire partie de ces hommes auxquels ma mère avait fait allusion. Je lui adressai un sourire.

— Je te souhaite beaucoup de bonheur avec Xiu-Xiu.

— C'est génial que tu le prennes si bien, me dit-il en me serrant la main. Et toi, Megan, quoi de neuf?

Je haussai les épaules.

— Je vis au jour le jour.

— Tu n'as personne? Et ce Will? Heather était sur une fausse piste? plaisanta-t-il.

Je pensais beaucoup trop à Will. C'était comme continuer à boire de l'eau glacée quand on a une carie et qu'on n'a pas les moyens d'aller chez le dentiste. Ça faisait mal, je savais que je ne devais pas penser à lui, mais c'était plus fort que moi.

— Complètement, lui répondis-je.

— Dommage.

James avala la dernière gorgée de son whisky et s'essuya la bouche avec une serviette en papier.

— Je n'aime pas te voir travailler dans ce genre d'endroit, tu sais. Tu n'as toujours pas changé d'avis sur l'article?

— Oh si, le rassurai-je.

— C'est vrai?

Il eut l'air surpris et fier en même temps.

— Je l'écris pour *Rockit*. J'ai un rédacteur sur le coup qui m'a demandé de rédiger une ébauche pour la fin de la semaine prochaine. Douze mille mots.

— Douze mille? s'exclama-t-il. C'est fantastique! Si tu veux que je le relise avant que tu l'envoies...

— Je m'en occupe.

Il sourit tristement, se rendant compte que le temps où l'on relisait et corrigeait le travail de l'autre était révolu.

— Tu me raccompagnes? lui demandai-je.

Vitaly nous informa que les consommations étaient offertes par la maison. Je le remerciai et me dirigeai vers la cuisine pour pointer l'heure de mon départ; j'enfilai une longue doudoune que j'avais empruntée à Charma, et qui était trop petite pour que je puisse la fermer. Dedans, je ressemblais au bonhomme Michelin en drag-queen. Après avoir longé l'Avenue A jusqu'à la 7e Rue Est, je m'arrêtai en bas de mon immeuble. Je levai les yeux vers l'escalier de secours et me remémorai le jour où la moitié du quartier avait pu voir mes parties les plus intimes. Ça s'était passé neuf semaines plus tôt, mais j'avais l'impression que cela faisait une éternité.

— Tout va bien dans ton appartement maintenant? demanda-t-il.

— Ils l'ont entièrement rénové.

— Bien...

Il ouvrit les bras et je me glissai contre sa poitrine. J'aurais aimé rester là, dans une position qui m'avait paru si réconfortante et agréable pendant si longtemps. Mais les choses changent. J'avais envie de retrouver ce confort, mais je savais que ce n'était pas là que j'allais le trouver.

— J'espère que tu seras heureux avec Xiu-Xiu, et bonne chance pour tout le reste, lui dis-je en le pensant vraiment.

— *Idem*, Megan. Je suis impatient de lire ton article dans *Rockit*.

— Moi aussi, lui répondis-je en souriant.

Il faisait froid et sombre, mais je restai sous le porche de l'entrée pour le regarder s'éloigner.

## *chapitre 38*

Le jour suivant, dans un bref moment de lucidité, j'avais accepté de rejoindre ma sœur à son club de sport pour starlettes, situé dans l'Upper West Side. J'avais pensé lui envoyer une carte postale sur laquelle je lui aurais fait part d'une révélation spirituelle et d'un séjour dans un ashram à Katmandou, mais à cause du cachet de la poste de New York et du fait que nous avions les mêmes parents, j'étais sûre qu'elle se serait vite aperçue que j'étais de retour à New York.

Par où étais-je censée commencer ? « Je me suis fait virée de Palm Beach ? » Voilà un bon début de conversation. Ou bien : « Simple curiosité : est-ce que le mec que tu as rencontré le soir du nouvel an t'a embrassée ailleurs que sur la bouche ? » Bref, autant m'allonger dans un cercueil et fournir moi-même le marteau et les clous.

Pour résumer, les choses s'étaient passées exactement comme d'habitude : dès la fin de ses études à Brown, Lily avait obtenu un rôle dans une pièce, un job de mannequin, et elle sortait avec tous les garçons qui lui plaisaient. Et puis, il y avait moi : j'étais certes diplômée de Yale, mais le seul magazine qui m'avait offert un job était *Scoop*, et j'avais réussi à me faire virer. Mon deuxième boulot à Palm Beach ? Virée. J'avais aussi tout gâché avec le premier garçon qui m'avait fait décoller pour le septième ciel rien qu'en m'embrassant, j'ai nommé Will. Et je ne vous parle même pas de la rivalité entre ma sœur et moi.

Tous les jours, Lily se rendait le matin à *Power Play*, une petite salle de sport équipée des machines les plus modernes, et spécialement conçue pour ceux qui désirent ne pas avoir à rencontrer leurs fans pendant leur entraînement matinal. Puis elle déjeunait avec ses amis dans un restaurant diététique dont le chef considérait les haricots comme un plat principal. Elle allait ensuite à son cours de théâtre ou bien au cinéma, et le soir, après sa représentation, elle prenait un verre ou bien dînait avec la célébrité du jour, venue admirer son incroyable jeu d'actrice.

Comme je ne prenais mon service qu'à 4 heures de l'après-midi, je me dis que je pouvais la rejoindre à 11 heures à sa salle de sport, histoire de souffrir une vingtaine de minutes avant de lever le camp pour aller savourer un repas bien riche en graisse et en sucre et d'enfiler mon costume de serveuse pour ma représentation du soir.

J'arrivai avant Lily à *Power Play* et l'attendis à la buvette qui affichait des boissons hors de prix. La plupart des gens ne font pas d'efforts pour soigner leur apparence quand ils se rendent dans une salle de sport. Attention, c'était Lily Langley avec qui j'avais rendez-vous ; j'avais donc trouvé l'après-shampooing parfait pour dompter ma crinière et faire briller mes longues boucles, et je m'étais maquillée comme me l'avaient appris les jumelles. Je n'avais peut-être pas acheté des produits Stila ou Nars mais L'Oréal et

Maybelline faisaient très bien l'affaire. Je portais un pantalon gris taille basse signé Ralph Lauren (douze dollars à cause de l'ourlet qui n'était pas droit) et un T-shirt moulant blanc de la marque Fruit of the Loom sous une veste en laine qui avait rétréci au lavage, ornée d'énormes boutons en velours (dix-huit dollars dans une friperie : l'étiquette avait été arrachée, mais c'était probablement un Chanel).

Quand Lily arriva enfin, elle m'adressa un drôle de regard puis sourit et me serra dans ses bras. Elle obtint un pass pour moi et me conduisit dans les vestiaires qui, contre toute attente, n'avaient rien de luxueux. Elle me posa évidemment des questions sur Palm Beach. Je lui répondis brièvement et laissai de côté le détail de mon licenciement. Elle se demandait quand les jumelles recevraient le résultat du SAT. Je lui dis qu'il fallait encore attendre une semaine. Elle me répondit qu'elle croisait les doigts pour nous.

Il n'y avait que deux salles à *Power Play* : une pour le cardio et l'autre pour la muscu. On n'y donnait ni cours de step, ni Hatha Yoga, ni kick-boxing façon Billy Blanks. En revanche, les membres avaient accès à toutes les machines, étaient assurés de ne pas avoir à supporter le regard des curieux et n'avaient jamais besoin d'attendre qu'un appareil se libère. Lily monta sur un tapis de jogging et je m'installai sur la machine d'à côté. Elle régla l'appareil afin que la vitesse et la pente augmentent progressivement en débutant par un léger échauffement pour finir par un exercice intensif.

Si elle en était capable, alors moi aussi.

Dix minutes plus tard, elle commençait tout juste à trouver son rythme alors que je n'arrivais plus à reprendre mon souffle et gonflais les joues, tel un poisson globe.

— Tu devrais un peu ralentir la cadence, me suggérat-elle en essayant de parler plus fort que la musique techno qui résonnait dans la salle.

— Ça me va comme ça !

J'avais du mal à articuler mes mots.

Au bout de douze minutes, c'était comme si j'escaladais le mont Blanc et que le revêtement de caoutchouc défilait sous mes baskets à la vitesse de Lance Armstrong dans une course contre la montre. Je serrai les poignées de la machine et tins bon. J'avais l'impression de me battre contre un sumo géant fait de métal.

— Ralentis, Megan !

— Je te dis que ça va ! persistai-je.

— Mais c'est trop dur pour toi ! protesta-t-elle.

Une chose était sûre, ce n'était pas cette remarque qui allait me faire ralentir. Je persévérais comme une folle.

Un homme avec des biceps de la taille des seins de Suzanne de Gonzo apparut tout à coup devant ma machine et se mit à hurler en utilisant ses mains comme un haut-parleur :

— Mademoiselle ! Vous êtes au-delà de vos capacités physiques !

Son T-shirt indiquait qu'il faisait partie des moniteurs sportifs de *Power Play* et il portait un badge sur lequel était écrit son prénom : GÉRALD. Il n'attendit pas ma réponse, se pencha au-dessus de ma machine et enfonça son doigt sur le bouton d'arrêt d'urgence. L'appareil s'immobilisa brusquement.

— Si vous désirez prendre un rendez-vous avec l'un de nos moniteurs, vous pouvez vous adresser à l'accueil, suggéra-t-il. Je vous le conseille.

— De l'eau, dis-je tout bas à Lily.

J'étais à la fois épuisée et plus qu'embarrassée ; je sentais que mon visage était aussi rouge qu'une écrevisse et je me précipitai vers le vestiaire.

— Megan ! me cria Lily en essayant de me rattraper.

— Je n'ai pas envie de t'écouter !

Je poussai les portes du vestiaire, me précipitai vers la fontaine d'eau sur la droite et bus de grandes gorgées.

Je n'en pouvais plus ; trop de choses négatives s'étaient accumulées : mon départ précipité de Palm Beach, ma situation financière, ma rupture avec James, mon job de serveuse, cette nuit folle sur la plage avec le garçon dont j'étais éperdument amoureuse mais qui m'avait rejetée, et que Lily avait embrassé la veille du nouvel an. Encore une preuve que je ne pouvais rivaliser avec ma sœur. Tout en buvant, je sentis mes yeux se remplir de larmes.

Lily posa sa main sur mon épaule.

— Qu'est-ce que tu as ? Qu'est-ce qui se passe ? demanda-t-elle.

— Rien ne va !

Je me relevai et essuyai mes larmes avec le bas de mon T-shirt.

Elle me prit dans ses bras.

— Ça va aller, me consola-t-elle.

Elle m'emmena au fond du vestiaire où se trouvaient des canapés modernes et une table avec des rafraîchissements en tout genre : jus de fruits, bouteilles d'eau minérale et viennoiseries. Lily nous versa chacune un verre de thé glacé à la menthe sans caféine, mais fit l'impasse sur les cookies végétaliens sans sucres.

— Bon, raconte-moi tout, m'ordonna Lily en s'asseyant sur l'un des canapés.

Je ne pouvais plus garder tout cela enfoui au plus profond de moi-même. Je lui débitai l'histoire, enfin en partie : je lui parlai de l'article que j'avais eu l'intention d'écrire et narrai la façon dont les jumelles avaient tout découvert. Je lui confiai également qu'elles m'avaient prise pour quelqu'un que je n'étais pas. Quand j'eus fini, je réussis à esquisser un sourire et pris une gorgée de thé à la menthe. Je l'aurais davantage apprécié avec quelques morceaux de bon chocolat noir.

— Tu sais ce qui est le plus drôle dans l'histoire, enfin

le plus ironique? lui demandai-je pour ramener la conversation à ce qui venait de se produire dans la salle de sport. D'une manière étrange, la cohabitation avec les jumelles m'a fait revivre toutes ces années au cours desquelles j'étais la petite sœur boulotte et invisible.

— C'est cette image-là que tu as de toi?

— Non, je ne fais que minimiser ma perfection dans l'espoir de ne pas nuire à ton ego, lui répondis-je d'un ton sarcastique. Tu n'as pas idée de l'enfer que ç'a été de grandir dans l'ombre d'une sœur aussi belle que toi, si adorable et douée.

Lily parut mal à l'aise et mit ses cheveux derrière les oreilles.

— C'était mon seul atout, tu sais.

— Comment ça?

— J'étais la jolie Lily, dit-elle à voix basse. Toi, tu étais intelligente et moi j'étais jolie.

Oh non, elle n'allait pas s'en tirer si facilement.

— Lily, tu as étudié à Brown...

— Et j'ai trimé comme une malade parce que je voulais que papa et maman soient aussi fiers de ma réussite scolaire que de la tienne.

— Ça ne te suffisait pas d'être la plus jolie, la plus douce et la plus douée? Il fallait que tu sois la meilleure partout! résumai-je.

— Je te retourne le compliment, petite sœur, me dit Lily.

Était-ce la vérité? J'en avais bien peur. Certes, j'avais gagné dans la catégorie cellules grises.

— Eh bien, nous nous comportons comme toutes les sœurs après tout, songeai-je.

— Megan, ça fait combien de temps que tu t'es regardée dans un miroir? Je veux dire vraiment regardée?

Elle posa son verre de thé glacé sur une petite table à côté de vieux numéros du magazine *Fitness* et reprit :

— Quand je suis arrivée ce matin et que je t'ai vue, j'ai été frappée de voir à quel point tu as changé : tu es belle !

Je fronçai les sourcils.

— C'est « Adorable Lily » qui parle maintenant ?

— Non, c'est Lily franche qui te dit ça. Il s'est passé quelque chose à Palm Beach. Je veux dire qu'il n'y a pas eu que du négatif. Tu es belle, Megan. Tu l'as toujours été, mais tu ne le savais pas. Et je ne te dis pas ça pour être gentille. Tu as tout : l'intelligence, le talent et la beauté.

J'eus envie de rire.

— Tu veux que je te dise combien de fois j'ai souhaité que tu sois une garce pour que je puisse te détester ?

— Tu me fais rire. J'ai oublié d'ajouter l'humour. Tu es intelligente, talentueuse, belle et tu as beaucoup d'humour.

— Et moi, je suis fauchée. Tu dois le mettre dans ta liste. Je suis serveuse. Une serveuse fauchée.

— Je sais que tu n'acceptes jamais rien de ce que je veux t'offrir, Megan. Mais je suis ta sœur. Laisse-moi te prêter un peu d'argent, ça me ferait plaisir. J'en ai plein et je n'en ai pas besoin alors que toi, oui.

Elle avait raison. Si j'acceptais qu'elle me prête de l'argent, cela voulait dire que j'étais redevable en quelque sorte. Mais n'était-ce pas le moment pour moi de mûrir et d'admettre que l'amour fraternel nous donne aussi des responsabilités ? Comme celle d'accepter de l'aide quand on en a besoin et d'en donner quand c'est l'autre qui rencontre des difficultés ? Et celle d'être entièrement honnête ?

C'est vraiment nul de grandir.

Je m'éclaircis la voix pour lui dire :

— Il y a autre chose que je ne t'ai pas racontée à propos de Palm Beach.

— Oui ?

C'était le moment le plus difficile pour moi.

— Le garçon que je t'ai présenté la veille du jour de l'an,

Will Phillips, le voisin des jumelles ? On est plus ou moins…
sortis ensemble… enfin presque.

Et voilà, la reine de l'ambiguïté avait encore frappé. Allez,
il fallait que je me lance.

— Je suis tombée amoureuse de lui, débitai-je à toute
allure. Et le soir du nouvel an, je l'ai vu t'embrasser, mais il
ne savait pas que tu étais ma sœur, et tu ne savais pas que
j'étais folle de lui parce que je n'ai fait que mentir à tout le
monde. Will et moi, on a couché ensemble la dernière nuit
que j'ai passée à Palm Beach, et il était avec moi quand les
jumelles m'ont descendue, alors maintenant il me déteste
autant qu'elles.

Je vidai mon verre de thé glacé avant de conclure :

— Ça, c'est la vraie fin de mes horribles aveux.

— Relax ! C'était juste un petit baiser de minuit, me ras-
sura Lily. De toute façon, il n'est pas fait pour moi.

— Mais bien sûr ! Il est beau et riche. Ça ne pouvait pas
marcher c'est certain, ironisai-je.

— En vérité, j'avais envie d'aller plus loin avec lui, mais…

Elle s'interrompit et m'adressa un sourire avant de poursuivre :

— Il m'a dit qu'il avait plus ou moins quelqu'un d'autre.

Moi ? C'était moi le *quelqu'un d'autre* pour une fois ! Je me
frottai la poitrine à l'endroit du cœur comme pour réconforter cette partie brisée de moi-même.

La souffrance disparaîtrait petit à petit, j'en étais persuadée. Mais je savais aussi qu'il me resterait une cicatrice.

## chapitre 39

Une stagiaire manifestement restée dans sa phase piercings et tatouages me fit entrer dans la salle de réunion de *Rockit* et me dit de patienter. J'ôtai la doudoune de Charma et m'assis. Cela me paraissait très étrange et surréel de me retrouver dans cette pièce ; c'était une salle de réunion identique à celle de *Scoop*, qui était située sept étages plus bas, avec la même longue table noire et les mêmes chaises en cuir venues tout droit d'*Office Depot*. La seule différence notable était la présence de tableaux blancs, outils certainement prisés par le responsable du magazine. Il y en avait trois accrochés au mur et un qui était posé contre une fenêtre, gâchant une vue magnifique sur la tour du Metropolitan Life de l'autre côté de la rue.

Combien de fois avais-je rêvé de lire un article signé *Megan Smith* dans *Rockit*, alors que je n'écrivais que des légendes de photos sur les stars et leurs régimes, leurs petits amis ou encore leur anorexie ? Aujourd'hui, il ne me manquait plus que le feu vert d'un rédacteur en chef pour que mon rêve devienne réalité. Le mercredi précédent, j'avais envoyé mon article à Gary (étant donné que nous avions à présent des relations professionnelles, je faisais l'effort d'oublier l'image de Wolfmother), et je lui avais demandé un rendez-vous pour le vendredi suivant afin d'en discuter. Je savais bien que ma manière de procéder pouvait paraître arrogante, mais je n'avais pas le choix.

— Bonjour, Megan, fit Gary en surgissant dans la salle.

Il portait une chemise bleue dont le bord des manches était râpé et un jean détendu au niveau des fesses, trop porté et pas assez lavé.

— Bonjour Gary, le saluai-je, pleine d'enthousiasme.

Il lança mon manuscrit sur la table de réunion et se vautra dans un siège.

— Je ne comprends pas, Megan. Tu sais très bien quel genre d'articles nous publions dans *Rockit*. On en a discuté, alors tu dois bien te douter que ton travail ne correspond pas du tout à mes attentes.

Je savais en effet que ce que je lui avais envoyé était différent de ce qu'il m'avait demandé. Mais je pensais que mon article était si bien écrit et si convaincant qu'il le publierait malgré tout. Voilà pourquoi j'avais demandé un rendez-vous.

C'est l'histoire d'une jeune fille fraîchement diplômée de Yale et qui croule sous les dettes ; elle s'envole pour la Floride afin de donner des cours particuliers à deux gamines ultra riches dans le but de les transformer plus ou moins en intellos, et tout au long de son séjour, c'est elle qui s'épanouit d'une façon qu'elle n'aurait jamais imaginée.

Elle découvre que ces riches héritières ont en effet un cerveau et un grand cœur. Elles attendaient tout simplement que quelqu'un leur ouvre les yeux. Leur prof, si jalouse envers une sœur qui avait hérité de tant de qualités, avait beaucoup de choses à apprendre également. Les jumelles et leur entourage, sans oublier le cuisinier et son compagnon, lui font découvrir sa propre beauté.

J'avais même inclus la note romantique : moi toujours avec J. mais me faisant passer pour célibataire, et tombant folle amoureuse de W. qui était la version Palm Beach du voisin d'à côté. Au début je pensais qu'il n'était qu'un fêtard sans scrupules parce qu'il était beau et riche, ensuite je m'étais rendu compte que celle qui n'avait pas de scrupules, dans l'histoire, c'était moi.

Je racontai tout cela à Gary qui m'écouta très attentivement.

— Continue, dit-il en m'encourageant d'un geste de la main. Je suis tout ouïe.

— Bien sûr que leur manière de vivre est vraiment extravagante et choquante, j'en parle dans l'article, expliquai-je. Mais des centaines de femmes en Afrique ont pu ouvrir un commerce grâce à la fondation de Laurel, des gamins dans les hôpitaux reçoivent des cadeaux chaque Noël, et des dizaines de millions de dollars sont reversés à des associations. Tout ça grâce à leurs galas de charité si outrageusement exorbitants. C'est important que les gens soient informés de cet aspect des choses.

Oui, je savais bien que je n'avais pas écrit le genre d'histoire que *Rockit* affectionne, sur la face cachée des États-Unis, entre autres, mais j'étais persuadée que les lecteurs se régaleraient avec mon article. Ils verraient à travers les yeux d'une jeune fille tout droit sortie d'une petite ville du New Hampshire, qui avait profité des idées fausses que les gens s'étaient faites sur elle, pour duper la communauté la plus huppée du pays et leur faire croire qu'elle était l'une d'entre eux. Grâce à sa supercherie, elle avait certainement réussi (enfin, elle l'espérait) à préserver la fortune de deux jeunes filles de Palm Beach qui aimaient faire la fête par-dessus tout.

— Ils liront l'histoire à travers mes yeux, dis-je à Gary. Cela remettra en question toutes leurs idées reçues et leurs préjugés, c'est ce qui s'est passé pour moi. On pourrait même placer un encart dans quelques semaines pour informer les lecteurs que les jumelles ont été admises ou bien refusées à Duke.

Le jules de Charma avait au moins une qualité : il savait écouter les gens. Je pris une longue inspiration et attendis son verdict.

— Très bon exposé, me dit-il.

*S'il te plaît, s'il te plaît, s'il te plaît…*

— Tu as un vrai talent pour l'écriture, Megan. Mais cet article ne correspond pas à ce que je recherche.

Non? J'avais donné le maximum de moi-même et il me disait non?

— Bonne chance. Tu trouveras peut-être un autre magazine.

Gary se leva et me tendit la main. Je me levai à mon tour et la lui serrai; je fis ensuite glisser mon article dans une chemise cartonnée avant d'enfiler cette satanée doudoune.

Il m'accompagna jusqu'à l'ascenseur et me dit au revoir. Et voilà, il n'y avait rien à ajouter.

J'appuyai sur le bouton pour descendre et collai mon front contre la paroi glacée. J'étais passée si près du but.

La porte s'ouvrit, je m'engouffrai à l'intérieur et enfonçai mon doigt sur le bouton du rez-de-chaussée. Je me rendis compte que je n'avais rien à faire de la journée. Depuis mon retour de Palm Beach, j'avais passé tout mon temps libre à remanier et retravailler cet article. Jamais on n'a vu un exposé de douze mille mots aussi soigneusement réécrit et corrigé. Je prenais mon service à Tver à 16 heures seulement. Il faisait bien trop froid pour une promenade, et je n'avais pas envie de dépenser mon argent au cinéma.

L'ascenseur s'arrêta au huitième, l'un des deux étages

occupés par les bureaux de *Scoop*. La porte s'ouvrit et Debra Wurtzel, la dernière personne au monde que j'aurais souhaité voir à ce moment précis, entra.

Ce fut une nouvelle partie de plaisir qui commença.

Elle me lança un regard froid et me dit :

— Pas mal, le relookage, Megan. Tu devrais peut-être aussi penser à trouver de nouvelles manières de te conduire.

Merde ! Elle était au courant. Normal, Laurel Limoges était son amie.

— Vous êtes au courant, dis-je d'un ton neutre.

— Bien sûr que je suis au courant ! J'ai passé une heure à convaincre Laurel que je n'y étais pour rien dans tes « recherches ».

Je restai silencieuse jusqu'à ce que l'ascenseur s'immobilise.

— Je n'avais pas l'intention d'écrire cet article, lui dis-je au moment où nous sortions de l'ascenseur.

J'étais consciente que mon discours sonnait aussi creux que cette fameuse dernière nuit aux *Anges*.

— Bien entendu, me dit-elle.

Il était évident qu'elle ne me croyait pas. Tout en enfilant une paire de gants de cuir, elle me demanda :

— Quel bon vent t'amène dans l'immeuble, alors ?

— J'avais un rendez-vous à *Rockit*.

Elle parut intéressée tout à coup.

— Tu passais un entretien ?

— Non, j'ai écrit un article. En free-lance.

— Sur Palm Beach ? s'enquit-elle en fronçant les sourcils. Tu me déçois vraiment, Megan.

Tout le monde a ses limites. Même moi.

— Vous pouvez penser ce que vous voulez, Debra, lui dis-je avec lassitude. J'ai laissé tomber l'exposé sur Palm Beach parce que, bien que tout ce que j'avais écrit ne soit que la vérité, il ne représentait pas le vrai Palm Beach.

L'article que j'ai écrit pour *Rockit* parle de moi et de la façon dont mon expérience à Palm Beach m'a transformée. Cette histoire est cent pour cent véridique et cent pour cent honnête. Mais je suis sûre que vous serez ravie d'apprendre que *Rockit* n'y a pas prêté plus d'intérêt que vous ne m'en prêtez.

Je me dirigeai vers la sortie quand Debra m'appela.

— Attends, Megan.

Je me retournai avec méfiance.

— Quoi?

— Tu as l'article avec toi?

— Oui.

— Je veux le lire, déclara-t-elle en tendant la main.

Je secouai la tête.

— Je ne pense pas que...

— Megan, j'aimerais te rappeler qu'après tout tu m'es redevable. Je veux lire cet article.

Et puis zut. Ce n'était pas comme si j'en avais encore besoin. Je sortis les feuillets et flanquai le paquet dans sa main ouverte. Elle le roula et le mit dans un grand sac Fendi vert forêt que j'avais déjà vu au bras de Sage. Après avoir franchi les portes à tambour, nous fûmes toutes deux fouettées par le vent glacial de janvier.

Debra serra son écharpe en cachemire ivoire autour de son cou et se dirigea vers la voiture qui l'attendait.

— Debra? Je voulais vous dire que... je suis désolée si je vous ai déçue.

Elle s'arrêta et se retourna.

— Megan? As-tu rencontré quelqu'un quand tu étais à Palm Beach?

— Oui, avouai-je.

Je trouvai cependant qu'elle avait mal choisi son moment pour s'intéresser subitement à ma vie personnelle.

— Mais ça n'a pas marché. Je raconte tout ça dans l'article, ajoutai-je.

— C'est vraiment dommage.

Elle avait l'air véritablement et étonnamment désolée. Puis elle avança la main pour ouvrir la portière.

— Que veux-tu que je fasse de l'article une fois que je l'aurais lu?

— Jetez-le à la poubelle.

— Prends soin de toi, Megan.

Elle disparut à l'arrière de la voiture avant même que le chauffeur n'ait eu le temps de sortir et d'ouvrir la portière.

Je tournai au coin de Broadway Avenue pour rejoindre la ligne R du train. J'étais une New-Yorkaise sans emploi, une de plus, qui essayait de combattre le froid et de faire passer la journée le plus vite possible.

## *chapitre 40*

— Tu veux flirtini? me demanda Vitaly en voyant que j'avais terminé de remplir les coupelles d'olives.

Nous étions lundi soir, et deux jours s'étaient déjà écoulés depuis mes deux infructueuses rencontres avec Gary et Debra. Je travaillais et je passais davantage de temps avec Lily depuis notre séance de « Sanglantes Confessions » à son club de sport. J'allais même la laisser m'acheter un nouveau manteau d'hiver demain, mais ce soir... j'avais rendez-vous avec mon lit.

— Rien pour ce soir, lui répondis-je. Je rentre chez moi et je vais enfiler ma paire de pieds de rechange.

Il me regarda d'un air ahuri, ce qui confirme la théorie selon laquelle cela prend un sacré bout de temps avant de comprendre une blague dans une langue étrangère.

J'avais les pieds gonflés, et bien que le restaurant ait affiché complet durant tout mon service, je n'avais reçu que vingt-cinq dollars de pourboires. C'était un véritable complot! Tous les emmerdeurs et les grippe-sous de New York venaient s'asseoir dans ma section : tout d'abord, l'ivrogne à la table un qui m'avait peloté les fesses au moment où je lui apportais son riz au lait, ensuite le couple de lesbiennes à la table quatre qui avaient changé trois fois leur commande sans m'adresser le moindre regard. Plus tard dans la soirée, c'était dix filles du New Jersey qui avaient débarqué et envahi les tables deux, trois et quatre ; elles avaient commandé la moitié de ce qui se trouvait sur la carte, englouti le tout, puis montré avec horreur un cafard mort, trouvé sous une feuille de salade d'un cheeseburger. En voyant leur petit sourire, je m'étais dit qu'elles avaient certainement apporté et déposé elles-mêmes l'insecte en question dans la nourriture afin de manger à l'œil. La caméra de surveillance avait confirmé mes soupçons. Vitaly et Vadim leur avaient fait payer l'addition, mais elles ne m'avaient laissé aucun pourboire.

Je souhaitai bonne nuit à mes collègues et m'éloignai dans la nuit fraîche et piquante. J'entendais les mêmes bruits et je rencontrais les mêmes personnes chaque soir quand je rentrais du travail : les sirènes qui hurlaient au loin, un junkie qui pissait entre deux poubelles au carrefour de la 10ᵉ Rue et de l'Avenue A, et un couple qui se disputait comme des chiffonniers sous mon porche. La querelle battait son plein au moment où j'atteignais le cinquième étage. J'avais appelé l'appartement avant de rentrer étant donné que, les nuits précédentes, j'avais découvert Charma et Gary en pleine action.

J'ouvris les trois cadenas et entrai dans notre cuisine tout droit sortie de Lewittown. Cependant, si c'était la grand-mère de Charma qui était venue nous rendre visite, cela aurait certainement été du bouillon de poule fait maison que j'aurais trouvé sur la cuisinière au lieu de flûtes à champagne et d'une bouteille de Cristal.

Soit Charma avait obtenu un rôle dans une pièce du tonnerre, soit Gary avait reçu une augmentation, soit…

— Surprise!

Rose Baker surgit devant moi et m'adressa de grands sourires. Elle n'avait pas l'air furieux, au contraire, elle me serra dans ses bras.

— Qu'est-ce que tu fais ici? Quand… Comment es-tu arrivée jusqu'ici? balbutiai-je.

— Pas *tu*, mais *vous*…, corrigea Rose. Qu'est-ce que *vous* faites ici?

Sage bondit devant moi à son tour et me prit dans ses bras.

— Deuxième personne du pluriel. Je me dois de savoir ça puisque je suis admise à Duke pour la rentrée prochaine. Il fallait que je vienne te le dire en personne.

— Oh mon Dieu! Tu as réussi! m'exclamai-je en les serrant très fort toutes les deux.

J'étais consciente de ce que cela impliquait: si Rose avait réussi, cela voulait dire que les jumelles n'avaient rempli que la moitié de…

— Moi aussi, ils m'ont acceptée, dit Sage laconiquement.

Elle passa en revue mon uniforme de serveuse avant d'ajouter:

— Dis donc, tu as déjà oublié tout ce qu'on t'a appris?

Je me mis à danser dans la cuisine.

— Vous êtes acceptées! Vous entrez à Duke! Vous avez touché votre héritage! Je suis si contente pour vous, les filles!

Oh oui! Je l'étais vraiment.

— Vous êtes riches!

— Et tu sais qui d'autre est fier de moi? me demanda Rose avec un large sourire. Thom! s'écria-t-elle avant même que j'ouvre la bouche.

Sage esquissa un sourire.

— Ils sont fous amoureux, m'informa-t-elle. Et je ne fais même pas de commentaires désagréables sur eux... tout du moins quand ils sont dans les parages. Je plaisante !

Rose tira la langue à sa sœur avant de se tourner de nouveau vers moi.

— Tu veux savoir comment on a réussi à te retrouver ? demanda Rose avec enthousiasme.

— On s'en fout de ça. On lui dira plus tard. C'est l'heure du champagne ! ordonna-t-elle.

Sage fit sauter le bouchon et remplit trois flûtes.

— À notre prof, Megan Smith, qui a réussi l'impossible : conquérir le monde de la mode, même si elle semble avoir perdu toute élégance, et nous faire entrer à Duke.

Elles trinquèrent avec moi et avalèrent quelques gorgées du divin liquide. Le champagne était grisant, mais le plus grisant dans l'histoire était de voir qu'elles m'avaient apparemment pardonné. Il me restait à savoir pourquoi.

— Nous avons lu ton article, expliqua Rose avant même que je puisse formuler ma question.

— Quel art...

Tout devint clair ; elle parlait de l'article que j'avais écrit pour *Rockit* et que j'avais ensuite donné à Debra Wurtzel. Cette dernière connaissait Laurel. Elle avait dû le lire puis le lui envoyer. Je fus émue par tant de gentillesse de sa part.

— Je dois dire que le portrait que tu as fait de nous est plutôt pas mal, commenta Sage.

— Vous me pardonnez, alors ? leur demandai-je d'un ton hésitant.

Au lieu de me répondre, Rose mit la main dans la poche de son jean et en sortit une enveloppe.

— C'est pour toi.

Mon cœur se mit à s'emballer. J'ouvris l'enveloppe ; à l'intérieur se trouvait un chèque qui provenait du compte de Sage et Rose Baker, à l'ordre de Megan Smith, pour une valeur de cent cinquante mille dollars.

— On a demandé à Grand-Mère combien tu étais censée toucher, et on a doublé cette somme. On s'est dit qu'on valait facilement soixante-quinze mille dollars chacune, non? expliqua Sage.

Il ne m'arrive pas souvent de ne pas savoir quoi dire, mais à cet instant-là, j'étais véritablement bouche bée.

— Tu as été si généreuse avec nous, dit Rose simplement.

Ça alors! Cent cinquante mille dollars! Avec ça, je pouvais rembourser mes emprunts pour Yale, donner ma démission à Vadim, écrire des articles en free-lance et postuler pour un grand magazine.

— Je ne suis plus pauvre et les jumelles Baker rentrent à l'université! m'émerveillai-je.

Sage afficha un air indigné.

— L'université? s'exclama-t-elle en frissonnant. Ça non! Plutôt mourir.

— Et l'argent? Comment comptez-vous...

— Megan, Megan, Megan, entonna Sage dans un long soupir. Je pensais qu'une fille qui avait fréquenté Yale aurait été attentive aux moindres détails du contrat : Rose et moi touchions l'argent du moment que nous étions toutes les deux *acceptées* à Duke et non pas si nous *étudiions* à Duke.

Elle avait raison. C'était trop drôle.

— Tu veux dire que vous vous êtes montrées plus malignes que votre grand-mère?

— On l'a eue en beauté, avoua-t-elle en levant sa flûte de champagne. Je porte un autre toast : à nous, et surtout à *La Saison de Sage Baker*.

— Qu'est-ce que c'est? demandai-je.

Elle ouvrit grand les bras et déclara :

— C'est l'hiver à Palm Beach, et la grande star de l'île

participe à tous les événements de La Saison depuis qu'elle a onze ans : les bals, les galas, les dîners de charité à dix mille dollars le repas... Mais cette année, c'est elle qui devient organisatrice.

Sage posa ses deux mains sur mes épaules.

— Mon gala de charité va s'appeler les Relookages de Sage, annonça-t-elle en ouvrant la main comme pour mimer un gros titre. Le but est d'aider les femmes sans emploi, ou qui sortent de cure de désintox, ce genre de choses, quoi.

— Tu vas créer un... centre de réadaptation? demandai-je.

— Disons plutôt que je vais m'occuper de leur changement de look, précisa-t-elle. Ça va passer sur la chaîne E! l'hiver prochain.

Rose posa son verre sur la table et demanda :

— Alors, tu nous fais visiter ton appartement?

— Il n'y a pas grand-chose à voir, leur dis-je en leur faisant signe de me suivre. C'est Addison Mizner qui a dessiné les plans de mon salon si joliment décoré et aux dimensions si généreuses de quatre mètres sur deux, et la cloison qui sépare les deux cellules de prison que voici n'est autre qu'un hommage de Mizner à...

Je m'arrêtai net. Sur mon lit je vis la valise et la housse de vêtements que Marco m'avait données le tout premier jour où il était venu à ma rescousse côté garde-robe. Elles étaient pleines à craquer. Les filles avaient clairement déjà fait le tour du propriétaire.

— Marco aussi a lu ce que tu as écrit, expliqua Sage. Et il a dit que tu lui avais laissé un message. Il veut jouer son propre rôle quand ton histoire sortira au cinéma.

— Il a ajouté qu'il ne supporterait pas de voir ces vêtements portés par quelqu'un d'autre que toi. Alors, vas-y, me pressa Rose. Ouvre!

Je défis la fermeture Éclair de la housse; elle était remplie de tenues signées Chloé, Zac Posen, Vera Wang, Pucci, Gucci et Alaïa. Certaines d'entre elles m'étaient familières, d'autres pas.

— Marco a un ami qui vient d'ouvrir un magasin nommé *Les drag-queens s'habillent haute couture*, me dit Rose. Il a minutieusement choisi ces vêtements rien que pour toi.

J'étais abasourdie.

— Ce n'est pas tout, ajouta Sage.

Elle me poussa pour me faire pivoter face au mur qui était vide depuis que j'avais vendu le T-shirt de Woodstock hérité de mes parents; une magnifique peinture y était à présent accrochée.

C'était un tableau de Will et moi dans le jardin d'Hanan; je reconnus le style inimitable de la jeune peintre. Elle avait dû s'inspirer de la photo qu'elle avait prise de nous deux.

— Will tenait à te l'offrir, dit Rose d'une voix douce.

Je sentis comme un pincement au cœur.

— Est-ce qu'il a... lu mon article également? demandai-je.

— Oui, et c'est pour ça qu'il nous a chargées de te livrer ce petit cadeau, conclut Sage.

Elle jeta un coup d'œil à sa montre Hermès.

— Il est une heure et demie. Si on ne part pas maintenant, on va rater la dernière partie.

— Il faut qu'on y aille alors, acquiesça Rose.

— La dernière partie de quoi? demandai-je.

Elles étaient déjà retournées dans la cuisine pour prendre leurs manteaux accrochés derrière la porte.

— De *Brain Freeze*, précisa Rose. Thom est allé au lycée avec le bassiste. Ils jouent au Pyramid Club ce soir.

— C'est juste au bout de la rue, leur dis-je. Je vais vite enlever cet horrible uniforme, je suis prête dans une minute.

Je fus stoppée dans mon élan par Rose.

— Désolée, Megan, mais… on a un double rencard. Je vais présenter Sage au copain de Thom.

— Je me suis dit que ce serait plutôt cool d'avoir un petit ami musicien, affirma Sage.

Ah, d'accord. J'avais légèrement l'impression qu'elles me laissaient tomber, mais je m'en remis rapidement.

— On loge à l'hôtel Gansevoort, me dit Rose J'imagine que tu ne vas pas aller travailler demain?

Elles me donnèrent rendez-vous pour déjeuner le lendemain à Chair de Crabe, un restaurant malaisien de West Village. Je serrai les filles dans mes bras pour leur dire au revoir et me rassis à la table en Formica. Puis je pris une gorgée de Cristal directement à la bouteille. Je le méritais bien, non, après un tel retournement de situation?

Je me sentais toute légère à cause du champagne et du bonheur qui venait de s'abattre sur moi; je me dirigeai vers la salle de bains et m'apprêtai à enlever mon uniforme de serveuse pour la dernière fois de ma vie quand j'entendis l'alarme à incendie retentir dans le couloir.

L'alarme! Encore! Bon sang! Dès que j'aurai encaissé mon chèque, je plierai bagage pour partir le plus loin possible de cet immeuble maudit.

Ni une ni deux : je me précipitai dans la cuisine pour prendre mon chèque, j'ouvris la porte d'entrée et me ruai dans l'escalier. Mais mon propriétaire serbe se trouvait sur le palier de l'étage du dessous et me cria :

— Escaliers bloqués! Toit, Megan! Vite! Traverser immeuble voisin!

Merde alors! Je fis demi-tour, remontai l'escalier quatre à quatre et cognai dans la lourde porte en métal afin de l'ouvrir. Je dus m'y reprendre par trois fois avant de me retrouver enfin dehors, sur la terrasse… de sable.

Non pas en ciment. La terrasse était couverte de sable!

C'était une véritable plage qui recouvrait le toit : il y avait des parasols et des chaises longues ainsi qu'une dizaine de petits chauffages d'appoint tels que ceux qu'utilisent les patrons de café pour chauffer leur terrasse lorsqu'il fait très froid dehors.

Et sur l'une de ces chaises était assis Will. Il était vêtu d'un long bermuda de surfer, et portait des lunettes de soleil et un grand verre à la main.

— Flirtini? me dit-il en me tendant le verre. Puisque tu ne pouvais pas venir à Palm Beach, j'ai décidé de faire venir Palm Beach à toi.

Je m'avançai vers lui, essayant de trouver quelque chose à dire.

— Euh… pas d'incendie?

C'était la première chose qui me traversa l'esprit.

— Ç'a été plutôt facile de soudoyer ton propriétaire. Il n'a pas bronché à l'idée de nous laisser entrer dans ton appartement et de voir débarquer l'armée de Musclors qu'on a embauchée pour livrer le sable jusqu'ici. Si j'étais toi, je déménagerais rapido.

Je me penchai vers lui pour le pincer.

— Aïe! cria-t-il en tirant son bras vers lui.

— Je voulais juste m'assurer que je ne rêvais pas.

Il se frotta le bras.

— Est-ce que mon cri viril est une preuve suffisante?

Je souris et m'assis sur la chaise longue en face de lui.

— J'adore le tableau d'Hanan.

— Il est magnifique, hein? acquiesça-t-il en posant le cocktail dans ma main. C'est ce jour-là que je suis tombé amoureux de toi.

Je fixai Will longuement, ses bras bronzés et ses doigts fins. Je le trouvais tellement beau. Je n'arrivais toujours pas à croire qu'il puisse être attiré par quelqu'un comme moi.

— Pourquoi? dis-je à haute voix.

Il retira ses lunettes de soleil.

— Parce que tu étais très naturelle avec tes cheveux frisottants et de la boue sur le visage. Tu avais l'air un peu fofolle.

— *Fofolle ?* répétai-je en riant. Je te l'accorde. C'est aussi ce jour-là que tout a changé pour moi, tu sais. La façon dont tu décrivais les œuvres d'Hanan, même si tu savais que ton père ne les exposerait jamais. J'espère que tu les exposeras… un jour.

— Eh bien, figure-toi que j'ai l'intention de le faire ici même, dit-il.

Avais-je bien entendu ?

— Est-ce que tu peux me redire ça ?

— Ici même, répéta-t-il. À New York, où je vais ouvrir ma propre galerie et les œuvres d'Hanan seront les premières que j'exposerai.

Mon regard devait trahir mon enthousiasme car il leva la main pour m'indiquer que je ne devais pas me réjouir si tôt.

— Ça ne va pas être facile. Mon père n'est pas enchanté du tout. Il n'investit que dans des œuvres dont il est sûr qu'elles vont lui rapporter gros, ce qui veut dire qu'il n'a pas l'intention de me soutenir financièrement. En revanche, les jumelles, elles, sont partantes. Et j'ai également contacté quelques anciens copains de l'association des étudiants de Northwestern.

— Et moi qui croyais que c'était une perte de temps de faire partie d'une association d'étudiants, le taquinai-je.

Je bus une gorgée de mon flirtini. Il était aussi bon que ceux que j'avais bus à Palm Beach, peut-être même meilleur.

— Tout ça, dis-je en faisant un grand geste de la main. C'est incroyable.

— Et drôle, c'est exactement ce que j'ai dit après avoir lu ton article.

Il baissa les yeux vers la terrasse recouverte de sable puis continua :

— C'est bizarre mais tout ce que tu as fait et dit m'a paru logique malgré tout.

— Je suis vraiment contente que les jumelles t'aient fait lire mon histoire.

Il leva les yeux vers moi.

— Oh, je l'ai lue bien avant elles. C'est ma mère qui me l'a envoyée, en fait.

— Ta… quoi?

— Pas quoi, mais qui. Debra Wurtzel est ma mère.

Il m'adressa un grand sourire en voyant l'immense surprise qui devait se lire sur mon visage.

— Crois-moi, je ne savais pas du tout que c'était elle qui t'avait envoyée à Palm Beach jusqu'à ce que je lise ton article. Tout ça, c'était son idée.

Je n'y comprenais rien.

— Mais… pourquoi?

— Apparemment, elle pensait que tu serais parfaite pour donner des cours aux fabuleuses jumelles Baker de Palm Beach… et elle a voulu donner un coup de main au destin. En fait, elle pense que tu es la fille idéale pour moi.

— Les parents se trompent toujours sur ce genre de chose, lui fis-je remarquer.

— Peut-être devrait-on plutôt dire qu'ils se trompent « généralement ».

Il se leva et se dirigea vers un petit bar de fortune qui se trouvait au bord du toit. Il appuya sur un bouton du lecteur CD et la chanson *One Love* de Bob Marley résonna dans l'air de la nuit. Je me mis à rire ; il s'approcha pour m'aider à me relever.

Et enfin, en plein milieu d'East Village, sur une plage de sable blanc qui recouvrait le toit de mon immeuble, il me prit dans ses bras pour me faire danser au cœur de cette froide nuit d'hiver.

*Achevé d'imprimer sur les presses de*

**BUSSIÈRE**

GROUPE CPI

*à Saint-Amand-Montrond (Cher)*
*en février 2008*

FLEUVE NOIR
12, avenue d'Italie
75627 Paris Cedex 13

— N° d'imp. : 080598/1. —
Dépôt légal : mars 2008.

*Imprimé en France*